I0534141

سيبويه
الأبعاد الرباعية للطباعة والنشر والتوزيع المحدودة
Quad Dimensions Printing & Publishing
المملكة العربية السعودية - جدة
الرقم الموحد: 920004119 966+
info@sibawayhbooks.com

(ح) الأبعاد الرباعية للطباعة والنشر والتوزيع،
1436هـ
فهرسة مكتبة الملك فهد الوطنية أثناء النشر
فلمبان، لؤي فائز
العهد الأخير قصة سقوط آخر ملوك الجان- جدة.
ردمك: 978-603-90645-0-3
1- القصص العربية – السعودية 2- الرواية
ديوي 813،039531 1436/3870

العهد الأخير

قصّة سقوط آخر ملوك الجان

بقلم

لؤي فائز فلمبان

loai_fe@hotmail.com

يؤتي المُلك من يشاء ويُعزُّ من يشاء ....

قبل بلايين السّنين حُكِمت الأرض من قِبل الجان،فكانوا أسيادها ، فلم يكونوا مخفيينَ كما هم الآن ، لقد كانوا يعيشون حياةً كما نعيشها نحن , يتعلّمون ويعملون ويسعونَ في كسب رزقهم فرحين بما آتاهم الله من نعمةٍ شاكرين له فضله العظيم , لكنّ الشّر موجود في كلّ مكانٍ وزمانٍ ، وهنا وفي هذا الكتاب السّريّ المحفوظ لديهم أخذت آخر فصلٍ من فصوله ، فصل الملك خورخيس آخر ملكٍ من عائلة آشخور الّذي كان في عهده الكثير من الدماء ؛ فهذا هو العهد الأقوى والأشرس في زمانهم : فصل بداية تأسيس علم السّحر والشّعوذة والتّكهّن ونهاية عالمهم , فكيف بدأ هذا العملُ النّجس؟ ومن أنشأه؟ وكيف بدأ استخدامه؟ ولماذا استمر إلى يومنا هذا ؟ وبداية تكوين المثلّث الشّيطاني (مثلث برمودا) ، هذا هو السّر الّذي حيّر العالم الإنسانيّ أجمع !! الحقيقة الآن أصبحت بين أيديكم ، وسأحكي لكم تفاصيله لعلّنا نتعلّم من أخطائهم .

توضيح لطوائف بني الجان

قسّم الجان إلى طوائف عدّة ، ولكن كما هو معروف أنّه من سنن الله ؛ أنه قد جعل الزوجيّة أساساً لمخلوقاته ، فكل مخلوق يتكاثر من ذكرٍ وأنثى ، فمن هما أصلا بني الجان ؟.

سأذكر هنا أبا الجان دون الأمّ لأسبابٍ في نفسي: إنّه سوميا (أبو الجان الأوّل)

وقد قسّموا بعده إلى عدّة طوائف :

عندما نذكر أسماءهم كجمعٍ نقول عنهم بنو الجان..

ولكنهم ينقسمون تحت هذا المسمّى إلى :

الجن: ولهم عدّة أشكال ، فمنهم من يستطيع الطّيران ، ومنهم من هو سريع , وتختلف قواهم على حسب لونهم .

الشّيطان : من الجان الّذين لم تتعدد مظاهرهم ، فهم لا يستطيعون الطّيران ، ولا يتميّزون بسرعتهم ، ولكنّهم أقوياء، ويمتازون بحيواناتهم السّريعة الّتي يستطيع بعضها الطّيران .

العفريت : من أقوى بني الجان ، وهم قلّة مقارنةً ببني الجان الباقين ، فهم سريعون جداً ويستطيعون عند الغضب التّحوّر إلى العفاريت المتحوّرين، فيصبحون أطول قامةً ويستطيعونَ الطَّيران بسرعاتٍ عاليةٍ ، فلا يستطيع أحدٌ مجاراتهم .

الغول : من الجان الَّذين يُعرفونَ بقوَّة بنيتهم ، فهم يستطيعون تحمّل أقصى الظّروف .

الوحش : من الجان الّذين يشبّهون الغيلان،ولكنّ قوّتهم العظمى في الماء، فهم يُعتبرون من البرمائيين، فلا يستغنون في معيشتهم عن الماء.

الحواري: من الجان المعروفين بجمالهم، فهم يستطيعونَ التَّشكُّل إلى أشكالٍ جميلةٍ جداً ، والبعض منهم يستطيع الطَّيران ، فهم أيضاً مثل الوحوش قوّتهم في الماء.

مردان: من الجان الّذين يتميّزون بالقيادة والذّكاء، فهم أشدّاء وأقوياءُ جداً ، وهم من بني الجان الوحيدون الذين يستطيعون مجاراة العفاريت في قوّتهم .

بسم الله الرّحمن الرّحيم

يعمُّ الحزن اليوم على الإمبراطوريّة في فاجعةِ ملكنا العظيم خافان، وتغيب الشّموس عن أراضينا وتجفّ السّقيا عن حدائقنا ، فلتمت جميع الورود حزناً عليك يا سيّدي العظيم، فلن تعرف الإمبراطوريّة بعدك ملك...

هذا بيان أتلوه عليكم بتعيين الملك خورخيس ملكاً لمملكة الشّياطين الخمسة و ملوك الجان السّبعة.

إنّ التّاريخ اليوم هو شهر العقرب،اليوم الأوّل من 1232 فاران.

فله حقّ الطّاعة من جميع ممالك الجن والشّياطين،وله أن يتصرّف وفق ما يراه خيراً للأمّة ، وعلى كلّ من تصله اللّفافة أن يأتي ويبايع الملك خورخيس...

خورخيس: ما رأيك يا بيلبان؟ هل تعتقد أنّي سوف أكون مثل أبي الملك خافان؟ الأمور لم تعد كما كانت!!، فالمتمرّدون يحاولون إسقاط حكمي، ويحاولون سلبي كلّ ما أملك.

بيلبان: لا تخف يا سيّدي، فالمتمرّدون يخافون من الجيش الّذي تملكه، وخاصّة الجيش الشّيطاني الأسود وجيش الجان الأحمر وجنودك من الجان الطيارين، فلا تخف فنحن نملكُ القادة السِتَّة.

1- القائد سورال قائد الجيش الأحمر .

2- القائد دارْل قائد أمراء وادي النَّار .

3- القائد فيفغل قائد الجان الطَّيَّارين .

4- القائد تورن قائد البحار .

5- القائد شوجا قائد الجيش الفدائي .

6- القائد الأمير خاجي قائد الجيش الأسود العظيم .

خورخيس: أعلم يا بيلبان،ولكن فقدنا ثلاثة من القادة المهمّين الذين كانوا يمسكون أركان المملكة.

1- القائد مارخوف: قائد الغيلان المتوحّشة.

2- القائد سورفاغ: قائد وحوش البحار.

3- القائد مارد: ملك المردة.

بيلبان : لكن يا سيّدي،أنت تعلم أنّهم حاولوا الانقلاب ضدَّ أبيك في حكمه، ولولا الحكيم فوتا لكنت الآن في السّجن.

خورخيس: أعلم ذلك ولكنّ هؤلاء الثّلاثة يجب التّخلّص منهم، فهم يستطيعون التّغلّب على معظم قادتنا.

بيلبان: كيف لك أن تقول هذا يا سيّدي، لا تخفْ، مارخوف يتصدّى له الجيش الأسود، و سورفاغ يتصدّى له تورن قائد البحار، أمّا القائد مارد فسوف نتعب معه، ولن يستطيع أحد التّغلّب عليه, نحتاج إلى خطّةٍ محكمة للتّغلبِ عليه.

خورخيس: نحن نعلم أنّ تورن لا يستطيع مجابهة القائد سورفاغ؛ فهو يفوقه عمراً وخبرةً في الحرب،وله من أنصاره الوحوش ما يستطيع تدمير جيش تورن, فتورن لا يملك وحوش البحار إنّما أنصاره من الحواري ،أمّا القائد العظيم مارد فأنا من أستطيع مجابهته فقط بجيشي السّريّ الخاص.

بيلبان: ماذا تقصد بكلامك يا سيّدي؟

خورخيس: أريد منك تدمير القادة الثّلاثة.

بيلبان: لكن سيّدي ، ستعمّ الفوضى وستنشبُ حربٌ كبيرةٌ!!

خورخيس: لا تخف يا بيلبان ، سوف نأتيهم بغتةً ... سأغدرُ بهم.

بيلبان: أنت الملك ، لكن عليّ أن أخبرك أن حرباً دمويّةً ستنشب سوف لن ينساها عالمنا أبداً.

خورخيس: هي قائمةٌ قائمةٌ لا محالة، فلم نعد في أمان بعد الآن، ولم أعد أثق في أحد، لا ملوك الجان السّبعة ولا ملوك الشّياطين الخمسة.

بيلبان: ولماذا يا سيّدي ؟.

خورخيس: أتذكر ذلك الحلم الذي كنت أحلمه ولا أعلم تفسيره.

بيلبان: نعم أذكره جيّداً، ولكن لا أعتقد أنّه ذو أهميّة، فأحياناً نحلم بأشياء لمجرّد التّفكير فيها.

خورخيس: لا أعلم.... !! جهّز الحفل ومراسم الاستقبال؛ فملوك الجان والشّياطين سيأتون في أيّ لحظةٍ .

(قد يكون الكلام غريباً والقصّة مبهمة، لكن هذا ما حدث قبل ملايين السّنين، في تلك الحقبة كان هؤلاء هم أسياد الأرض قبل البشر، فكانوا مقسّمين إلى مردة وغيلانٍ وجان وشياطين وحور، وكانت العائلة المسيطرة من سلالة آشخور الملكيّة والذي نصّب منهم أخيراً آخر ملوكهم الملك خورخيس, كان هذا الملك صغير السّن، ويعتبر أوّل ملك تولّى الحكم في هذه السّن ؛ فقد مات الملك خافان وإخوته وأبناءه الكبار بمرض غريب فتّاك الواحد منهم تلو الآخر، ماعدا خورخيس، وظنَّ البعض أنّ خورخيس فعل هذا بعائلته للاستيلاء على حكم والده؛فهو معروف بطيشه وبتهوّره الدّائم ، وكان من الأشخاص الذين يؤمنون بالأحلام والرّؤى المستقبليّة؛ فهذا ما ساعده كثيراً في فترة حكمه،حيث حاول إصلاح ما بناه آباءه وأجداده الذين سبّبوا الكراهية لهذه العائلة من قبل الممالك جميعها، فأراد خورخيس أن يصلح ذلك, ولكن أحياناً يتمنّى المرء شيئاً فيحصل عكس ما تمنّى، تلك هي الأحداث التي دمّرت عالمهم وأوصلتهم إلى ما هم عليه الآن).

المنطقة المحرّمة

هذه المنطقة كانت لا تعترف بحكم عائلة الملك خورخيس؛ فكان الثّوار يقطنونَ فيها ، وكلّ من نُفي من ممالك الجن والشّياطين يـأتي إليها ، الجميع يعلم أنّها قنبلة موقوتة فشدّد الملك خورخيس ومن قبله من الحكّام الحراسات عليها، ووضعوا المصائد والجواسيس كي لا يتسنى لقاطنيها عمل أي فوضى في العالم، وكان يحكمها القادة الثلاثة المستبعدون مارخوف و سورفاغ و مارد وجيشهم العظيم ؛ فسميت بالممالك الثلاثة ، كانت الفوضى في تلك المنطقة عارمة والقتل سائداً والمحرمات و الزّنا والخطف والاغتصاب؛ فلا قانون يحكم هذه الأرض إنّما البقاء فيها للأقوى ، وكان القادة الثّلاثة وأتباعهم هم الأقوى.

شُرار: سيّدي ... سيّدي مارد ،وصلني خبر يجب أن تعرفه.

مارد: ماذا هناك يا شُرار؟ أنت تعرف أنّني لست في مزاج جيّد اليوم, وسوف أقتلك إذا لم يعجبني الأمر الّذي أتيت لإخباري به.

شُرار: سيّدي ، لقد مات الملك خافان.

مارد: ماذا تقول يا شرار ؟! أأنت متأكّد من صحّة هذا الخبر؟!.

شرار: نعم ، أتيت بالخبر من مملكة الشّياطين الخمسة ،ووزّعت ملفوفةٌ على كلِّ ملكٍ للمبايعة، و قرِئت في السّاحات العامّة ،وقد أتيتك بنصِّ الخطاب.

مارد: فلتقرأه عليّ يا شُرار.

شُرار:

بسم الله الرّحمن الرّحيم

يعمُّ الحزن اليوم على الإمبراطوريّة في فاجعةِ ملكنا العظيم خافان، وتغيب الشّموس عن أراضينا وتجفّ السّقيا عن حدائقنا،فلتمت جميع الورود حزناً عليك يا سيّدي العظيم، فلن تعرف الإمبراطوريّة بعدك ملك...

هذا بيان أتلوه عليكم بتعيين الملك خورخيس ملكاً لمملكة الشّياطين الخمسة و ملوك الجان السّبعة.

إنّ التّاريخ اليوم هو شهر العقرب،اليوم الأوّل من 1232 فاران.

فله حقّ الطّاعة من جميع ممالك الجن والشّياطين ، ولـــه أن يتصرّف وفق ما يراه خيراً للأمّة، وعلى كلّ من تصله اللّفافة أن يأتي ويبايع الملك خورخيس...

مارد: أخيراً يا خافان ...!! فلتأكلك ديدان الأرض وتحرقك نيران السّماء, الآن يبدأ المشوار الّذي خطّطت له, شُرار... فلتنادي القائدان مارخوف و سورفاغ ،سنذهب في زيارة بسيطة للملك خورخيس البائس.

مارخوف و سورفاغ: ماذا هناك يا مارد؟ أهناك ما يستدعي أن تأتي بنا من لهونا؟

مارد: أخواي صديقاي العزيزان، أريد أن أزفّ لكم خبراً سيسعدكم كثيراً.

مارخوف: ماذا يا مارد هل هناك عقوبة جديدة لنا؟

مارد: لا يا مارخوف ،إنّما نحن من سوف يضع العقوبة!!.

سورفاغ: إلى ماذا تلمّح يا مارد ؟ فنحن سكارى ولا عقل لنا ليفكر بألغازك الآن.

مارد: لن أطيل عليكما ؛عار عليكما فأنتما قادة الغيلان ووحوش البحار أهكذا يكون منظر القائد؟ فأين هيبتكم؟

سورفاغ: مارد لا تنسى قدرنا، وكفاك استهزاءً بنا.

مارد: حسناً يا أخواي ،الخبر الّذي أريد أن أزفّه لكم.... لقد مات ، وأخيراً ، الملك خافان بعد حكم دام 400 عام.

مارخوف و سورفاغ : أيعقل هذا! خافان مات، ملك ملوك الجان والشّياطين.

مارد: نعم أخيراً ولله الحمد ، ظننت أنّه سيعمّر وأنّنا سنموتُ قبله، لكن أتعرفون ماذا يعني ذلك؟

مارخوف: لا تُطلْ علينا يا مارد بألغازك.

مارد: لقد عمّم خورخيس الخبر على ملوك الشّياطين والجان، وسيأتون لقصره لتقديم الولاء والطّاعة للملك الجديد فسوف نكون نحن أيضاً مِمّن يذهب إليه ونبارك له ملكه الحديث.

سورفاغ: أجننت يا مارد أنت تعلم أنّه حرّم علينا أن نخرج من هذه الأرض وإلا سوف نموت.

مارد: من سوف يقتلنا ،أجبني؟ أنسيت أننا نحن الأقوى في الإمبراطوريّة ؟! حتّى خافان عندما نفانا كان خائفاً منّا.

مارخوف: حسناً، كيف تريدنا أن نخرج من هذه الأرض والحراسات مشدّدة عليها.

مارد: جهزا نفسيكما، سنخرج وحدنا ،هذا ما نستطيع فعله الآن ، فمسموح لنا الخروج من غير جيوشنا.

سورفاغ: حسناً ... فلنذهب إذاً.

بوابة المدينة المحرّمة

الحارس: أنتم الثّلاثة ، قفوا مكانكم وعرّفوا عن أنفسكم.

مارد: أتستهتر بنا أيّها الحارس الغبيّ؟

الحارس: عفواً سيّدي مارد؛ لم أعرفك لكن أنت تعلم تعليمات خافان.

مارد: خافان مات, وكان العهد الّذي بيننا أن نخرج ولكن من غير جيوشنا.

الحارس: أنتم هنا منذ 300 عام ولم تخرجوا أبداً، فلماذا تريدون أن تخرجوا الآن وأنتم تعلمون أن دمكم مهدور إذا خرجتم من غير علم الملك؟! أنا أعرف الدّستور جيّداً ،إذا أردتم الخروج يجب عليكم أن تأخذوا الإذن من الملك خورخيس الآن .

مارد: إذاً فلتخبر مليكك هذا أنّنا آتين لنبارك له حكمه الجديد وعهده الذي لن يدوم.

الحارس: مارد لا تتعدّى حدودك.

مارد: إذاً هل تستطيع قتلي؟أنت تعلم أنّي أستطيع ذبحك الآن.

الحارس: أنت تعلم أنّ المصائد الّتي وضعت لك أنتَ وأمثالك تستطيع قتلكم، وحتى إذا قتلتني سوف يعلم الملك ويبيدكم أجمعين.

مارخوف: من الّذي سوف يبيدنا ؟ الملك الجديد بخبرته القليلة !!! ...ههههه .

الحارس: الملك خورخيس جديد في عهده ولكن القادة السّتة هم الّذين سيقضون عليكم .

سورفاغ: فليكن ذلك .

لم يستطع سورفاغ السّيطرة على نفسه، فهدّد الحارس مرّةً أخرى أنّه إذا لم يسمح لهم بالخروج سوف يقتله ولتكن الحرب.

الحارس: سوف أرسل للملك خورخيس الآن ، انتظروا.

سورفاغ: أجننت ؟! تجعل قادة مثلنا ينتظرون!!

مارد: سورفاغ ، فلتهدأ ، سوف تنال ما وعدتك به، وسننال كل ماحلمنا به.

إمبراطوريّة آشخور

الرّسول: سيّدي الحاجب بيلبان .

بيلبان: ماذا تريد ؟ولماذا أنت هنا؟ أليس لديك واجب حماية بوابة المدينة المحرّمة؟

الرّسول: نعم ولكن هناك شيء مريبٌ يحدث.

بيلبان: تكلّم أيّها الحارس،ماذا هناك ؟! وجهك يدلّ على أن هناك فاجعة.

الرّسول: سيّدي ،إنّ القادة الثّلاثة مارد و سورفاغ و مارخوف يقفون عند الباب يريدون إذن العبور.

بيلبان: ماذا؟ أيعقل هذا ؟!! وماذا يريدون؟

الرّسول: يقولون أنّهم يريدون تهنئة الملك خورخيس بعهده الجديد .

بيلبان: أيعقلُ هذا ؟!!

الملك خورخيس: ما هذه البلبلة الّتي أسمعها هنا؟ أهناك شيء يا بيلبان ؟ ولماذا أنت هنا يا حارس؟ أليس لديك مهمّة حراسة بوابة المدينة المحرّمة؟

بيلبان: سيّدي،هناك من يطلب إذنك للقدوم .

الملك خورخيس: ومن هو؟.

بيلبان: القادة الثلاثة.

خورخيس: من؟! أيعقل هذا ؟!.

بيلبان: سيّدي،هم الآن ينتظرون عند بوابة المدينة المحرّمة،ماذا تريدنا أن نفعل ؟

خورخيس: هذا تحدٍّ واضح لقدراتي؛ فهم يستصغرونني، إذاً فليكن كذلك, أيها الحارس، اذهب وقل لهم أنَّ الملكَ يرحّب بكم .

بيلبان: سيّدي ، سيكون هناك ملوك الجان السّبعة والشّياطين الخمسة والقادة السّتة، وسينظرون إليك نظرة الخائن لحكم والدك ؛ لسماحك لهؤلاء القادة الثّلاثة بالخروج من المدينة المحرّمة ، وتقديم الولاء لك .

خورخيس: أنا الملك ، ويجب على من يتّبعني أن يثق بي .

بيلبان: يا سيّدي،لا أعرف ما أقوله لك الآن، أشعر أن أمراً لم يكن في الحسبان سيحدث .

خورخيس: بيلبان، أين الحكيم فوتا؟

بيلبان: هو في رحلة استرخاء وعبادةٍ لله.

خورخيس: ليته كان هنا ، لكان علم نيّتهم الآن وساعدني في اتخاذ القرار الصّائب.

بيلبان: سيّدي، سأكون معك مهما حصل.

خورخيس: أيّها الحارس ، خذ هذه اللّفافة واقرأها عليهم.

المنطقة المحرّمة

الرّسول: أيّها الحارس، فلتسمح لهم بالعبور, وهذا ختم السّماح .

الحارس: ماذا تقول؟! أيعقل أنّه سمح لهم؟

الرّسول: لا تخف؛ فالملك خورخيس يتحدّاهم.

الحارس: مارد ، لقد أتى الرّد.

مارد : أخيراً فقد مللت الانتظار.

الحارس : مارد ، سأقرأ الآن عليك اللّفافة من سيّدي الملك خورخيس .

بسم الله الرّحمن الرّحيم

يؤتي الملك من يشاء ويعزّ من يشاء...

الحمد لله أن جعلني ملكاً أخدم ملكوته ،وأحكم الأرض بعدل واستقامة, علمت أنّكم أردتم زيارتي ومباركة ملكي وعهدي الجديد ، فهذا نهج لا اختلف فيه، فليبارك الله خطاكم ولينكس الله نياتكم السّيئة إذا أردتم فيها دمار الأمّة, فهذا خطاب عهد بيني وبينكم أن لكم الأمان في أرضي ما مددتم إلينا يدكم بالسلم ،والله على ما أقول شهيد.

سلام دائم أو حرق مدمر

الملك خورخيس

مارد: نحن موافقون على شروط الملك العظيم .

الحارس: إذاً إيتوني بأختامكم ليتمّ العهد .

القادة الثّلاثة: وهذا ختمنا نختم به ورقة الملك .

الحارس: إذاً تفضّلوا بالمرور سالمين .

مارد: الآن يا إخوتي لا تحاولوا فعل أيّ شيء غبيّ أمام الملك خورخيس، فليحاول كلّ منكم أن يقدّم له الولاء والطّاعة.

سورفاغ: حسناً يا مارد, لكن ستكون رحلة صعبة ؛ فلنا الآن 300 عام لم نزر فيها الإمبراطوريّة.

مارخوف: مارد،ماذا إذا حاول خورخيس الغدر بنا ؟! فنحن لا نملك الجيوش لنجابهه.

مارد: لا تخافا فلن يستطيع خورخيس أن يفعل شيئاً ؛ فنصّ الرّسالة عهد، وقد تركت علامة لخادمي شُرار ،أنّنا إذا لم نرجع خلال عشرة أيّام فسيجهّز الثّوار ويأتي بالجنود ،ويحاصر الإمبراطوريّة.

مارخوف: والجيش الذي عند البوابة كيف يخترقونه؟ فالحصن محكم كما رأيت عند خروجنا.

سورفاغ: نعم، أرأيت الجان الطّيّارين؟ وهناك أيضاً الغيلان الّذين كنتُ أقودهم و الجيش الشّيطانيّ الأسود ومصائد الموت المخفيّة.

مارخوف: يا لهذا الملك خافان كم كان لئيماً وماكراً وصاحب نظرةٍ ثاقبةٍ!!, أجبنا يا مارد كيف نخترق هذا الحاجز حتّى لو غبنا عشرة أيّام؟

مارد: لا تستعجلا؛ فكلّ شيء له وقته يا إخوتي ،ستعرفان كلّ شيء، فهناك خطّة أجهزها ولا أريد تعكيرَ صفو تفكيري.

سورفاغ: ها نحن نقترب من بوابات الإمبراطوريّة،جهزا أختام الدّخول.

إمبراطوريّة آشخور

بيلبان: سيّدي الملك خورخيس، تمّ تجهيز المراسم ،والملوك في طريقهم إليك.

خورخيس: بيلبان، لقد فكرت كثيراً، ما رأيك أن نغتال القادة الثّلاثة هنا وبحضرة ملوك الشّياطين والجان.

بيلبان: سيّدي،هذا تصرّف وقرار غير صائب؛فهذه مراسم تنصيبك كملك وإمبراطور على البلاد، أهكذا تكون البداية؟ سيعتقد القادة والملوك أنك ملك بلا حكمة وأنّك تنكثُ العهد.

خورخيس: أنا ملكهم ولن يعرفوا مصلحة هذه البلاد مثلما أعرفها أنا.

بيلبان:ولمعرفتك بها أتقوم وتغدر؟! سيّدي الملك،أتبدأ حكمك بالاغتيال ، هذا فألّ سيئ، وأيضاً في نصّ اللفافة عهد بيننا وبينهم ، فكيف تخلفه؟

خورخيس: ومنذ متى نهتم للفأل, فأنا مؤمن بما أفعل وبإذنه العظيم يبارك الله في خطوتي في تطهير الأرض منهم, أمّا بالنسبة للعهد فالحرب خدعة يا بيلبان.

بيلبان: سيّدي،لا تقدم على هذا العمل أمام الملوك فحتّى القادة الثّلاثة لن يكون النّيل منهم سهلاً، ولا أستبعد أن مارد وضع خطة بديلة لهذه الزّيارة، فأنا أقسم لك أن فكرة الزّيارة فكرته, أنت تعلم أن مارد حكيم في اتّخاذ قراراته، وأن أباك كان يستخدمه في فتح البلدان القاسية الّتي لم يستطع أحد الوصول إليها،فوادي النّار الذي لم يكن في إمبراطورية أجدادك وكان مقبرة عائلة آشخور وجيشهم استطاع مارد هزم أهله ، و فرض الولاء والطّاعة لوالدك، وأن يدفعوا الفدية كلّ سنة، فهل تعتقد الآن أنّه سيتركك تقضي عليه؟!! ....لا أعتقد ذلك أبداً.

خورخيس: ماذا دهاك يا بيلبان أأنت خائف؟ وكنت تقول لي إني معك مهما كانت الظّروف.

بيلبان: نعم يا سيّدي فأنا معك حتّى الممات, ولكن بما أنّي حاجبك و وزيرك أنصحك أن تفكّر في قرارك قبل تنفيذه.

رسول بوابة الإمبراطورية: سيّدي الملك خورخيس.

خورخيس: ماذا تريد؟

الرّسول: سيّدي، لقد وصل أوّل الحاضرين من الضّيوف المبايعين.

خورخيس:إذاً دعهم يأتون، ماذا تنتظر؟ من أوّل الحاضرين ملوك الجان أم الشّياطين؟

الرّسول: سيّدي،يطلب القادة الثّلاثة إذن دخول قصرك.

خورخيس: ماذا ؟! أيعقل أنّهم أتوا بهذه السّرعة؟!

بيلبان: ألم أقـل لــك يا سيّدي؟ فلتحذر منهم،فمعروف عنهم سرعتهم؛ فاحذر يا سيّدي.

خورخيس: بيلبان ، فلتأتي بالقادة السّتة الآن فوراً ليكون الاستقبال بالهيبة الّتي أريدها.

بيلبان: حاضر يا سيّدي، سيأتون الآن إليك.

حارس البوابة: أيّها القادة ، أتعرفون التّعليمات الملكيّة في استقبال الضّيوف القادمين لتقديم الولاء والطّاعة؟.

مارد: يا للعجب كم تغير الوضع هنا! انظر يا مارخوف ألم تكن هنا تماثيل الانتصارات الّتي وهبتها للملك خافان؟ أين ذهبت؟.

مارخوف: لعلّ الملك الجديد لا يحبّ شيئاً فيه اسمنا.

سورفاغ: وانظر هناك كم تغيرت الإمبراطوريّة! لم تكن هكذا عندما نفينا.

الحارس: أيّها القادة،لن أكرّر سؤالي وأرجو الاستماع.

مارد: أيّها الطّفل اللّعين، والله لو كنت في المدينة المحرّمة لجعلت منك طعاماً لحيواناتي.

الحارس: مارد ، أنت في مدينة الملك خورخيس فلا تجعلني أجعلك طعاماً لحيوانات الإمبراطور أيّها الخائن .

22

سورفاغ: أيّها اللّعين ماذا تقول؟ والله لأقتلنّك الآن.

مارد: اهدأ يا سورفاغ،ستدور الأيام وسنجد هذا الحارس ونلقنه درساً لن ينساه، ما اسمك أيّها الحارس ؟ أم أنّك تخاف أن تخبرنا اسمك؟.

الحارس: أنا لا أخاف إلا الله الذي خلقني، اسمي شارل.

مارد: حسناً يا شارل, للحديث بقيّة معك.

رسول الإمبراطور: شارل اقرأ عليهم تعليمات الدّخول.

الحارس شارل:

بسم الله الرّحمن الرّحيم

هذا دستور الولاء والطّاعة لكلّ ملك عظيم أو قائد أو أمير يريد مبايعة الملك خورخيس وتجنّب غضبه, السّلام عليكم أجمعين...

لا ترفعوا رؤوسكم عند الدّخول،ولتكن أعينكم إلى الأرض حتّى يأذن لكم الملك برفعها, ولتنحنوا وتستقيموا حتى يبارك لكم فتقبّلوا يديه وجبهته ،ثمّ تنصرفوا إلى مكانكم المخصّص ، ولا تكثرو من الأسئلة فاليوم يوم المبايعة.

لملك خورخيس

الحارس شارل: أيّها القادة، فلتختموا الآن إذا أردتم المبايعة .

مارخوف: مارد و سورفاغ ، أتقبلون بشروطه ؟ وكأنّها استفزاز لنا ؟

سورفاغ: لا والله ،إنّما هذه إهانة ليرينا مكانتنا عنده ،وأنّه لا يأبه لنا، ومنذ متى هذا الدّستور يتلى؟ فنحن هنا نعرف الدّستور، وكنّا في السّابق من نتلو بيانات الدّخول.

ضحك مارد ضحكات استهتاريّة.

مارخوف: أهو وقت الاستهتار يامارد؟.

مارد: هذا يدلّ أنّ الملك يخاف منّا وأنّه يريد إثبات هويته الملكيّة, فهويريد استفزازنا بهذه الرسالة حتى نقوم بعمل غبيٍّ فيعذر بقتلنا.

مارخوف: وكيف عرفت هذا؟.

مارد: انظر يا مارخوف في الأعلى،انظر إلى غرف المراقبة أترى أحد هناك؟.

مارخوف: لا, لا يوجد أحد.

مارد: وأنت يا سورفاغ ،انظر... كم حارساً في البوّابة؟!

سورفاغ: لا يوجد سوى عشرة.

مارد: إذاً أيعقل أن خورخيس لا يحمي نفسه ولا مملكته وهو يعلم أنّنا قادمون؟!.

مارخوف و سورفاغ: إذاً بماذا يفكر خورخيس؟

مارد: إنّ جنوده كانوا خلفنا وقت دخولنا لحدود الإمبراطوريّة، وكلّنا يعلم أنّ جنود البوابات يجب أن يكونوا من أمهر الجنود ، فهم رأس المدينة،أرأيتَ كيف كان يخاطبنا الحارس شارل بكلّ استفزازٍ؟ فهم يريدون إغضابنا ليكون ذلك عذراً لقتلنا, انظر خلفك يا مارخوف وأنت يا سورفاغ سترى من الجنود الّذين يختبئونَ في زيِّ العامّة والباعة المتجوّلينَ، فمنذ متى هناك باعَة في هذه المنطقة؟! إنّما والله هم من الجنود, وانظر إلى السّماء سترى الجان الطّيارين يحلّقون فوق رؤوسنا بمسافات بعيدة يعتقدون أنّني لن ألحظهم, وكأنّي أشتم رائحة القادة السّتّة ينظرون إلينا الآن ينتظرون غلطةً واحدةً منّا، سوف أتظاهر بأنّي أتشاجر معك فلتنظروا لردّة الفعل من الّذين يدَّعون أنّهم من الباعة فلو كانوا من الباعة فلن يهتموا، وإذا لم يكونوا من الباعة فسترى العكس.

تظاهر بعد ذلك القائد مارد بأنّه يتشاجر مع مـرخوف وأنّه سوف يقتله, كان ما قاله مارد صحيحاً عن الباعة وعن المتجوّلين من العامة، فالجميع نظر إليهم وكأنّهم في أهبة الاستعداد.

سورفاغ: مارد صدقت في كلامك فهم من الجنود.

مارخوف: كم أنت ذكيٌّ يا مارد كيف عرفت ذلك؟.

مارد: ألم أقل لكم ثقا بي ؟ ،سأكون الحاكم عمّا قريب، هيّا فلتقوما كي لا يشكّ بنا الحارس شارل.

شارل: ماذا هناك أيّها القادة؟،أمكوثكم في المدينة المحرّمة جعلكم بلا عقل.

مارد: فلتعذرنا يا شارل،منذ فترة لم نلتقي بحضارة متقدّمة مثل حضارتكم.

شارل: كفاكم هزواً فلتختموا بالموافقة الآن.

مارد: السّمع والطّاعة يا شارل.

شارل: إذاً سوف يرشدكم الرّسول إلى الموقع والله الموفّق.

بعد ختم القادة اتجهوا إلى موقع المبايعة وفي فكرهم الكثير من الأفكار والخطط والخوف أيضاً،فمارخروف وسورفاغ لا يعلمان بماذا يفكّر مارد ، ولكنّهما كانا يثقان به.

وفي نفس تلك اللّحظة ، كانت الأوضاع مرتبكة عند الملك خورخيس على أمل أن تنجح خطّته.

بيلبان: سيّدي ، لقد حضر القادة السّتّة.

خورخيس: فلتدعهم يدخلون سريعاً، أريد أن أسمع الأخبار.

بيلبان: أخبار ماذا ؟.

خورخيس: ستعلم الآن.

بيلبان: أرجو أن تكون أخباراً جيّدة, أيّها القادة السّتّة العظام، فلتأتوا سالمين مكرّمين.

القائد خاجي: سيّدي الملك خورخيس، لقد سلموا من الفخّ، كانوا على وشك الوقوع فيه !!

خورخيس: ماذا حدث يا أميرجيشي الأسود العظيم الشّيطان خاجي ؟

خاجي: لا أعلم، لكن حاول الحارس شارل استفزازهم وقد برع في ذلك وحصل كما كنّا نخطّط، فقدْ فقدَ سورفاغ و مارخوف أعصابهم وكنا قريبين من الهجوم عليهم، لكنَّ مارد هدّأ من روعهم .

خورخيس: تباً لك يا مارد ماذا حدث أيضاً؟.

تورن: سيّدي إنّي أشك أنّ مارد علم بمخطّطنا.

خورخيس: ولماذا تقول ذلك؟.

تورن: لأنّي رأيت مارد يهمس في إذن سورفاغ.

خورخيس: لا أعتقد أنّه كان شيئاً مهمّاً ،لعلّه كان يعطيه تعليمات فقط.

فيفغل: لا يا سيّدي، لا أعتقد ذلك، فالرّياح نقلت لي بعضاً من همسات أصواتهم، فقد كنت مع جيشي الجان الطّيارين وسمعت بعضاً من همس كلامهم, قال مارد إنّما هي مكيدة.

خورخيس: أأنت متأكّد من صحّة سماعك يا فيفغل؟.

فيفغل: أنت تعلم يا سيّدي أنّني قائد الطّيارين، وأن الله ميّزني بقوّة السّمع والنّظر.

دارل: سيّدي أنا كنت أحد أمراء وادي النّار قبل أن ننضمّ تحت حكمكم المبارك، وكنت أيضاً قائداً لأحد الجيوش هناك حين أمر والدك بالسّيطرة على وادي النّار، وأنت تعلم أن جنود وادي النّار من أشرس المقاتلين، ومع ذلك تمكّن مارد من إطاحتنا وهزيمتنا هزيمة نكراء، فقد كان سريع البديهة وذكياً جداً في اتخاذ القرارات.

خورخيس: أيّها القائد سورال، مابك؟ لماذا لا تشاركنا الحديث؟.

سورال: سيّدي ،لا أعلم ما أقول لك.

خورخيس: تكلّم يا سورال، أنت قائد الجيش الأحمر العظيم، مابك؟.

سورال: سيّدي لا أريد أن أخبرك خبراً مثل هذا الآن، ولكنّي سأقوله ؛ يجب أن تكون على إطلاع .

خورخيس: تكلّم يا سورال ، فوالله لقد جعلتني أفقد أعصابي الآن .

سورال: سيّدي،.جواسيس الجيش الأحمر أخبروني بخبر محاولة انقلاب ضدّك.

خورخيس: ومن هم الّذين يجرؤون على فعل هذا ؟.

سورال: إنّه أحد ملوك الشّياطين الخمسة، لكن لم نعرف اسمه بعد.

خورخيس: فكيف علمت ذلك؟ وكيف تنقل لي خبراً ناقصاً؟.

سورال: كنت لا أودّ الحديث فيه حتّى أتأكد من صحّة هذا الخبر, ولكن بما أنّه يوم البيعة يجب أن تعلم .

بيلبان: ماهذا كلّه يا سيّدي؟ وأين أنا من هذا؟ لماذا لم تخبرني بما أنت فاعل؟.

خورخيس: كنت أريدها سريّة، ولا أريد النّقاش في الموضوع.

بيلبان: ولكن يا سيّدي، أنا حاجبك ومستشار أبيك الملك خافان، وهو من أمّنني عليك و أوصاني أن أكون بجانبك كي لا ترتكب أيّ شيءٍ يسيء لك و لحكمك.

خورخيس: بيلبان،أرجو الإنصات الآن، فأنا في وقت يجب أن أضع خطّة بديلة.

لم يستطع بيلبان تصديق ما يحدث، فشكّ للحظات أنّ خورخيس لم يعد يثق به، ولم يعجب بيلبان هذا الشّعور أبداً، فقد أحسّ بالنّقص والتّقليل من قدره،

فهو مستشار في البلاط الملكيّ منذ أن كان خافان وليّاً للعهد، فكيف يصنع خورخيس به ذلك الآن.

رسول الإمبراطور: سيّدي خورخيس، أتأذن للقادة الثّلاثة الدّخول عليك وتقديم المبايعة؛ فهم ينتظرون إذنك أمام حجرة المبايعة؟.

خورخيس: هيّا يا قادتي، تعالوا وقفوا بجانبي لكي يروا من أكون ومقدار قوّتي, بيلبان،. فلتستقبلهم.

بيلبان: لك ما أمرت يا سيّدي الملك.

رسول الإمبراطور: بيلبان ،هذه لفافة الموافقة على شروط البيعة وعليها أختام القادة الثّلاثة.

بيلبان: إذاً وافقوا على الشّروط ،لا أعلم ما أنت فاعل يا خورخيس, لكن والله سوف تندم على فعلتك هذه، صدقت يا خافان عندما قلت لي قبل مماتك أن ابنك قراراته متهوّرة.

بدا الحزن والاستياء على الحاجب بيلبان من تهور الملك خورخيس، فهو يعلم أنّ قراراته تلك سوف تقلب الحكم عليه وتزيد أعداءه ، ولكن ما باليد حيله، فهو ليس سوى مستشار الملك وحاجبه, وملك صغير السّنّ مثل خورخيس لن يسمع له، وسوف يفعل ما يريد.

بيلبان: سلام دائم ، أهلاً بكم في إمبراطوريّة الملك خورخيس أطال الله لنا في عمره.

مارد: أهلاً بك يا بيلبان، أصبحت عجوزاً الآن، ماذا فعلت بك الدنيا يا ابن عمي؟.

بيلبان: مارد أنت تعلم أنّ صلة القرابة الّتي بيننا تبقى سريّة، وأنّك أنت من اخترت الخيانة.

مارد: بيلبان عزيزي، والله لو لم تكن ابن عمي لقتلتك مع الجنود الّذين أخذوني للمنفى.

بيلبان: مارد،هل سمعت التّعليمات وفهمتها جيّداً؟.

مارد: نعم أيّها الحاجب.

بيلبان: هيا بنا ، فالملك بانتظاركم .

أراد الملك خورخيس أن يبدو في كامل هيبته ؛لأنّه في قرارة نفسه كان يخشى مارد كثيراً؛ فمارد كان معلم خورخيس في الصّغر ومدربه على القتال، وعلّم مارد خورخيس إدارة الجيوش وتكتيك الحروب والتّخطيط؛ فكانت هذه مقابلة مهمّة للطّرفين، فأراد خورخيس زرع الهيبة في مارد ليريه أنّه لا يهابه حتّى لو كان معلمه.

بيلبان: سيّدي الملك خورخيس المعظم،أقدّم لكم وبحضور القادة السّتّة البواسل الأشداء ولاء المدينة المحرّمة ممثلةً بقادتها الثلاثة ، القائد مارد: ملك المردة, والقائد مارخوف : قائد الغيلان المتوحّشة, والقائد سورفاغ : قائد وحوش البحار، أتوا من منفاهم ليقدّموا لك نيّتهم الصّالحة وإصلاح ما أفسدوا في عهد أبيك الملك خافان، ولتبدأ صفحة جديدة في عهدك وتصفح عمّا مضى، وهذه لفافة المبايعة عليها أختامهم .

خورخيس: أهلاً بكم في إمبراطوريّتي العظيمة، هل تغيرت عليكم؟.

سورفاغ: نعم ،رأينا فيها ما لم نرى في عهد أبيك.

مارد: أهلاً بتلميذي العزيز، أصبحت ملكاً الآن كما أرى، ولكن لا أزال أرى فيك بعضاً من الطّفولة الطّائشة.

خورخيس: كيف هو حالك يا مارخوف؟ وكيف حال غيلانك؟ أهم جياع كما كنت أذكرهم يأكلون دائماً؟.

مارخوف: نعم ،كما قلت و كلّ يوم يصبحون أكبر وأقوى من ذي قبل، فبمقدرتهم الآن تحطيم الحديد بأسنانهم إذا أردت ذلك.

مارد: ألم أقل لك مازلت بطفولتك الطّائشة، أتتجاهل كلامي وتحاول استفزازي!! ألم تكفيك محاولة غدرك بنا وخرق معاهدتك.

خورخيس: وأنت يا سورفاغ، كم تملك من وحوش البحار؟ فتورن هنا يقول أن حوارييه يستطيعون هزيمة وحوشك.

سورفاغ: لا أرغب في الضّحك الآن، فمارد يسألك سؤالاً ولم تجبه!!

مارد: دعه يا سورفاغ، فهو تلميذي وأعرف كيف أتصرّف معه.

خورخيس: أتهدّدني يا مارد؟.

مارد: لا والله ،فكيف أهدد ملكاً عظيماً مثلك.

رسول الإمبراطور: سيّدي،تمّ بحمدِ الله وصول ملوك الجان السّبعة وملوك الشّياطين الخمسة.

سورال: سيّدي الملك لا تحاول استفزازهم الآن، فمن هؤلاء الملوك من يحاول قتلك، فلو رأى القادة الثلاثة ورأى كيف تحاول استفزازهم سوف ينضمّ إليهم, فملوك الجان والشّياطين أتوا بجيوشهم.

خورخيس: سحقاً لك يا مارد لا تزال كما كنت، لم يؤثر عليك النّفي ولم تضعفك السّنون الّتي نفيت فيها, بيلبان، فلتستقبل الملوك الآن.

مارد: يا للعجب !! الملوك هنا، ستكون حفلةً رائعةً.

خورخيس: لا تزال على عهدك يا مارد، فختمك هنا يشهد عليك؛ فالتزم الأدب.

دخل ملوك الجان والشّياطين على الملك خورخيس،وتفاجؤوا جداً من وجود القادة المنفيين، فأصبح كلّ واحدٍ يحاكي نفسه، أيعقل أن خورخيس صفح عنهم بهذه السّهولة والسّرعة؟! ،وكانت الأنظار عليهم, فدخل الملوك

يقبّلونَ يد الملك وجبهته ويقدّمون عهد الولاء والطّاعة, فعندما أتى مارد ليقبّل يد خورخيس رفض خورخيس ذلك.

مارد: لماذا ترفض تقبيلي يدك؟ أأنت خائف؟.

القائد خاجي: مارد فلتلتزم الصّمت، وإذا لم يرد الملك خورخيس سلامك فابتعد الآن.

مارد: خاجي قائد الشّياطين السّود ، سمعاً وطاعة.

سورفاغ: لماذا يا مارخوف يتصرف مارد هكذا, لماذا يذلّ نفسه؟.

مارخوف: صدّقني يا سورفاغ أن مارد عنده خطّة كبيرة، أنت تعلم مارد لا يقبل الإهانة.

بيلبان: سيّدي الملك خورخيس ،هذه لفائف العهد مقدّمة من ملوك الجان السّبعة وملوك الشّياطين الخمسة ومختومةً بأختامهم.

خورخيس: بوركتم جميعاً لولائكم لي وبارك الله لكم في حياتكم وفي حكمكم، فكما كان يقول والدي لي، الوحدة هي الّتي تحفظ الأمّة من الّذين يريدون سفك الدّماء ويريدون خراب البلاد، فوالله بوحدتنا سنكون على الأعداء مطرقةً قويّة نكسر بها رقابهم، وسأكون مثل أبي و عظم، سأجعل من سنوات حكمي سنوات سلام، والله الموفّق...

سورال يهمس في أذن خاجي: أرجو أن يكون ما قاله صحيحاً، فوالله إنّي لأرى الدّماء تملأ الوديان.

خاجي: ماذا دهاك يا سورال ؟! ألا تثق بملكك ؟!

سورال: أريد أن أخاطبك فيما بعد في موضوع لا يجب أن يخفى علينا نحن السّتّة.

خاجي: فلتصمت الآن، فالجنود السّريّون يملؤون المكان.

خورخيس: ولأثبت لكم أنّني على حقٍّ ،وأنّي سوف أجعل السّنين سنين سلام، ها قد صفحت عن القادة الثّلاثة، وأجعل منهم ملوك المنطقة المحرّمة، ولكن تحت الحراسة حتّى يثبتوا كفاءتهم.

تعجّبَ الجميع من قرار الملك خورخيس، فكيف يصفح عن أشخاص حاولوا اغتيال أبيه؟! وفوق ذلك أخبار المدينة المحرّمة كانت تصل إليه ،وكان يعلم أنّهم طغاة، فكان من الأحرى أن يقتلهم ،لا أن يسامحهم!! خورخيس: فلتتفضّلوا جميعاً ؛ فالعشاء جاهز, وعند الانتهاء يمكنكم الانصراف سالمين، وبوركتم جميعاً للمبايعة سيسجل لكم التّاريخ ذلك وستشهد لكم الأمّة بالصّلاح والسّلام.

ذهب الجميع للعشاء ،ولكن مارد وأصحابه رفضوا البقاء واستأذنوا من الملك أن يرجعوا إلى المدينة المحرّمة ؛فهم لا يريدون ترك المدينة من غير والٍ على حدّ قولهم، فأذِن لهم الملك بذلك, وما إن انتهى العشاء استأذن ملوك الجان والشّياطين من الملك وذهبوا في طريقهم سالمين.

مملكة الشّياطين الخمسة

تعتبر هذه المملكة في القوّة أقوى من مملكة الجان؛ لأنّ الشّياطين كمنصب أعلى من الجان، فقبل توحيد عائلة آشخور للبلاد كانت الحروب مشتعلة دائماً بينهم, فالشّياطين أقوى في البنية، ولكن الجان يفوقونهم في العلم والسّلاح ، فاستخدموا عقولهم لهزيمة الشّياطين . كانت البلاد يحكمها خمسة من الحكّام مقسمين على خمس دول جمعتهم وحدة الملك خافان, فقد كانت في يوم من الأيام مثل المدينة المحرّمة، ولكن لا تزال بها بعض الفوضى وعدم إتباع النّظام، ولهذا اتخذ منهم خافان قائداً عظيماً وهو القائد خاجي قائداً للجيش الشّيطاني الأسود عديم الرّحمة.

أسماء الملوك الخمسة من الشّياطين:

1- الملك راخل.

2- الملك شراعيل.

3- الملك زيبون.

4- الملك عنافير.

5- الملك أساطر.

هؤلاء هم ملوك الشّياطين الخمسة، فهم أشرس الموك ، وجميعهم معروفون بشدّتهم وقسوتهم، فكان من الواجب على من أراد أن يصبح ملكاً للشّياطين أن يقتل ألف نفس بغير نفس ، ويحرقهم ويشرب دمهم ويأكل لحمهم, فملوك الشّياطين يجب أن يكونوا قاسين نظراً للظّروف البيئيّة الّتي يعشون فيها, فكان كبيرهم والمسيطر عليهم هو الملك شراعيل .

الملك راخل: كيف وجدتم البيعة اليوم؟.

الملك زيبون: لا أعلم، وكأنّي أرى عدم الثّقة في أعين القادة السّتّة.

الملك أساطر: أمّا أنا أقول أنّه لن يصبح مثل أبيه العظيم خافان.

الملك زيبون: أرأيت كيف كان مارد واثقاً من نفسه، فوالله إنّه يفكر بشيء, وكيف من خورخيس أن يقبل ببيعتهم؟!، لقد كان أبوه شديد الحذر منهم؛ فمعروف عن مارد المكر والدّهاء.

الملك عنافير: والله يا إخواني إنّني أرى غير ذلك كلّه.

الملوك الأربعة: وماذا ترى يا عنافير؟

الملك عنافير: أنا أرى أن خورخيس خائف جداً، ومن خوفه الشّديد أصبح يتّخذ قرارات طائشة, أتذكر حينما بايعنا أباه خافان؟! كان وحده بدون رفقة القادة السّتّة، أمّا خورخيس فجعلهم عن يمينه وعن شماله، وكأنّه أراد أن يُحس بالثّقة بنفسه وبعزّته أمامنا, وأيضاً السّماح للقادة الثّلاثة المنفيين بمبايعته, ثمّ رفضه سلامَ وتقبيل مارد ؛وذلك خوفاً من أن يقوم مارد باغتياله، هذا تصرّف طائش أيضاً ، فإذا كنت ملكاً فلا تخف، كن واثقاً، وخاصّة قائد مثل مارد لا يعرف الاغتيال عهده، في جميع حروبه كان يحبّ المجابهة.

الملك راخل: لا تنسى يا عنافير أنّ خورخيس لا يزال صغير السّنّ، فلم يكن هو من رشّح لولاية العهد، فلولا موت أخيه بذلك المرض وإخوته جميعاً لكان لا يزال أميراً صغيراً.

الملك زيبون: ولكن أليس من الغريب أن يموت جميع الإخوة العشرة ويبقى خورخيس حيّاً؟!

الملك شراعيل: فوالله إنّي لأشكّ في موضوع موتهم، أيعقل أن يموتوا بنفس المرض؟! وحتّى خافان مات بهذا المرض، ولم يصب خورخيس، أيعقل هذا؟!.

الملك أساطر: لماذا يا شراعيل تقول ذلك، فوالله إنّي لأرى في قلبك كلاماً تريد البوح به.

الملك شراعيل: نعم هناك كلام أريد البوح به، ولكن يجب أن نتعاهد الآن هنا، أنّه إذا سقط حكم خورخيس أن نَظَلّ مترابطين كي لا نزول نحن أيضاً.

الملك زيبون: ماذا تقول أيّها المجنون، ومن يستطيع إسقاط حكم خورخيس؟ فالقادة السّتّة يستطيعون تدمير أيّ ملك.

الملك شراعيل: إخوتي ، جميعنا كنّا نريد الانقلاب ضدّ خافان ولكن خفنا الإبادة، ولكن اليوم حصل معي شيء غريب.

الملوك الأربعة: ماذا حصل يا شراعيل؟.

الملك شراعيل: كان مارد ينظر إليّ وكأنه يريد قول شيء لي، فكانت نظراته إلي مريبة, أتذكرون عندما قال أريد الانصراف ولم يتناول العشاء؟.

عند خروجه مرّ بجانبي ووضع شيئاً في مخبأتي, خفت كثيراً أن يكون أحد القادة السّتة أو الجنود السّريين قد انتبه للأمر فتصرّفت ببرودٍ تامٍ, ففتحتها هنا عند وصولنا وقرأت الرّسالة، فوالله كم هي خطيرة هذه الرّسالة.

الملك راخل: وماذا كتب لك مارد؟.

الملك شراعيل:

بسم الله الرّحمن الرّحيم

أيّها الملك العظيم شراعيل السّلام على أتباع نور السّماء...

أريد أن أقولَ لكم أنتم الملوك الخمسة أنّني سوف أسقط حكم خورخيس، فإمّا أن تساعدوني؟ و إمّا أن تبتعدوا عن طريقي حين أهجم عليه، فلقد طال بنا الصّبر، وكلّنا يعرف أن خورخيس الفتى الطّائش الضّعيف لا يصلح لهذا المنصب، فإذا لم تكونوا معي فأنتم ضدّي، فإذا كنتم

معي ستسلمون من غضبي، وإذاكنتم ضدّي ستنالون نصيب خورخيس من الهزيمة النّكراء.

والله على ما أقول شهيد ، والسّلام على من اتبع نور السّماء

الملك عنافير: يا إلهي !! ما به مارد يخاطبنا بطريقة التّهديد هذه؟، أهو واثقٌ من نفسه لهذه الدّرجة؟.

الملك راخل: سمعتم نصّ الرّسالة ،فما أنتم فاعلون الآن، يبدو أنّ مارد واثق ممّا يفعل؟.

الملك زيبون: ولماذا لا تكون خطّة من خورخيس ليرى مدى ولائنا له؟.

الملك أساطر: لا, لا أعتقد ذلك فخورخيس ليس لديه تلك الخبرة بعد في أن يفعل خططاً كهذه.

الملك شراعيل: إذاً يا إخوتي ماذا يكون موقفنا الآن؟.

الملك أساطر: أأعطيت هذه الرّسالة لملوك الجان أمّ خصّتنا نحن فقط؟.

الملك شراعيل: لا أعلم, لكن ملوك الجان ولاءهم شديد لعائلة خورخيس، ولا أظنّ أنّ هذه الرّسالة ستؤثر فيهم، وإنّما سيبلغون بها خورخيس.

الملك راخل: لا أعتقد أن مارد تناساهم ،فالجان أذكياء جداً ولهم من العلم مايفوق قوتنا ولا أعتقد أن مارد نسيهم.

الملك عنافير: ملوك الجان السّبعة إذا وقفوا مع خورخيس فلن نستطيع إسقاط حكمه حتّى مع مارد.

الملك راخل: إذاً يا عنافير أنت تريد إسقاط خورخيس؟.

الملك عنافير: نعم أريد إسقاطه، وإلى متى سوف نقبّل رأسَ ويد كلِّ عائلة آشخور الملكيّة، نريد أن نكونَ ملوك أنفسنا، لا شخص يملكنا ونحن ملوك.

الملك زيبون: أنا أتّفق معك في هذا.

الملك أساطر: ولكن أنتم تعلمونَ أنَّ تقبيلنا له ليس مجرّد الولاء فقط، إنّما حمايتنا من كلّ شخص أو جيش يحاول مهاجمتنا.

الملك راخل: لا نريد الحماية منه فلنا من الجيش ما نستطيع به حماية أنفسنا وأرضنا فشكراً له.

الملك شراعيل: إذاً يا إخوتي مع من سوف تقفون الآن؟.

الملك عنافير: ولكنّنا قدّمنا لخورخيس عهد الولاء والطّاعة ومختومة بأختامنا, أنتم تعلمون ماذا يعني نقضُ العهد وعواقبه.

الملك أساطر: نعم نعلم، ولهذا سيكون قراراً صعباً في اتخاذه.

الملك شراعيل: وإذا نقضنا العهد فالقانون وضع ليخالف.

الملك زيبون: أجننت يا شراعيل، والله لو نقضنا العهد وهزمنا ستقطع رؤوسنا، فلا تنسى القادة السّتّة، أنسيت الجيش الأسود والأحمر؟، فجيشنا لا يستطيع الصّمود أمامهم، ونسيت الجيش الطّيار وجيش الحوريات ، فخورخيس لا يزال قويّاً, وكيف سيخرج مارد من المدينة المحرّمة والحراسات تحيطه من كل جانب وبه من المصائد ما تستطيع قتل جيوشه كاملة؟، فكيف لمارد بالخروج إذاً؟, وحتّى إن سحبنا حرّاسنا من المدينة المحرّمة سيبقى حرّاس الجان, و خورخيس سيشّك بنا ويرسل جيوشه علينا فهو متهوّر ولا يتناقش أبداً.

الملك راخل: صدقت بهذا يا زيبون كيف لم أفكر بذلك؟ إذاً سأقول لكم الحلّ, ما رأيكم أن نقف موقف الوسط ، فنحن لا نزال على بيعتنا للملك خورخيس إذا رأينا مارد استطاع الخروج من المدينة المحرّمة بجيشه و سورفاغ و مارخوف معه وقفنا معهم، أمّا إذا رأينا مارد وأصحابه سقطوا في المصائد ولم ينجُ الكثير منهم سنحاربهم ونكون مع خورخيس في ذلك الوقت.

الملك أساطر: أمّا أنا أرى أن نقف مع خورخيس فهو لا يزال الأقوى.

الملك راخل: لا يا أساطر، أنت لا تعرف مارد جيداً، فوالله إنّه سيفعل ما أراد، ولهذا نريد أن نكسب رضاه.

الملك شراعيل: إذاً، إذا أتى رسول مارد سأعطيه اللّفافة، أعطوني أختامكم جميعاً لختم الموافقة.

وافق الشّياطين الخمسة على خطّة مارد على أن يقفوا موقف الوسط , أيّ يقفون مع من ينتصر و يقتلون من سوف يهزم، ولكن في قرارة أنفسهم كانوا خائفين جدّاً لأنّها ستكون أوّل عملية انقلاب في تاريخ عائلة آشخور.

مملكة الجان السّبعة

هذه المملكة كانت من الممالك المتقدّمة في العلوم، فقد كانوا يفوقون جميع الممالــك في التّطور الــعمراني و الــبنياني و السّــلاحي، و كانوا مسالمين جدّاً ،ولكنهم في الحروب يخلعونَ لبس السّلام ويلبسون لبس الظّلام، فوالد الملك خافان كان يدعى الملك شرمعون، أمر ابنه خافان بأن يتزوّج منهم كي يعقد الصّلح؛لأنّه كان يعلم أنّ الحرب معهم تغني الموت لكلا الطّرفين، فتزوّج ابنة الملك راع ،وكانت تدعى سناحب، كانت شديدة الجمال وأنجبت منه خافان، فكان التّرابط بين مملكة الجان ومملكة عائلة آشخور كبير جدّاً, فليست علاقتهم مجرّد معاهدة، بل صلة قرابة ودم وعصبة، فكان حكامها شديدوا الولاء للإمبراطوريّة, ومن جنودهم الّذين يخدمون الملك خورخيس الآن القائد تورن قائد الحوريات والحواري، والقائد سورال قائد الجيش الأحمر والقائد فيفغل قائد الجان الطّيارين .

أسماء الملوك السّبعة .

1- الملكة سونيال(الملكة طيور): ملكة الجان الطّيارين.

2- الملكة رخاع (الملكة حوران): ملكة الحوريات.

3- الملك شمعون(الملك صالح): ملك الجان الصّالحين.

4- الملك عوران(الملك أحمر): ملك الجان الحمر.

5-الملك صيران (الملك أسود): ملك الجان السّود.

6- الملك دوان(الملك قاتل): ملك الجان المقاتلين.

7- الملكة نيران(الملكة شيخة): شيخة ملوك الجان.

الملكة شيخة: أيّها الملوك والملكات، اليوم قبّلنا رأس عهد جديد وأصغر أبناء عائلة آشخور الملكيّة الملك خورخيس، ولكن يا إلهي لا يزال صغير السّنّ، أتذكرون عندما ولد ونحن من باركنا لخافان به والآن يصبح ملكاً لأقوى دولة وإمبراطوريّة لعائلة آشخور, يجب أن نقف معه فهو ابن أميرتنا الأميرة سناحب.

الملكة طيور: إذاً نقترح أن نزوّج أيضاً الملك خورخيس بإحدى أميراتنا كي يتجدّد العهد الّذي بنيناه.

الملك قاتل: أنا اقترح أن نزوّجه بابنةِ أحد القادة الذين ينتمون لنا، مثل ابنة تورن أو فيفغل أو سورال، فبهذا يجدّدون الولاء له ويدافعون عنه خشية العار فيكون الدّفاع هنا أقوى.

الملك صالح: أمّا أنا فأقول أن لا نزوّجه من أميرات الجان فقط ،بل من أميرات الشّياطين ليقوى التّرابط.

الملكة حوران: نحن نعلم أنّ الشّياطين الخمسة سوف يرفضون هذا الطّلب فهم موالين له بسبب الحماية وبسبب قوّة جيش خورخيس.

الملك أحمر: ولكن كيف لخورخيس أن يتصرّف ما تصرف به اليوم، نحن مع السّلم ولكن ليس مع مارد ورفاقه, فمارد ورفاقه لا يزالون يحملون الحقد الكبير في قلوبهم.

الملك أسود: نعم إنّ هذا يدلّ على صغر سنّه، وأنّه عديم الحكمة أيضاً.

الملكة نيران: كفاكم من هذا الحديث، فهناك الحاجب بيلبان والحكيم فوتا بجانبه يساعدانه في اتخاذ قراراته.

الملك قاتل: نحن الآن في وقتٍ عصيبٍ، فلم نعد في عهد السّلم الّذي دام عشرين ألف عام، فقد تغيّر الحال حتّى في ممالكنا، القتل أصبح فيها كثيراً، فيجب أن نحزم الأمور قبل أن تزداد سوءً.

الملك أحمر: لا تخف يا دوان فلا نزال أشدّاء.

الملكة حوران: سوف أغيّر هذا الحديث قليلاً؛ لأنّ حوريتي قالت لي شيئاً اليوم و أريد مشاركتكم فيه, إني أرسلتها في رحلة عبر البحار والمحيطات كي تأتيني بأخبار الجان والشّياطين في المناطق النّائية والمنفيّة, فقالت لي شيئاً لم أصدّقه.

الملكة شيخة: أتقصدين المنطقة الملعونة؟ نعم سمعت بها من أحد جنود الطّيارين، ولكن لم أعطي لها بالاً لأنّي لم أقتنع بما قال, إذاً أكملي لنسمع ماعندك.

الملكة حوران: ولكنّ حوريتي قالت لي أنّها عندما قطعت مسافة داخل المدينة الملعونة ظنّت أنّه ليس هناك من يقطن تلك المنطقة, فوجدت طفلاً من الشّياطين يمشي، وفجأة اختفى عن ناظرها فخافت كثيراً، وتقول أنّ الشّيطان الصّغير كان يلبس لباس العبد، أي أنّه مملوك لشخص يسكن هذه المنطقة، والّذي أذهلني أكثر اختفاءه، كيف يحدث هذا؟ فخافت حوريتي فلم تكن لها الجرأة للّحاق به، فعندما أرادت العودة سمعت أصواتاً غريبة ووحوش بحار لم ترى مثلها قطّ، والأغرب من هذا هجمت عليها ولم تأبه بمهمّة الحوريّة ولا بلبس الانتماء لنا ، فقتلتها الحوريّة وهربت.

الملكة شيخة: هذا كلام خطير جدّاً يا حوران أأنتِ متأكّدة من هذا؟.

الملكة حوران: نعم ،فلتسألوا حوريتي أيضاً.

الملك صالح: سمعت عن هذه المنطقة وعن الخرافات الّتي تدور فيها، لكن لا أظنّ ذلك فأعتقد أن حوريتك تعبت من السّفر.

الملك قاتل: لا أعتقد أن هذا الشّيء صحيح، ولكن إذا كان كذلك فلماذا لم نسمع عنهم شيئاً؟.

الملك أحمر : وما مصلحة الحوريّة في أن تكذب, سونيال أنتِ تملكين أسرع الجان الطّيارين فليذهبوا هناك لعلهم يرون شيئاً.

الملك أسود : الخوف أن تكون منطقة سريّة للثوار، سأرسل معهم بعض من الجان السّود.

الملكة شيخة: إذاً فافعلوا ما تشاؤون، ولكن أرجو أن يكون هذا الخبر غير صحيح.

أيها الرّسول أحضر لنا واحداً من الجان الطّيارين وآخر من الجان السّود وليكونا من الذين لهم الحدس الشّديد والسّرعة الشّديدة.

الرّسول: حسناً يا سيّدتي.

ذهب الرسول إلى المنطقة العسكريّة وقابل قادة الجيوش وأخبرهم بأنّ الملكة تريد واحداً من الجان الطّيارين و واحداً من الجان السّود الّذين يمتازون بالدّهاء والسّرعة، وعندها سأله القادة: لماذا؟, قال الرّسول: لا أعلم، فالملكة تريدهم الآن في الحال دون أيّ تأخير ،فاختار القادة اثنين من أمهر جنود الجان, الطّيار حارق والجان الأسود ساحق.

الرّسول: سيدتي الملكة نيران، القادة يبلغوكِ السّلام وقد بعثوا لكِ الجنود كما طلبتِ, الجان الطّيّار حارق والجان الأسود ساحق.

الملكة شيخة: بوركتم أيّها الجنود، وليبارك الله بإذنه خطاكم, سأتلواعليكم المهمّة الآن .

بسم الله الرّحمن الرّحيم

السّلام على جند الله والتّعظيم لأنبيائه...

أيّها الجنود،أتانا تقرير من الحوريّة الّتي ذهبت في مهمّة السّلام أنّ هناك أرض بعد البحور السّتّة الّتي لا تخفى عليكم تدعى المنطقة الملعونة

42

الّتي لا يقطنها أحد،و أفادت أنّها رأت شيطاناً صغيراً بزيّ العبد، وأنّه اختفى فور النّظر إليه، وأنّ هناك أيضاً وحوش بحرٍ خارجةً عن النّظام هاجمت حوريّة ولم تأبه بلباسها العسكريّ الإمبراطوريّ، وبهذا يكونون قد خرقوا عهد السّلام الموقّع أدناه في تاريخ الجوزاء اليوم الخامس سنة 3248 فاران، وبهذا قد برّأنا الذّمة منهم، فلتقتلوا من يهاجمكم وتأسروا من تستطيعون أسره, ولكن استخدموا حدسكم، فإنّنا نشكّ أنّ هناك حياة مخالفة وأفعال خارجة عن النّظام، فقد أخترتكم من بين الجنود لمهارتكم، أرجو ألا تخيبوا الظّنّ والثّقة بكم. والله الموفق طيروا بسلام، سنرسل معك يا ساحق الطّير الأسود ليطير بك، ونرسل أيضاً طيور السّلام السّريعة كي تأتينا بالأخبار، ونرسل معكم حوريّة لكي تدلّكم على موقع الحادثة، بوركتم وبارك الله لكم.

ساحق وحارق: السّمع و الطّاعة يا سيّدتي، لكِ ما أمرتِ.

حلّق ساحق وحارق في السّماء بسرعةٍ كبيرةٍ و اتَّجها نحو البحور السّتّة بسرعةٍ فائقةٍ حتّى وصلوا المنطقة.

حورية: قفا هذه هي المنطقة الّتي رأيت فيها الشّيطان الطّفل.

حارق: أيعقل هذا؟! فهذه المنطقة الملعونة، هل يوجد هناك أحد؟ إنّي لا أرى سوى الضّباب فقط.

ساحق: وأين هجم عليك وحش البحار؟.

حورية: هجم من هنا، ولكنّ الغريب أنّه هجم بعد اختفاء الطّفل.

ساحق: إذا قتلتِ الوحش فأين هو الآن؟.

حورية: لا أعلم، هذا غريب فقد قتلته هنا.

حارق: لعله الوحوش الأخرى أكلته، فهنا عالم متوحّش كما يبدو لي.

ساحق: أيّها الطّير أنزلني هنا ،سأمشي قليلاً لأكشف المكان.

حارق: سأنزل معك, حورية ،إذا رأيتِ شيئاً مريباً فاذهبي إلى الملوك السّبعة وأخبريهم ولا تنتظرينا، سوف نهتمّ بأنفسنا، سندخل إلى المدينة ونتجوّل فيها مدّة ساعتين ونعود إليك.

حوريّة: لا سأكون معكم ،فهذه أيضاً مهمتي، سأبقى هنا أحميكم من أيّ مكروه, طيري يا حمامة السّلام وأخبري الملكة بما يحدث الآن.

ساحق: يا إلهي ما هذه الرّائحة النّتنة الّتي تنبع من هنا؟!.

حارق: فلتحذر يا ساحق، فقد سمعت أساطير غريبة عن هذا المكان.

ساحق: ماذا سمعت؟.

حارق: سمعت أنّ هنا مدينة مخفيّة ملعونة تتّبع هوى نفسها ولا تؤمن بالرّسل وتعصي الله مقابل أشياء خارقة.

ساحق: أشياء خارقة مثل ماذا؟.

حارق: يقولون أنّ هنا شخص لا أعرف طائفته هل هو من المردة أم من الشّياطين أم الجان أم الغيلان؟ ولكنّه يدعى ساحر.

ساحق: نعم سمعت هذا، وسمعت أنّ ساحر يطلب منك طلبات مقابل أن يعطيك ما أردت, ولكن لا أعتقد أنّ هذا صحيح، فأين هو؟ لم يظهر لا في حرب ولا في سلام.

حارق: يقول البعض أنّه هو السّبب في موت عائلة آشخور الملكيّة وسبب مرضهم المريب الّذي لم يعرف الطّب له علاج.

ساحق: إذا كان كلامك صحيحاً فلماذا لم يقتل أيضاً خورخيس؟.

حارق: لا أعلم، ولكن هذا ما يشاع في الآونة الأخيرة.

ساحق: مدينة مخفيّة، أيعقل هذا؟! وكأنّها قصص نحكيها للأطفال قبل النّوم,

حارق ألم تلحظ شيئاً غريباً على حوريّة.

حارق: ما الغريب؟.

ساحق: قصّتها المبهمة، فالشّياطين لا تختفي، كيف لها أن تقول هذا.

حارق: لا تنسى أنّها المدينة الملعونة ،وقد يكون كلامها صحيحاً، فإذا كانت المدينة مخفيّة فالأحرى أنّ سكانها يختفون, ولكنّ قصّتها عن وحش البحار لم أصدقها .

ساحق: ولماذا؟.

حارق: أوّلاً وحوش البحار لا تأتي هذه المنطقة لنسبة الملوحة العالية, فلا تستطيع الوحوش تحمّل هذا التّركيز من الملوحة.

ساحق: حارق أتعتقد أنّ حوريّة تكذب؟.

حارق: لقد شككت الآن بها ،فحدسي يقول لي أنّها سوف تكيد بنا.

ساحق: وماذا تريد أن نفعل الآن؟.

حارق: فلتسمع ما أقوله لك الآن, سنوقف مهمّة البحث، فحوريّة سوف تنتظرنا فنحن قلنا لها سنتجوّل لمدّة ساعتين، ولم يمرّ من الوقت سوى نصف ساعة, سنطير خفية للأعلى وننظر ماهي فاعلة.

ساحق: لكن سوف تلحظنا فالحوريّات شديدات الإحساس.

حارق: أعلم ذلك، ولكن نحن أيضاً فائقي السّرعة ،انظر هذا سلاحك ارميه هنا وفجّره فالحوريّة ستنظر إلى مكان التّفجير، وأصعد أنا بك سريعاً إلى الأعلى من الجهة العكسيّة كي لا ترانا.

ساحق: إذاً فليكن كذلك.

نفّذ ساحق وحارق ما خطّطا له فوصلا إلى أعلى السّماء وكان الاثنان يمتازان بقوّة النّظر، فارتفعا إلى أعلى بعيداً عن قوّة ملاحظة وإحساس حوريّة.

حارق: في هذا الارتفاع يصعب على الحواري ملاحظتنا أو سماعنا.

ساحق: هيّا فلنراقب الآن.

حارق: ساحق مرّت ساعة الآن وحوريّة لم تحرّك ساكنة، أيعقل أن نكون قد ظلمناها؟.

ساحق: فلننتظر حتّى انتهاء المدّة المحدّدة، فحدسي يقول أنّ وراء هذه الحوريّة شيء تخفيه، إنّي أشكّ أنّها قد أتت بنا إلى هنا لسبب ما.

بعد مرور ساعة ونصف حدث مالكم يكن في الحسبان.

حارق: انظر يا ساحق إلى حوريّة إنّها تقوم بحركاتٍ غريبةٍ وكأنّها حركات وتحايا استدعاء.

ساحق: يا إلهي !! انظر إلى حوريّة قامت بقتل طيور السّلام وقتل الطّير الأسود !!

حارق: ما رأيك؟ أنهجم عليها أم نذهب لنخبر الملوك؟

ساحق: لا فلننتظر فمهما بلغت قوّة حوريّة لن تستطيع هزيمتنا, انظر هناك أشخاص قادمون ،من هم ؟

حارق: يا للهول إنّه لباس جند ماردا!! أليس من المفترض أن يكونوا في المدينة المحرّمة.

ساحق: أتعتقد أنّهم يريدون الغدر بنا.

حارق: بقيت ربع ساعة على انتهاء مدّتنا فلتنظر إليهم إنهم يختبئون وراء الصّخور، كم ترى منهم يا ساحق؟

ساحق: إنّي أرى اثنين فقط .

حارق: إذاً الخطّة كالتّالي، سوف أنزلك هنا ولتتحرك سريعاً كي لا تراك حوريّة وتنفخ ببوق العودة كي تستعدّ حوريّة، وأنا سأتولّى أمر الاثنين، سأقتل واحداً وآخذ الآخر أسيراً.

ساحق: وحوريّة ،ما نحن فاعلون بها؟

حارق: نريدها حيّة للمحاكمة العادلة, هيّا يا ساحق فلتبدّل شارة السّلام ولتلبس شارة الحرب.

أنزل حارق ساحق إلى الأرض الملعونة وتحركا بسرعة تتعدّى سرعة البرق، نفخ ساحق ببوق العودة فتأهّبت حوريّة ومن معها لقتل ساحق و حارق، وفي غضون ثوانٍ هجم ساحق من الأمام وحارق من الخلف بقوّة طاغية فقتل حارق الجنديّ الأوّل وأمسك بالثّاني أسيراً ، وأمسك ساحق بالحوريّة الخائنة وتحركا بسرعةٍ كبيرةٍ إلى ممكلة لجان السّبعة، فما مرّت دقائق حتّى وصلا إلى قصر الجان واقتحماه من غير إذن.

الملكة شيخة: ما بكما دخلتما علينا بهذه القوّة، ولماذا تأسران حوريّة!! ومن هذا الّذي معكم؟

الملك صالح: يا إلهي!! أبدّلتم شارات السّلام بشارات الحرب؟!!

الملكة شيخة: ماذا حدث أخبراني؟

حارق: سيّدتي،نفّذنا المهمّة كما أمرتِ، ولكن أنا وساحق رأينا شيئاً غريباً في كلام حوريّة ، فشككنا بها وكان شكُّنا صحيحاً.

الملكة شيخة: ماذا تقولان ؟ احكيا لي ما حدث.

ساحق: سيّدتي، قصّة حوريّة الّتي أخبرتكم بها هي محض خيال فقط ، فليس هناك شيطان في المدينة الملعونة وليس هناك وحش بحار حاول قتلها ، فالمنطقة الّتي أشارت إليها حوريّة تفتقر إلى الحياة وأيضاً ملوحة البحر في تلك المنطقة تستحيل معها الحياة، فرسمنا خطّة وذهبنا إلى الأعلى ورأينا مالم يكن في الحسبان، فقد قتلت حوريّة طيور السّلام وتعاونت مع هذا الشّخص وجندي آخر لقتلنا ، لكننا أتيناهم خفية.

الملكة شيخة: أصحيح ما قيل عنك يا حوريّة؟

حوريّة: اقتلوني ليس لديّ شيء لأقوله.

عمّت الصّدمة ملوك الجان جميعاً و استنكروا فعلتها وكثرت الأسئلة ،كيف ولماذا؟ ومن الّذي أمرها؟ فالحواري معروفون بولائهم الشّديد وعدم عصيانهم للأوامر والطّاعة المفرطة للملوك, وكلّما سألها ملك تكتفي بقول اقتلوني لا تسألوا كثيراً فقد مللت من أسئلتكم الحمقاء، هذه الحوريّة كانت الوصيفة الأولى للملكة حوران فكانت الصّدمة الكبرى لهم.

الملكة حوران: أيعقل أن تخونيني يا وصيفتي.

حوريّة: يا أغبياء, يا من تدّعون الملك أنا واحدة فقط واستطعتم كشفي ، هناك الكثير مثلي.

الملكة شيخة: ماذا تقصدين بالكثير وإلى ماذا تشيرين؟

حوريّة: لم أعهدك غبيّة يا شيخة, أنا سأموت الآن ولكن هناك غيري الكثير وسوف تموتون جميعاً وسوف يغدر بكم.

الملكة شيخة: أيّها الحاجب فلتجهّز ساحة القصاص العادل، وليحضر الجميع لتكون عظة وعبرة لغيرها من الخونة.

الملك أسود: أحسنتم وبوركتم ياساحق وحارق،ولكن من هذا؟ لم نتعرّف عليه بعد؟

ساحق: لا أعلم، فهو لا يتكلّم ولكنّ لبسه يدلّ على أنّه من جند مارد.

الملك أسود: ماردا! أيعقل أنّه من جنده؟! ولكنّ جنده في المدينة المحرّمة، أنت أيها الجندي أصحيح أنّك من جنود مارد؟ لماذا لا تتكلّم إنّي أخاطبك؟

ساحق: سيّدي فلتقتلهم جميعاً ولنبلغ الملك خورخيس بذلك.

الملكة شيخة: نعم فلن يتكلّم ،اقتلوهم جميعاً الآن, هيّا جهزوا ساحة القصاص الآن وليحضر الجند والقادة أجمعين.

في ذلك الزّمن كانت هذه أوّل عملية قصاص لإحدى وصيفات ملوك الجان، فقد كانت حوريّة وصيفة الملكة حوران المفضّلة, فكان الأمر كفاجعة

للجميع،حتّى عندما أتى القادة بجنودهم لم يكونوا يتوقّعون هذه النّهاية لحوريّة فتسائل الكلّ لماذا حدث ذلك لها؟ فأصبح كلّ شخص يروي قصّة عن سبب قصاصها, تجمّع الجميع مصطفين في صفوف، وأتى الملوك السّبعة، وحضر القاضي وبدأ يقرأ الخطاب.

بسم الله الرّحمن الرّحيم

الله ملك السّماوات والأرض ولله نور السّماء, وكلّنا له عباد مخلصون نحكم بدينه ولا نعصي الله أبداً ولا نعبد مع الله أحداً .... بسم الله نبدأ وبالصّلاة على الرّسل نختم, في هذا اليوم شهر الحوت اليوم الخامس من سنة 1232فاران, أنزل الحكم على حوريّة وصيفة الملكة حوران العظمى بالقصاص العادل، فقد تعدّت حوريّة مقام الحواري وتجرّأت على الكذب ومحاولة اغتيال الجنديّ ساحق ورفيقه الجنديّ حارق في مهمّة المدينة الملعونة، فلم تحترم دستور السّلام، وحاولت زرع الفتنة في إمبراطوريّة السّلام وبين ملوك الجان السّبعة، فبهذا حكم عيها بالقصاص هي ومن ساعدها، ومن سيساعدها سينال شرّ العقاب، والله على ما أقول شهيد فلن يكون هناك رحمة حتّى لو كان الخائن أحد القادة الكبار فسينال عقوبة الموت، وبهذا أختم خطابي بالدّم العادل.

ختمنا وعدلنا وبالله آمنا ..... اللّهم لك الحكم والثّناء ، فأنت العادل ونحن لك مطيعون والصّلاة على المرسلين أجمعين.

بعد هذا الخطاب، قفل الكتاب الّذي كان عليه غبار شديد, فلم تحدث عملية خيانة منذ آلاف السّنين منذ عهد الحروب العظمى، أي قبل تأسيس إمبراطوريّة آشخور الملكيّة, وكان القانون ينصّ على أنّ الخائن يُقتل بيد مليكه, هذا يعني أن تقوم الملكة حوران بقصاصها، فلم يكن الموقف سهلاً

عليها، فحوران رقيقة القلب وكانت متعاطفة مع حوريّة وكانت تحبّها جداً، فكلمة وصيفتها تعني وزيرتها ومستشارتها في كلّ الأمور، وحاجبتها أيضاً، فيا لصعوبة الموقف والتّجربة الّتي ستمرّ بها, فملوك الجان يعلمون بالقانون جيّداً، فهناك مراسم لهذا القصاص كي يكون عظة وعبرة، فيجب أن يكون القصاص بسيف غير حادٍّ لتنزف وتموت ببطءٍ، وبينما هي تحتضر تأتي الملكة وتأخذ من دمها وتغسلَ وجهها به ليكون التّبرؤ من هذا الدّم النّجس، فهذا هو القانون المتّبع من عهد أجدادهم ولا يستطيعون تغييره أبداً.

الملكة شيخة: حوران تعلمين القانون جيداً، هل تستطيعين تنفيذه؟

الملكة حوران: سوف أنفّذه ولن أضعف كي لا يقولوا عنّي ملكة ضعيفة، ولكن والله إنّه لموقف لن أنساه أبداً.

الملكة شيخة: أنتِ تعلمين أنّ في هذا صلاح الأمّة، وأنتِ لم تظلمي حوريّة إنّما هي من ظلمت نفسها.

الملكة حوران: فليكن ذلك, أيّها القاضي فلتأتني بالسّيف العادل الآن.

القاضي: السّمع والطّاعة يا ملكتي, فهذا هو سيف العدل، السّيف الّذي نتوارثه نحن القضاة جيلاً بعد جيل, كان آخر قصاصٍ تمّ به قبل مائة ألف سنة، وبهذا سنسجّل تاريخ اليوم على السّيف ونكتب اسم حوريّة ، فكلّ من يُقصّ به يُكتب اسمه على السّيف.

الملكة حوران: يا إلهي ! أكلّ هؤلاء المكتوبة أسماءهم خونة؟!

القاضي: نعم يا سيّدتي, فتفضلي وبوركتِ وسنبارك لكِ خطوتك، فخذي هذه اللّفافة ،واقرأيها على وصيفتك الحوريّة.

الملكة حوران: ماهذه اللّفافة؟

القاضي: هذه لفافة ختم العار، بعد أن تجيب الحوريّة على الأسئلة المكتوبة في اللّفافة ويقصُ عنقها و يمسح وجهك بدمها, تأخذين اللّفافة وتمسحين بها وجهك ليكون ختم العارمختوم بدم حوريّة، وليتم تطهيرك منها .

الملكة حوران: حسناً أيّها القاضي، هيّا فلنذهب الآن إليها.

القاضي: بسم الله نبدأ.

حضرت حوران ساحة القصاص، وكانت تلبس شارة الغضب، فلبس هذه الشّارة يدلّ على خطورة الموقف و جديّته، ويعني نزع الرّحمة من قلب لابسه.

وقفت حوران أمام حوريّة و أمام القادة والجنود والملوك وقالت بصوتٍ عالٍ: الدّم لمن يخون، وفتحت اللّفافة وبدأت بالأسئلة، فكانت هذه هي طريقة المحاكمة في عالم الجان، يسأل الملك الحاكم ويجيب المحكوم عليه.

الملكة حوران: أتقرّين بما حكم عليك يا حوريّة؟

حوريّة: نعم و أريد القصاص.

الملكة حوران: أتعرفين أنّك خنتِ دينكِ ودولتكِ؟

حوريّة: نعم وأنا على استعداد لتحمّل العواقب.

استغرب الجميع من قوّة قلب حوريّة ،فكلّ من يقف في هذه السّاحة لا يستطيع الكلام من الخوف ويطلب السّماح، ولكنّ حوريّة كانت قويّةً جدّاً، فالبعض ظنّ أنّ مريضة، والبعض قال أنّها ليست بحوريّة, هناك شيء مريب يحدث!.

الملكة حوران: ما حلّ بكِ يا حوريتي؟ أجيبيني!.

حوريّة: قلت لكِ أريد الموت.

الملكة حوران: لماذا فعلت ذلك؟

حوريّة: مابك يا حوران؟ أضعف قلبك ؟

الملكة حوران: أتسخرين منّي؟ تبّاً لكِ ،لا مزيد من الأسئلة، موتي من غير رحمة.

رفعت الملكة حوران السّيف إلى الأعلى وأنزلته على رقبة حوريّة حتّى وصلت إلى نصف العنق ولم تكمل كي تتعذب حوريّة وهي تموت, فأصبح دم حوريّة يتطاير و حوران تقف بشموخٍ وعزٍّ ورفعت قدمها وثبّتت به رأس الحوريّة وقالت موتي بعذابٍ لا بسلامٍ.

خاف القادة والجنود، فمنظر حوران كان رهيباً جداً ، وقالت:(لعن الله كلّ خائن، لعن الله كلّ خائن)، وبعد موت حوريّة قضت على الجنديّ المجهول أيضاً, وبعد الانتهاء فعلت حوران ما ينصّ عليه القانون فغسلت وجهها بالدم ومسحت وجهها بلفافة ختم العار وقالت:(لا تدفنوها فلتقطّعوا جسدها، ولتصلبوها على باب المدينة) , أخذ بعدها القاضي السّيف وقال:(أحسنتِ يا ملكتي العظيمة ، وبهذا نقفل صفحة الخيانة).

الملكة شيخة: أحسنتِ يا حوران, هيّا فلتبدّلي شارة الغضب بشارة السّلام .

الملكة حوران: لا , لن أبدّلها طالما هناك أناس سيحاولون الخيانة.

الملكة شيخة: ومن سوف يحاول ويتجرّأ بعد هذا ؟

الملكة حوران: أنسيتي ما قالته حوريّة، يجب أن أتحقّق من الأمر.

الملكة شيخة: لكِ ما أردتِ, أيّها القاضي فلِترسل رسولك إلى الملك خورخيس وتخبره ماحدث.

القاضي: السّمع و الطّاعة يا سيّدتي .

المنطقة المحرّمة

مارخوف: مابك يا مارد منذ عودتنا لم تكن على ما يرام؟ أهناك شيء؟

مارد: لا , والله إنّي أفكر بشيءٍ خطير جدّاً .

سورفاغ: ماذا هناك يا مارد؟.

مارد: عند خروجنا وضعتُ رسالة صغيرة في مخبأة أحد ملوك الشّياطين.

مارخوف: ومن هو؟

مارد: إنّه الملك شراعيل .

سورفاغ: أجننت يا مارد؟! الملك شراعيل, أنت تعلم أن أحد جيوشه هو الجيش الشّيطانيّ الأسود العظيم ،وقد قدّمه شراعيل هديّةً للملك خافان، فهو من أنصاره.

مارد: نعم, ولهذا فعلت ذلك لأنّي أعلم أن شراعيل تنازل عن جيشه مقابل سلام دولته، فهو ينتظر الفرصة لرجوع جيشه إليه

مارخوف: إذا كنت واثقاً من حدسك فلماذا أنت متوتّر هكذا؟.

مارد: لأنّنا سوف نخرج الآن من المدينة المحرّمة.

سورفاغ: نخرج!! وكيف نخرج؟

مارخوف: مارد، كيف تريدنا أن نخرج و خافان وضع من الجند والمصائد مايستطيع به قتلنا؟.

مارد: هل سمعتم عن المدينة الملعونة؟

مارخوف و سورفاغ: ومن لا يعرف هذه المدينة, فأساطيرها وقصصها الخياليّة الّتي لا تصدّق على كلّ لسان .

مارد: وسمعتم بالطّبع عن شخص يدعى ساحر ،وصاحباه هابل ونابل ؟

مارخوف: نعم ،ولكن هؤلاء أشخاص غير موجودين طبعاً!!

سورفاغ: مارد،وكأنّك تريد القول أنّك تصدّق أساطير هابل ونابل وساحر؟!!

مارد: والله إنّهم لحقيقة ،وهم من سيخرجوننا من هنا.

سورفاغ: أتقصد كما يقال أنّهم يختفون ويستطيعون أخذك أينما شئت، مارد،
أجننت ومنذ متى نحن نختفي!!

مارد: سورفاغ و مارخوف سأحكي لكم عن شيء أبقيته سرّاً في نفسي منذ
زمن.

مار خوف: ما سرّك يا مارد؟

مارد: سأحكي لكم معركة وادي النّار العظمى، وما هو سرّ اختفائي بها.

معركة وادي النّار العظمى

وادي النّار منطقة متطرّفة تضمّ جمع الأجناس من الجان والشّياطين والمردة والغيلان، فكانت مدينة لا يحدث فيها جنس, وسمّيت في فترة العهد القديم وادي الأنهار ،وغُيّرهذا الاسم بسبب قربها من المدينة الملعونة الّتي كانت تدعى في ذلك الوقت الخضراء لكثرة أشجارها وشدّة خضرتها، فبعد ماحدث للخضراء أوقدت النّيران في الأنهار وظلّت مشتعلة منذ ذلك الوقت، وكانت هناك إشاعة تقول أنّها لعنة هذا الشّخص المجهول الّذي يدعى ساحر، فكان هو سبب دمار المدينة الخضراء كما تقول الأسطورة, فكان مقاتلوها أشدّاء جدّاً ، فالغيلان معروفون بقوّتهم والشّياطين بخبثهم والجان بسرعتهم والمردة بقيادتهم فكيف لأحد أن يغلب هذا الجيش، فكانت خطراً على عائلة آشخور الملكيّة، فكم من ملك من عائلة آشخور حاول أن يبيدهم، ولكنّ جيوشهم ترجع خائبةً فكانت المنطقة الوحيدة الّتي تشنّ هجمات على الإمبراطوريّة في أوقات مختلفة حتّى تسلّم الملك خافان والد خورخيس العهد ، وكـــان مارد في ذلك الوقت قائد الفيالق الملكيّة و مـــارخوف و سورفاغ كانا من القادة السّتّة.

الملك خافان : مارد ، لقد أتتنا أخبار لا تسرّ.

مارد: و ماهي يا سيّدي ؟

الملك خافان : سمعت أنّ جيوش وادي النّار سيستولونَ على الأراضي المجاورة ، وإذا تمّ هذا لهم سوف نخسر ثقة ملوك الجان السّبعة وملوك الشّياطين الخمسة، فماذا نفعل؟ أنت تعلم كم حاول آبائي وأجدادي دحرهم ولكن دون جدوى، فهم طوائف كثر وأقوياء.

مارد: دعهم لي يا سيّدي، سأتولّى أمرهم.

الملك خافان: مارد أنت تعلمُ أنّك أفضل قائدٍ عندي، ولا أريد أن أخسرك، هل أنت واثق من هزيمتهم؟

مارد: سأهزمهم، ولكن أعطني الصّلاحية في تكوين الجيش الّذي أريد.

الملك خافان: لك ما طلبت ،وها هو ختمي معك، فتصرّف به كما شئت, ولكن يا مارد أنت تعرف ما ينصّ عليه القانون عند تسليم الملك ختمه لأحد قادته؟

مارد: سأذهب الآن لتكوين الجيش الّذي ننتصر به على أمراء وادي النّار وجيوشهم، فلا تخف ، إنّي أعرف القانون جيّداً ولن أخونك .

ذهب مارد وكان واثقاً من نفسه جدّاً، فالملك أعطاه ثقته بعد أن سلّمه ختمه، وتسليم الختم هذا يدلّ على أنّ الملك يضع كلّ أمله فيه، وإذا هزم مارد يعني الموت له ،لأنّه جلب العارللملك ،ويُغسل العار بدم القائد, ولذلك حاول مارد أن يكون شديد الحرص، وكان معروفاً بالذّكاء والدّهاء، فبينما حاول مارد تجهيز جيشه ، كان الحكيم فوتا مع الملك يعطيه بركة هذه الحرب.

الحكيم فوتا: خافان ، أمارد من القادة الّذين تثق بهم ؟

الملك خافان: لا أعلم يا فوتا ، ولكن أنا في موقفٍ صعب ويجب عليَّ اتخاذ هذا القرار.

الحكيم فوتا: تسليم الختم لمارد قد يؤدّي إلى انقلاب ضدّك، لأنّ الختم هذا هو ختم الملك، ويعني أنّ له حريّة التّصرف و أوامره تطاع ، حتّى لو كان الثّمن قتلك.

56

الملك خافان: أعلم القانون جيّداً, لكن إذا أهملت أمراء وادي النّار سيقضون على مدن الشّياطين والجان وسأكون في نظرهم لا أستحقّ مبايعتهم، فكيف لي أن أكون كذلك ونحن نأخذ منهم ضرائب الحماية؟.

الحكيم فوتا: ولكنّي أرى أن مارد سوف ينتصر.

الملك خافان: أتمنّى ذلك, لم أجعله قائد الفيالق كي يهزم بسهولة .

الحكيم فوتا: أرجو أن تنال ما أردت يا خافان ، وأن يجلب لنا مارد النّصر.

المنطقة العسكريّة لجيش الملك خافان

مارد: أيّها القادة السّتّة، أتيت هنا لأقول لكم أنّي سأغزو منطقة وادي النّار، وهذا ختم الملك خافان في أخذ الجيش الذي أريد, فكلّ من يسمع اسمه يتقدّم الآن, القائد سورال قائد الجيش الأحمر والقائد فيفغل قائد الجان الطّيارين والقائد خاجي قائد الجيش الأسود الشّيطاني العظيم والقائد سورفاغ قائد وحوش البحار والقائد مارخوف قائد الغيلان .

القادة الخمسة: بماذا تأمرنا يا مارد؟.

مارد: لا أريد الجيش بأكمله ، إنّما اختاروا لي عشرة من أمهر جنودكم.

القادة الخمسة: مارد أجننت!! أتريد أن تغزوا وادي النّار بخمسين محارباً فقط؟!.

مارد: ليس بخمسين إنّما بستين فلا تنسوا جنودي, العبرة ليست بعدد الجيوش، كم من مرّة غزوناهم بجيوشنا وهزمنا, أمّا الآن اتبعوا خطّتي وافعلوا ما تؤمرون.

القادة الخمسة: حسناً يا مارد لك ما أردت .

أخذ القادة الخمسة يحاولون أن يجدوا عشرةً من أمهر مقاتليهم ويصنفوهم, لأنّ وادي النّار يحتاج إلى خبراء حرب و أشداء البنية، وبعد الانتهاء من الاختيار أتوا لمارد بالخمسين مقاتلاً .

القادة الخمسة: لك ما أمرت يا مارد ما الخطّة الآن ؟

مارد : أمراء وادي النّار كما وصلني من جواسيسنا أنّهم يجهزون جيشاً ليقتحموا مدينة الجان والشّياطين، ولكن كما نعلم أن مملكة الشّياطين والجان تمتاز بأسوار قويّةٍ ، وسوف يصعب عليهم اقتحامها، ولكنهم سيحاولون،

فحدسي يقول أنّهم يريدون البلبلة فقط ويريدون إثبات وجودهم و تخويف الإمبراطوريّة, أمراء وادي النّار سيتّجهون إلى مملكة الجان والشّياطين مقسمينَ إلى جيشين، جيش سيذهب إلى الجان وجيش إلى الشّياطين، سيظنّون أنّنا سوف نواجههم بكامل جيوشنا هناك وستكونون أنتم في الصّورة واقفون أمام الأسوار مقسمين إلى فريقين فريق في سور الجان وهم سورفاغ و مارخوف و فيفغل والفريق الآخر يذهب إلى سور الشّياطين وهم خاجي و سورال وبهذا ستكون منطقتهم متروكة بدون جيش قويّ.

القادة الخمسة : وكيف سوف تدخل إلى المدينة وسورها أيضاً يمتاز بشدّته؟

مارد: سندخل عن طريق وحوش البحار، الغرض من السّتين مقاتلاً كي لا يُحسوا بتحركاتنا ؛ فنحن قلّة ولكننا أشداء، فمن المعروف أنّ جند سورفاغ من وحوش البحار الّتي تقاوم أجسادهم النّار سيكونون هم مدخلنا, فسيعوم الوحوش في نهر النّار ويلبسون لبس جنود وادي النّار ويخرجون من المصبّ الرّئيسي لنهر النّار الّذي يؤدّي إلى بوابة الدّخول الشّرقيّة, بعد ذلك يقوم جنود فيفغل الطّيارين بالطّيران في السّماء بزيّ العامّة ليصرفوا النّظر ويشتّتوا انتباه الحرّاس, بعدها يقتل جنود وحوش البحار جنود البوابة الشّرقيّة ولن يلحظ جنود البوابات الأخرى ذلك لأنّ البوابة الشّرقيّة لا تطلّ على البوابات الأخرى، فهي منزوية وحدها.

ندخل من البوابة الشّرقيّة بعد فتحها بلبس العامة، ويكمل جنود وحوش البحار العشرة مهمّتهم في قتل حراس البوابات بصمتٍ ،فهناك خمس بواباتٍ يجب السّيطرة عليها بإحكام، ونتّجه أنا والمردة والشّياطين العشرة إلى قصر الحكم ونقتل حاكمهم الملك شراع ونأسر الحاجب والقائد دارل, بعدها نترك اثنين من حراس القصر الطّيارين يهربون بعِلْمِنا كي يخبروا جيشهم ويقذفوا الهلع في قلوبهم وتتشتت صفوفهم, بعدها سيعودون أدراجهم محاولينَ السّيطرة

على المدينة، وسنقفل أبوابها ونحاصرهم، وتكونون أنتم خلفهم قد لحقتم بهم، ونهجم عليهم من الجهتين، وسيفقدون السّيطرة، وآتي بعدها وأرمي رأس الملك شراع في ساحة المعركة فيخافون لموت ملكهم ويستسلمون, ولكن لا نريد رحمتهم ولا أسرهم إنّما اجعلوها برك دمٍ نطهّر به الأرض.

القادة الخمسة: إنّها خطّة جيّدة ولكنّ فيها مخاطر كثيرة.

مارد: نعم أعلم ذلك, ولكن لو طبقناها بإحكام سوف ننتصر لا محالة ، فأنا واثق من خطّتي هذه، ولكن اتّبعوا التّعليمات ولا تخالفوها أبداً ومن يخالف سيقطّع ويصلب أفهمتم؟

القادة الخمسة والجنود : السّمع والطّاعة يا مارد.

مارد: هيّا فلنتحرّك الآن فجيش وادي النّار في طريقهم إلينا الآن.

توجّه مارد والجنود السّتون إلى منطقة وادي النّار, فكان الجميع ماعدا مارد خائفين، فجميعهم يعرفون منطقة وادي النّار، وأنّها تسمّى أيضاً مقبرة عائلة آشخور الملكيّة ،وآخر معركة كانت بين الملك شراع والملك شرمعون والد الملك خافان، حيث كان جيش شرمعون من أقوى الجيوش وأكثرها شراسة, ولكنه هزم شرّهزيمة، حتّى كاد أن يفقد جيشه كاملاً ،فانسحب الملك شرمعون ، واستمرّ شراع في مهاجمة الأسوار، فأتى الجيش الشّيطاني و أوقف شراع فانسحب شراع وعاد أدراجه, فكادت هذه المعركة تنهي الإمبراطوريّة لولا تدخّل الشّياطين في ذلك الوقت، والآن مارد يريد الاستيلاء على المنطقة بستين مقاتلاً، فهذا جنون.

وصل مارد إلى مصبّات أنهار وادي النّار وبدأوا بتنفيذ الخطّة.

مارد: هيّا يا جنود وحوش البحار، فلتتقدّموا مباركين، سننتظركم في البوابة الشّرقيّة, فلا تتباطؤوا، أريدكم أن تتحرّكوا بأقصى سرعة لديكم.

ذهب مارد والجند بعدها إلى البوابة الشّرقيّة مختبئينَ خلف الصّخور منتظرين فتح البوابة، فالخطة كانت تعتمد على نجاح وحوش البحار في تحرير البوابة الشّرقيّة، انتظر مارد وجنوده متوترين حتّى أتت الإشارة إليهم، نجحت وحوش البحار في قتل الحرّاس وفتحت البوابة فدخلوا مسرعين إليها وقفلوا الباب وتحرّكوا إلى المدينة, أمر مارد بعدها وحوش البحار بإكمال مهمّتهم، وأمر الجيش الأحمر مرافقة وحوش البحار لحراسة البوابات بعد قتل الحرّاس، وأمر الجيش الشّيطانيّ بمرافقته مع المردة لاقتحام قصر الملك شراع, فطار بعدها الجان الطّيارون إلى الأعلى ليقوموا بحركات عجيبة تلفت الانتباه وكأنّه استعراض ،فكان المردة والشّياطين معروفين بسرعتهم العجيبة فوصلوا إلى القصر فأوقفهم الحرّاس.

الحارس: من أنتم ؟ وماذا تريدون ؟

مارد: نحن نريد مقابلة الملك شراع .

الحارس: ولماذا تريدون مقابلته ؟

مارد: نريد أن نخبره أموراً تتعلق بالملك خافان.

الحارس: فلتنتظروا قليلاً سيأتي الحاجب الآن.

مارد: اسمعوا يا جنودي سنقتحم القصر الآن فعلى حسب تقديري لا يوجد في القصر غير الحرّاس وبعض من الجنود ،فمنارات القصر خالية من الرّماة وهذا يدلّ على أنّهم اتّجهوا مع الجيش لمهاجمة الإمبراطوريّة, هيّا فلتستعدّوا الآن، ذهب الحارس ولم يبقى غير واحد فلنقتله ونقتحم القصر ، أريدكم أن تهجموا بأقوى ما أوتيتم من قوّة.

الحارس: سيّدي الحاجب هناك من يريدون مقابلة الملك شراع.

الحاجب: يريدون مقابلته ومن هم ؟

الحارس: لا أعلم فلم يعرّفوا عن أن أنفسهم ،إنّما قالوا أنّهم يريدون إخبار الملك شراع عن بعض الأمور المتعلّقة بالملك خافان.

الحاجب: هذا غريب كيف بدت هيأتهم ؟

الحارس: هم من المردة والشّياطين.

الحاجب: مردة وشياطين يا إلهي ماذا يريدون؟ سوف أذهب وأخبر القائد دارل، أيّها الحارس اذهب إلى القائد دارل وأخبره أن يأتي إليّ سريعاً، من يكون هؤلاء ؟

الحارس: حسناً يا سيّدي.

ذهب الحارس إلى دارل وفوجئ في الطّريق بدماءٍ على الأرض، استغرب الحارس وفي طريقه رأى مارد وجنده قد اقتحموا القصر ، فأمسك مارد بالحارس وقال له : أين الملك شراع ؟

الحارس: من أنت؟

مارد: أنا القائد مارد ، أحد قادة الملك خافان.

الحارس: إذاً هزم جيشنا، أيعقل هذا؟

مارد: لم يهزم ،ولكنّه سيهزم بعد قليل.

الحارس : لن أقول لك أين الملك شراع فهنا القائد دارل سيقضي عليكم.

مارد: القائد دارل !! سمعت به، ولكنّه ليس بأقوى مني.

جند مارد: سيّدي القائد وجدنا شراع.

مارد: إذاً لا حاجة لنا بك ، سأقتلك الآن.

قتل مارد الحارس وذهب إلى حجرة الملك شراع واقتحمها فوجد شراع مستلقياً على السّرير قد غلبه الكبر والمرض وبجانبه الحاجب.

الملك شراع: من أنتم ،أجننتم ؟! وكيف لكم أن تدخلوا عليّ بهذا الشّكل؟

مارد: أهلا بالملك العظيم الّذي طالما أردت لقاءه، يا إلهي كم كبرتَ في السّنّ يا شراع!، وأهلا بك أيّها الحاجب .

الملك شراع: أنت مارد !!! يا إلهي كيف؟! كيف دخلت إلى هنا؟!

مارد:من الجيّد أن أراك قد عرفتني فلم تخرف بعد.

الملك شراع: وكيف لي أن أنساك وأنت من قتلت ابني في الحروب العظمى.

مارد: والآن سأقتل الأب أيضاً.

دارل: قف يا مارد مكانك وإلا قتلتكَ.

مارد: أهلا بك يا دارل ،أراك أتيت وحدك فأين جيشك؟ أم ذهبوا ليلقَوا الهزيمة الآن ؟

دارل : فلتبتعد عن الملك وإلا سأقطع رأسك.

مارد: أريدك أسيراً فوالله إنّي أحتاجك لتكون قائداً من بعدي فما رأيك ؟ أنت هنا الآن في قبضة يدي أستطيع قتلك وأنت تعرف ذلك، فإمّا أن تستسلم وإمّا أن نتقاتل وأنت تعرف أنّك لست بكفؤاً لتقاتلني .

صمت دارل قليلاً, فهو من الأساس لم يكن ذا شأن كبير في وادي النّار، فكان دارل من أمراء الجان ، ولكن من الذين حكم عليهم بالنّفي ظلماً، فهو من القادة الصّالحين، فلولا الانقلابات الّتي حدثت عليه في الحروب العظمى لكان الآن أحد ملوك الجان السّبعة, فكّر دارل قليلاً وقال في نفسه: إن مارد أقوى منّي وسوف يقتلني لو حاولت الوقوف ضدّه، فمعه عشرة من المردة وعشرة من الشّياطين، فليس لي أيّ فرصةٍ معهم, فمارد استطاع اقتحام القصر فقط بهؤلاء، يا إلهي يا مارد كيف استطعت فعل هذا ؟وكيف دخلت من البوابات ؟أيعقل أنّه احتلّ المدينة؟ فمثل هذا القائد يستطيع تدمير جيش وادي النّار وأنا هنا أقف مكتوف الأيدي بين جشع وطمع أمراء وادي النّار،

لا والله لن أكون معك يا شراع ؛ فأنت ظالم بعكس خافان، سأحدّد مصيري الآن ، وأكون مع الحقّ ، ولطالما كنت كذلك.

دارل : مارد ، سأقف في صفّك, لكن هل تجعلني برتبةِ القائد؟

مارد : لك ما أردت يا دارل ، ولأكونَ صادقاً معك ، سأجعلك الآن تقود جنود الشّياطين العشرة ، فافعل ما تؤمر به ، هل توافق يا دارل؟

دارل : السّمع والطّاعة يا مارد.

مارد : هيّا فلتقطع رأس الملك شراع الآن.

الملك شراع: ماذا تفعل يا دارل أجننت؟ أتقطع رأسي وأنا كنت السبب في بقائك حيّاً؟ ليتني قتلتك.

دارل : السّبب في حياتي هو تقدير الله وتقدير الله الذي سيجعلني أقتلك أيّها الظّالم.

أخذ دارل السّيف ووقف فوق رأس الملك شراع ونحره من غير رحمة، ثمّ قطع رأس الحاجب, عرف مارد أنّ هذا الشّخص سيكون ذا شأن؛ لأنّ حكمته ستوصله لما يريد.

قطع دارل رأس الملك شراع وقال لمارد :أنا عند حسن ظنّك يا مارد, فقال مارد: نعم أنت عند حسن ظنّي، هيا يا دارل فكما وعدتك الآن فلتسمع جيّداً ،سوف يأتي جيش وادي النّار، لقد سمحت لاثنين من حراس القصر بالهرب بعلمي لكي يوصلوا خبر اقتحام وادي النّار، وسيكون الجيش الإمبراطوريّ خلفهم ليلحق بهم بعد أن يعرفوا الخبر فيعودوا مسرعين ونكون نحن أمامهم ،نهجم عليهم ثمّ تخرج أنت وتدّعي أنّك مصاب، ستكون الجنديّ السّريّ الّذي يشيع الأخبار وسط الجيش لتخويفهم، ستقول لهم أنّ خلف هذه الأسوار جيشٌ من الشّياطين السّود والمردة قد اقتحموا القصر

وخرّبوا المدينة لزرع الخوف في قلوبهم، وسوف ألقي أنا رأس الملك شراع في ساحة القتال بعد نفخ الأبواق ليرى الجميع الرّأس، وتقول أنت بصوتٍ عالٍ: مات الملك شراع ماذا نفعل؟ مات الملك شراع ،سيرتبك الجيش وتختل صفوفه , فاذهب بعدها إلى قادة أمراء وادي النّار واختبئ بدرعك حين ترى الأسهم تتطاير عليهم، وأقتل كل واحد منهم بالسّهم الّذي سأعطيه لك الآن ، هذا سهم فيه سمٌّ قويٌّ جدّاً، بمجرّد طعنةٍ واحدةٍ منه يموت الشّخص المطعون، هناك أربعة من الأمراء، وهذه عشرة أسهم، حاول أن تنجح من دون أن يلحظوك، فمع سقوط أسهمنا اطعن واحداً منهم كي يظنّوا أنّها من الأسهم المتطايرة، أفهمت يا دارل مهمّتك؟

دارل: نعم فهمت يا مارد ، لكن متى سيصل الجيش ؟

مارد: سيصل في أيّ لحظة الآن، فالحرّاس الهاربون في طريقهم إليهم، فإنّي أشعر بدقاتٍ قلوبهم الخائفة .

وصل الخبر إلى جيوش أمراء وادي النّار ،بعد أن كانوا محاصرين لمملكة الشّياطين والجان أصبحوا الآن هم المحاصرون ،أعلنوا انسحابهم كما أراد مارد وعادوا أدراجهم مسرعين، وفي تلك الأثناء فوجئوا بقادة الملك خافان .

سور الجان

فيفغل: أيعقل أنك فعلتها يا مارد؟! لو فعلتها سأشهد لك بدهائك.

سورفاغ: هيّا الآن فلنلحق بهم كما أمرنا مارد.

مارخوف: أيّها الجيش فلتتحركوا مسرعينَ للّحاق بهم.

سور الشّياطين

خاجي: يا إلهي!! لقد فعلها مارد ،هيّا يا سورال فلنلحق بهم .

سورال: أيّها الجيش ، تحرّكوا الآن .

وصلت جيوش أمراء وادي النّار إلى الحدود ، فأتى الجان الطّيّارون إلى مارد وقالوا له: لقد وصل الجيش هيّا فلنستعدّ, أخذ مارد رأس الملك شراع وقال لدارل أأنت مستعدّ الآن يا دارل؟

دارل: نعم هيّا بنا نُلحق بجيشهم الهزيمة.

مارد: فلتخرج سريعاً إلى البوابة وتلقي بنفسك على الأرض ليروك, هيّا اذهب.

دارل: السّمع والطّاعة.

الشّياطين والمردة: مارد ألا تعتقد أنّه فعل هذا ليهرب من القتل وأنّه سوف يخوننا ؟

مارد: لا, لا أعتقد ذلك فهو مضطهد هنا, وأنتم لا تعرفون من يكون دارل !! إنّه ابن ملك الجان شائم،حينما كانت مملكة الجان يحكمها ملك واحد قبل أن تتدهور الأحوال في الحروب العظمى، فهو من أصل ملكيّ ويفي بوعده ، فلا تخافوا، وحتّى إن خاننا سيموت في الحصار ،فدارل أذكى من أن يخون، فهو يعلم ما ينتظره بعد الوقوف في صفّنا،هيّا فلنذهب إلى السّور، فقد وصل الجيش البائس الآن .

توجّه مارد ورفاقه إلى السّور،وكان الجيش في حالة الصّدمة ينظرون إلى أسوار مدينتهم وهي مغلقة الأبواب متفاجئينَ بما حدث فظهر مارد وقال لهم.

مارد: السّلام على من اتّبع دين الله, إنّي أقف أمامكم كقاضي يحكم عليكم ويطبق حكمه ،فقد أفسدتم في الأرض وسفكتم الكثير من الدّماء وقتلتم الأبرياء وأجزتم قتل كلّ من هو في عهد سلام معكم،وآثرتم الخوف والهلع

على الآمنين،فمن مقامي هذا أقف وأقول لكم الحرق المدمّر حليفكم, فجيشنا من خلفكم محاصركم،وأنا من أمامكم محاصركم ما أنتم فاعلون الآن؟

نفخ المردة بعدها الأبواق، ورفع مارد رأس الملك شراع أمام الجيوش والقادة، تفاجئوا ولم يصدّقوا ما رأوا،ورمى بعدها مارد الرّأس في ساحة المعركة, وفعل دارل أمر مارد وبرع في نشر الشّائعات وتخويف المحاربين, بدأ مارد بإطلاق الأسهم عليهم والجيش الإمبراطوريّ من الخلف يطلق عليهم الأسهم، كانت كالمطر تتطايرعليهم من السّماء, تحرّك دارل واختبأ تحت درعه وبدأ بقتل القادة الأمراء الواحد تلو الآخر، ويصرخ بأعلى صوته: لقد مات الأمير القائد، وبهذا فقد الجيش أركانه القويّة، واسقطوا الأعلام مستسلمين،أخذ أحد الجنود الطّيّارين دارل، وقام مارد بإبادتهم إبادةً جماعيَّةً، أراد مارد قتلهم جميعاً دون استثناء, فتحت أبواب وادي النّار وبدأ السّتون مقاتلاً يقتلون المئات من الجنود، فكانت معركةً دمويَّةً قاسيةً على جيش وادي النّار،فحاول بعضهم الهرب،فهربت مجموعة ومعهم لفافة غريبة،لحق بهم مارد وحده وبدأ يصيبهم بسهامه القاتلة حتّى قتلهم جميعاً ماعدا حامل اللّفافة يريد أن يرى أين سيذهب بهذه اللفافة ولمن سيقدمها؟, دخل هذا الجندي إلى المدينة الملعونة، تفاجأ مارد وقال في نفسه: أين يذهب هذا المجنون؟فلا أحد يسكن هنا!! لحق مارد به حتّى كثر الضّباب وغاب عن ناظره،بدأ مارد ينظر إلى يمينه وإلى شماله، لقد أضاع الطّريق؛فالمدينة الملعونة ضبابها كثيف، ويقال أن من يدخلها لا يخرج سالماً أبداً, بدأ مارد يتحرّك ويحاول الخروج من هذه المتاهة حتّى وجد شخصين بلباسٍ غريبٍ،فقال لهم:من أنتم؟ عرّفا عن نفسيكما وإلا قتلتكما.

فأجاباه مبتسمين:هدّئ من روعك أيّها القائد العظيم مارد،فنحن مساعدين لسيّدنا ساحر،أنا أدعى هابل وهذا أخي نابل .

مارد: ماذا هابل ونابل!!! وتقولان إنّكما مساعدانِ لسيّدكما ساحر؟! هذه خرافة، لا وجود لشخص يدعى ساحر،ولا هابل ونابل، بل هي من الخرافات.

هابل ونابل: وهل نحن من الخرافات أيضاً ؟

مارد: يا إلهي هذا غريب!! ،فأشكالهم كأشكال الرّسومات الّتي رسمت عنهم،أيعقل هذا ؟!

هابل ونابل: ما أدخلك إلى عالمنا يا مارد ، وماذا تريد؟

مارد: لقد كنت في حرب مع وادي النّار.

هابل ونابل: نعم،ولقد هزمتهم هزيمةً نكراء.

مارد: كيف عرفتم بهذا الخبر؟

هابل ونابل: لقد قال لنا ساحر هذا الخبر قبل أن تغزوهم.

مارد: ماذا تقولان؟ هذا كفر !!! فوالله لأقتلكما.

لم يستطع مارد الحراك،وكأنّ هناك شيء يمسك قدميه،تعجّب مارد من هذا الشّيء وقال في نفسه:يا إلهي مابها قدّمي ،لا تتحرّك،أيعقل ما يحدث لي؟!حاول مارد الحراك ولكن دون جدوى .

هابل ونابل: توقّف يا مارد وإلا كسرت قدمك،سيأتي سيّدي ساحر لمقابلتك الآن.

مارد: ماذا فعلتما بقدميّ أيّها المجانين؟ سوف أقتلكم بعد أن أخرج من هذا الشّعور الغريب.

ساحر: النّار على أعواني والسّلام على أعدائي, كيف كانت المعركة يا مارد؟ لقد حقّقت انتصاراً عظيماً.

مارد: من أنت؟ وما هذه التّحيّة الغريبة،اكشف الغطاء عن وجهك؟

ساحر: لن أكشفه ،إنّما سأعرّفك عن نفسي،أنا أدعى ساحر.

مارد: ماذا ساحر!! أنت موجود ولست بأسطورة !! وهل ما قيل عنك صحيح أنّك تقوم بأشياء خارقة،وهذه المدينة الخضراء حلّت عليها لعنتك وهذا سبب دمارها.

ساحر: أنت تعرف عنّي الكثير إذاً, فلماذا تكثرعلي السّؤال يا مارد؟ فأنا لا أحب الأسئلة الكثيرة .

مارد: تبّاً لك يا ساحر،ماذا فعلت بقدمي ؟

ساحر: هذه من الخوارق الّتي سمعتها عنّي ، فقدمك الآن لن تتحرّك،أتعرف لماذا؟ لأنّ أربعةً من الشّياطين الأقوياء يمسكونها بإحكام، وهم مخفيون،ولن تراهم أبداً ، فهذا جزء من خوارقي .

مارد: ماذا تقول؟! كيف لبني جنسنا أن يختفوا؟ هل جننت!!

ساحر: سأظهرهم لك الآن لكي ترى بنفسك.

بدأ ساحر يقول أشياءً غريبةً غير مفهومة، وبدأ يؤدّي حركاتٍ مع مساعديه غير مفهومة حتّى قال فجأة : هيّا اظهروا الآن يا شياطيني, فظهروا لمارد في لمح البصر وهم يمسكون بقدمه, تعجّب مارد ممّا رأى وقال:يا إلهي!! كيف لك أن تفعل هذا؟!

ساحر: وسأقول لك سرّاً صغيراً, مارد سوف تنفى إلى المدينة المحرّمة، وسوف يكون هناك اثنين من القادة سينفون معك وبعدها ستنال ملكاً عظيماً.

مارد: هذا علمه عند الله يا ساحر، كيف تتجرّأ وتكفر بالله؟.

ساحر: ستعرف كلّ شيء فيما بعد, هذه تميمة قلها عندما ترى الوقت قد حان ، فستجد هابل ونابل يساعدانك.

مارد: لا أحتاج إليك ولا إلى مساعديك يا ساحر، أفهمت؟, ومن الّذي سوف ينفيني مع اثنين من القادة وأنا مارد قائد المردة العظام ومستشار خافان؟!, من له الجرأة؟.

ساحر: قلت لك كفاك أسئلة فأنا لا أحبّ الأسئلة الكثيرة, هذه التّميمة سأضعها بصمةً على كفّ يدك،ستحتاجني عندما يحين الوقت.

مارد: أيّ وقت؟

ساحر: عندما تقرّر الخروج من المنفى.

مارد: ألا تزال تقول منفى أيّها المجنون؟ سأعود إليك يا ساحر وآخذك أسيراً إلى خافان.

ساحر: خافان من سيذهب بك إلى المنفى.

مارد: من خافان؟ هذا مستحيل.

ساحر: سوف ترى بعينك ما سيحدث, سيغمى عليك الآن وترى نفسك بعد أن تقوم أنك على أعتاب مملكة خافان، أتعرف كم يوماً لك هنا الآن يا مارد؟

مارد: كم يوماً؟! إنّما هي ساعات فقط.

ساحر: صار لك أسبوعاً هنا، فوقتنا غير وقتك ،هذا وقتي أنا ساحر، فوقتي الآن انتهى .

النّار على أعواني والسّلام على أعدائي.

مارد: أسبوع!! لقد جنّ جنون هذا السّاحر، وما هذه التّحيّة الغريبة، النّار على أعواني والسّلام على أعدائي.

لم يستطع مارد إدراك نفسه، فبدأ يحسّ بالدّوار حتّى أغمي عليه ثمّ أفاق بعد عدّة دقائق فوجد نفسه كما قال ساحر على أعتاب الإمبراطوريّة.

جيش حراس سور المدينة: يا قوم ، لقد أتى مارد ، إنّه حيٌّ .

أتى جميع القادة ومعهم دارل فبدؤوا يسألون مارد أين كنت يا قائدنا العظيم؟ فقد ظننّاك متَّ،الحمد لله على سلامتك.

مارد: دارل، كم يوماً وأنا مختفٍ؟

دارل: أسبوع واحد يا مارد ، أين كنت؟

مارد: يا إلهي!! ساحرعلى حقّ،لقد ظننت أنّها ساعات،هل جننت أم كان هذا حلم؟ يا إلهي!! هذه تميمة ساحرعلى كفّ يدي،لا والله إنّه ليس بحلم،ولكن من سيصدّقني،سيقولون جنّ جنونه بعد الحرب.

سورفاغ: هيّا يا مارد فالملك خافان يريد أن يراك.

مارد: سورفاغ، لماذا لم تبحثوا عنّي إذا كنت غائباً لأسبوعٍ كاملٍ؟

سورفاغ: بحثنا عنك لكن دون جدوى،حتّى أنّنا أرسلنا الجان المستكشفين إلى المدينةِ الملعونة بعد أن رآك بعض الجنود تدخل إليها فلم يجدوا أحداً. فأين كنت يا مارد ؟

مارد: لم يجدوا أحداً في المدينة الملعونة !!

سورفاغ: نعم ، لقد حاولوا البحث وتقصّوا أثرك ولكن دون جدوى .

مارد: ماذا حدث لي هل أخبرهم؟ لا سأصمت فهذا سرٌّ يجب أن أبقيه داخلي, أيعقل أن يصدقَ ساحر؟ فهو إلى الآن صدقَ في كلامه ،يا إلهي ماذا فعل ساحر بي وكيف أخفى الشّياطين!!

الملك خافان: الحمدلله على سلامة قائد النّصر المبارك مارد, اليوم فتحنا مدينةً كان من المستحيل فتحها في عهد من سبقوني، وبفضل الله ثمّ بفضلكَ استطعنا كسر شوكتهم ووضعهم تحت رايتنا، فبهذا الإنجاز سأعمل تذكاراً لك يا مارد أمام قصري يمثّل فيه نصرك, أمّا بالنّسبة للبطل دارل سأجعله أمير وادي النّار و أحد قادتي, فالحمد لله على عودتك سالماً يا مارد.

وبعد ذلك لا أعلم ماحدث في ذلك الوقت لجعل خافان ينفيني وينفيكم معي،فكان سببه أنّنا مخطّطينَ للانقلابِ ضدَّه والاستيلاءِ على حكمه, فقرار خافان أصابني بالإحباط والغرابة في نفس الوقت،فقد أهانني وجرّدني من رتبتي العسكريّة وأهانكم ،وأخذنا القادة السّتة الجدد إلى منفانا بجيوشنا،ونحن هنا منذ 300 عام, فمكوثي هنا جعلني أفكّر في كلام ساحر الغريب، فكيف

له أن يعرف هذه الأحداث الّتي قالها لي؟ ومن هنا وبعد تفكير طويل قرّرتُ أن أقفَ مع ساحر وأقرأ هذه التّميمة لأنّي أيقنتُ أنّه صدقَ في كلِّ شيءٍ قاله،وهذا هو سرُّ اختفائي لأسبوع.

مارخوف: مارد لا أعلم ما أقوله لك الآن، ولكن سأصدّق كلامك حينما تقرأ التّميمة ويحدث ما قلت.

سورفاغ: مارد لا تنسى أنّنا معك ولكن هل يستطيع هابل ونابل أخذنا بجيوشنا؟

مارد: لا أعلم يا سورفاغ ،ولكن الآن سأقرأ التّميمة ولنرى ما يحدث, قال لي ساحر لقد بصمتُ على كفّ يدك هذه التّميمة، فإذا أردتَ فتحها وقراءتها خذ كفّ يدك وقل على التّميمة بسم الله أنهينا وسوف تفتح وتخرج حيّة من يدك فلا تخف، في فم هذه الحيّة ورقة التّميمة والأوامر الّتي يجب أن تفعلها، اقطع رأس الحيّة وخذ الورقة وافعل ما تؤمر دون أيّ عصيان.

سورفاغ:ماذا!! كيف لحيّةٍ أن تخرج من يدك يا مارد.

مارخوف: مارد،هل جننتَ هل تصدّق ما يقول لكَ هذا السّاحر؟

مارد: لو رأيتم ما رأيت لصدّقتم، ولن نخسر شيئاً لنرى ماسيحدث.

أخذ مارد كفّ يده وقال بسم الله أنهينا, فهبّت ريحٌ قويّة في حجرة مارد، تفاجأ الجميعُ من هذه الرّيح القويّة،فمن شدّة قوّتها بدأتِ الأشياء بالتّطاير، وفجأة وقفت الرّيح.

أحسَّ مارد بألمٍ شديدٍ في يده حتّى صرخ من شدّة الألم ،وإذا بحيّة كبيرةٍ تخرج من كفِّ مارد، خاف سورفاغ و مارخوف ممّا رأياه ولم يصدقا ما يحدث فظنّا أنّهما يحلمانِ، بعد خروج الحيّة أخذ مارد السّيف وقطع رأسها وأخذ التّميمة من فمها ويد مارد تنزف دماً شديداً،فتح التّميمة وكان مكتوباً عليها:

النّار على أعواني والسّلام على أعدائي

مارد أيّها القائد العظيم لقد حانت السّاعة الآن، فمنذ قراءتك للتّميمة سوف تدقّ عقارب السّاعة، وتضرب الدّقائق بالثّواني وتعكس السّاعات ، أنت الآن أصبحت أحد أعواني ، ومرتبتك الآن تحت مرتبة هابل ونابل.

إذا أردت أن تعلو وأن تصبح فوق هابل ونابل وفوق الملك خورخيس يجب أن تفعل كلّ ما أقول دون أيّ اعتراض ومن غير أيّ سؤال.

فلتقف الآن ولترفع يدك إلى السّماء، وليرفع مارخوف و سورفاغ يديهما معك ولتقولوا بأعلى صوت يا هابل ويا نابل وافقنا على شروط ساحر، وبعدها سيظهر لكم هابل ونابل يتكفّلون بالأمر.

النّار على أعواني والسّلام على أعدائي.

مارد: ما رأيكم يا إخواني،هل نفعل ما قيل؟

مارخوف: مارد،ماهي شروطه؟ يبدو أنّ ساحر هذا يشترط شروطاً صعبة جدّاً يصعب علينا تنفيذها.

سورفاغ: نعم صدقت يا مارخوف, أرأيتَ نصَّ الخطاب كيف كان غريباً ؟! وحتّى تحيّته ليست بتحيّة الموحّد .

مارد: أعتقد يا سورفاغ أنّه من الملحدينَ, ولكن هذا لا يهمّ طالما أراد مساعدتنا.

سورفاغ: ماذا يا مارد لو طلب منا ساحر أن نفعل ما لا نستطيع فعله؟ ماذا يحلّ بنا؟ هل سيعاقبنا؟

مارد : لا أعلم يا سورفاغ ، فساحرهذا غريب الأطوار حتّى أنني لم أستطع معرفة ما يريد ،وأنا الّذي يعرف عني بالدّهاء لم أستطع قراءة شخصيّة ساحرهذا, ولكن يا إخوتي فلنقل أنّنا لا نريد من ساحرمساعدتنا،كيف لنا أن

نخرج من هنا, سوف نُحبس للأبد ولا أشكّ أن خورخيس ينوي إبادتنا في منفانا فليس لنا خيار غير ساحر.

مارخوف: إذاً فليكن كذلك ، هيّا فلنرفع أيدينا وندعو هابل ونابل.

مارد: هذا يعني أنّكم موافقون على شروط ساحر؟

مارخوف و سورفاغ: نعم موافقون.

مارد: هيّا إذاً فلنفعل الشرط الأول.

رفع القادة الثّلاثة أيديهم إلى السّماء و بدأوا بمناداة هابل ونابل بأعلى صوت،و بدأوا يردّدون الاسم فلم يظهر لهم شيء ،وبعد مرور خمس دقائق من المناداة تغيّرتِ السّماء وظهرت غيمة سوداء كبيرة غطّت بسوادها ضوء الشّمس، وبدأ المطر يهطل،وهبّت الرّياح بعواصفها القويّة, فوجئ سكان المدينة المحرّمة بهذا التّغير المفاجئ،حتّى أنّ حرّاس المدينة لم يصدّقوا ما رأوا،فالعاصفة بدأت تخبط بوابة المدينة المحرّمة،خاف الحرّاس من أن تنكسر البوابة من شدّة قوّة العاصفة, تشتّت الجنود و أصبح كلّ واحدٍ منهم يحاول منع البوابة من الانهيار, بينما في الداخل تكسرّتِ البيوت وتطاير البعض من قوّة الرّياح،فإذا بالرّياح والمطر تقف فجأةً، تعجّب الجميع من حدوث هذا التّقلّب الغريب،فلا تزال الغيمة فوق المدينة المحرّمة،بدأ الرّعب يدخل المدينة المحرّمة،فتحوّلت في وقتٍ قصيرٍ إلى مدينة أشباحٍ, كلّ من الجان والشّياطين والمردة وغيرهم من سكان المدينة يصرخون بسبب فقدان بيوتهم أو أبنائهم أو مال كانوا يملكونه، فأصبحت المدينة مضطربة، فليس هناك نور ينير طريقهم، وتغيرت ملامح المدينة عليهم فلم يستطع أحد منهم تمييز مكانه, أمّا بالنّسبة لحراس البوابة فقد تطايرت المصائد وتشتّت الجيش وأعلنوا حالة الطّوارئ, في تلك اللحظة دبّ الخوف في القادة الثّلاثة، فيا له

من منظرٍ مرعبٍ غريبٍ لم يروا مثله في حياتهم، بل لم يروا شيئاً مثل هذا ولم يسمعوا به قطّ في عالمهم.

فتح بعد ذلك باب حجرة مارد ، فإذا بهابل ونابل يدخلون عليهم بلباس أسود.

هابل ونابل: السّلام على أتباع الله .

مارد: وعليكم تحيّة الموحّد لله .

هابل ونابل: منذ زمنٍ بعيدٍ وقفنا يا مارد مثل هذا الموقف وسألتنا عن المدينة الملعونة، أتذكر؟

مارد: نعم أذكر, فكان سؤالك ماذا حدث لهذه المدينة؟.

هابل ونابل: أرأيت الآن ماحدث في هذه المدينة،إنّما العاصفة اليوم صورة مصغّرة جدّاً لما حدث في المدينة الخضراء, هذه هي لعنةُ ساحر.

مارخوف: يا إلهي يا سورفاغ ، أتصدّق ما نرى الآن، والله كأنّنا نعيشُ في حلم ، انظر إلى هؤلاء بزيّهم الغريب ،وكيف أحدثوا تلك العاصفة !!

سورفاغ: صدقت يا مارد،فقد بدأنا نعتقد أنّك بدأتَ تفقدُ عقلك عندما قلت لنا عن هابل ونابل وساحر, فوالله إنّي أسمع بكاءَ الأطفال وصراخ الأمّهات وأرى الآباء يبحثون عن أبنائهم، وكلّ هذا في دقائق فقط.

هابل ونابل: ما بكم تتهامسون؟ شاركونا همسكم؟

سورفاغ: لا يا سيّدي، إنّما نحن مصدومون بما حدث.

هابل ونابل: إذاً وافقتم على شروط ساحر, فوالله إن العاقبة شديدة عليكم إذا أخلفتم شرطاً واحداً فقط, كلّ الشّروط تكون الإجابة بها كالتّالي: سمعنا وأطعنا.

القادة الثّلاثة: لكم ما أردتم يا أسيادنا العظام .

هابل ونابل: إذاً أوّل شرط تفعلوه هو أن تجهّزوا جيوشكم الآن في هذه اللّحظة، نريدهم أن يقفوا أمام ساحة القصر، وأعدّوا عدّة الحرب وكأنّكم ذاهبون إلى معركة مصيريّة.

القادة الثّلاثة: سمعناً و طاعةً.

بدأ القادة الثّلاثة بتجهيز الجيش، و أعدّوا العدّة كما أمروا، وعند خروجهم من القصر فوجئوا بالمنظر الّذي رأوه، النّيران المشتعلة في كلّ مكانٍ، والجان تمشي ولا تعرف إلى أين تذهب، فقد تدمّرت منازلهم من الرّيح، وكان الأمر محزناً, فالأموات في كلّ مكانٍ والأطفال يبكون على جثث آبائهم وأمهاتِهم، وكأنّ المدينة أصبحت مدينةً ملعونةً, صدِمُوا كثيراً بما رأوا، ولكنهم أيقنوا أنّ هابل ونابل سيخرجونهم من هذا السّجن بعد أن رأوا مقدرتهم،أصبح كلّ واحدٍ من القادة يخاطب الآخرعن كيفيّةِ بدء الهجوم على البوابة، وماهي الخطط الّتي سيرسمها هابل ونابل للهجوم على البوّابة،فيجب أن تكون خطّةً محكمةً, ولكن مع هابل ونابل ليس هناك خططٌ،إنّما الخروج بالقوّة.

مارد: فعلنا ما أُمرنا به يا سيّدي.

مارخوف: كيف سنخترق البوابة؟ هل ستحرّكون عاصفةً أخرى؟

هابل ونابل: ومن قال لك أنّ الجيش هذا لخرق البوّابة؟.

سورفاغ: إذاً لماذا جهّزنا الجيش؟ أليس للهجوم على البوابة؟

هابل ونابل: لا ، فأمر البوابة لا يعنينا، وهذا الجيش الغرض منه إبادة سكان المدينة المحرّمة.

مارد: ماذا تقولون؟ أتريدوننا أن نقتل السّكان جميعهم.

هابل ونابل: نعم جميعهم، ولا ترحموا طفلاً ولا امرأة ولا شيخاً كبيراً, نريد منكم قطع رؤوسهم ونشر أجسادهم في أنحاء المدينة المحرّمة.

مارخوف: ولماذا تريدون قتل الأطفال والنّساء، ألا يكفينا قتل الرّجال؟

هابل ونابل: أنتم من وافقتم على الشّروط، فإذا عصيتم هلكتم جميعاً, هذه شروط ساحر.

مارد: ولماذا يريد كلّ هذا الدّم؟

هابل ونابل: هذه تضحية لساحر، فأيّ شخص يريد مساعدةً من ساحر يجب أن يقدّم قرباناً له، وهذا قربان خروجكم ومجدكم.

مارد: فيقوم بقتل مدينةٍ كاملةٍ!!

هابل ونابل: نعم أنت من أردت المجد, تريد أن تصبح ملك مملكة الجان والشّياطين، فهذا هو الثّمن، العالم مقابل دم مدينةٍ واحدةٍ فقط, الآن أجبني يا مارد، هل أنت موافق على الشّرط أم نقوم بإهلاككم جميعاً؟

مارخوف و سورفاغ: مارد،ما الّذي أقحمنا أنفسنا فيه، فنحن الآن مجبرون على تنفيذ الشّروط وإلا هلكنا، تبّاً لك يا ساحر، ما أذكاك!! فقد وضعتنا في أحرج المواقف.

مارد: إذاً فلنفعل يا إخوتي ما أمرنا به وإلا كان مصيرنا الموت.

سورفاغ: مارد هناك أطفال أبرياء في المدينة، بأيّ قلب سوف نقطع رؤوسهم.

مارد: نحن من وافقنا على الشّروط، يجب أن نتّبعها، يجب أن نتحمّل من الآن أخطاء أفعالنا.

مارخوف: لو علمت أنّ هذا ما سيحدث لم أكن لأوافق على استدعاء هابل ونابل.

مارد: ما الفائدة الآن يا مارخوف ! لقد فعلنا ما فعلنا وليس لدينا أيّ خيار آخر.

هابل ونابل: لا تطيلوا علينا فنحن ملزمون بوقتٍ معينٍ وسنغادر, فماذا قرّرتم؟

القادة الثّلاثة: لكم ما أمرتم.

هابل ونابل: بعد قتلكم لآخر شخص في المدينة المحرّمة سينزل ضبابٌ كثيفٌ جدّاً على المدينة وستجدون بعدها أنفسكم في المدينة الملعونة، وبهذا نكون قد أخرجناكم من المدينة المحرّمة، وستنتهي مهمّتنا ويبدأ ساحر بإعطائكم التّعليمات الأخرى.

مارخوف: يا إلهي أيعقل أنّهم يستطيعون فعل ذلك !!

مارد: نعم يستطيعون، فقد نقلوني من المدينة الملعونة إلى إمبراطوريّة خافان بنفس الطّريقة.

سورفاغ: سيّدي مارد،الجيوش بانتظارنا الآن.

ذهب القادة الثّلاثة إلى جيوشهم وأعطوهم التّعليمات, تفاجأ الجنود بتعليمات قادتهم، ولكن في عالم الجان ليس لأفراد الجيش سوى الطّاعة والولاء لقائدهم، حتّى لو أمرهم بقتل أنفسهم, فهذا هو دستور الجيش لديهم, خرج الجيش من بوابات قصر القادة الثّلاثة وشنوا هجوماً وحشيّاً على سكان المدينة، فبدأوا بقتلهم دون رحمه ،ولم يميّزوا بين صغيرٍ ولا كبيرٍ ولا امرأةٍ ،فكانت التّعليمات واضحةً، وهي قَتلُ كلّ ما فيه روح أمامهم.

فقتلوهم ولم يرحموهم، وقطّعوهم أجزاءً، و في تلك الأثناء رأى أحد الحرّاس من الجان الطّيّارين هذه المجزرة ، وأخبر قائد البوابة بما يحدث ، تفاجأ قائد البوابة من هذا التّصرف وقال جهّزوا الجيش للمجابهة، سيهجمون على البوابة في أيّ لحظةٍ ويحاولون الخروج، أيّها الرّسول، اذهب إلى خورخيس وأبلغه.

إمبراطوريّة خورخيس

الرّسول: سيّدي الحاجب بيلبان.

بيلبان: ما بك أيّها الرّسول ؟ لماذا أنت خائف ؟

الرّسول: سيّدي ، لقد هبّت عاصفةٌ قويّة جدًّا في المدينة المحرّمة لم أرى مثلها قطّ، ومن شدّتها تطاير حرّاسنا وتفرّقت صفوف الجيش ، حتّى المصائد طارت !!

بيلبان: ماذا ؟! وكيف حدث هذا؟

الرّسول: لا أدري، فلقد سمعنا أصوات استغاثة أهالي المدينة المحرّمة, ومن قوّة الرّيح ظننّا أنّ بوابة المدينة ستكسر .

بيلبان: تعال معي إلى الملك الآن .

بيلبان: سيّدي الملك خورخيس، لديّ أخبار سيّئة عن المدينة المحرّمة.

خورخيس: ماذا هناك يا بيلبان؟

بيلبان: يقول لنا هذا الرّسول أنّ عاصفةً قويّةً هبّت على تلك المنطقة، وأنّه لم يرى مثلها قطّ!! فمن قوتها تشتتَ الجيش وطارت المصائد وكاد الباب أن يكسر، وسمعوا أصوات استغاثةٍ من سكان المدينة, فما نحن فاعلون يا سيّدي؟

خورخيس: عاصفة !! هذا غريب ،فكيف لتلك المنطقة أن تأتيها عواصف.

بيلبان: ماذا تريد الآن أن نفعل، هل نرسل تعزيزات ؟

خورخيس: لا أدري، ولكن هذا خبر جيّد ،لعلّ هذه العاصفة ستبيدهم وتبيدُ القادة الثّلاثة.

الرّسول: سيّدي الملك خورخيس ، هناك أمر آخر .

خورخيس: ماذا ؟ أهناك أمر غير أمر الرّيح ؟

الرّسول: نعم, أتانا تقرير من أحد حرّاس المدينة المحرّمة من الجان الطّيّارين أنّ جيش القادة الثّلاثة شنّوا هجوماً وحشيّاً على المدينة وبدأوا بقتل كلّ من فيها.

خورخيس: يا إلهي!! ماذا حدث لهم ؟أجنّ جنونهم؟!

بيلبان: سيّدي الملك،إذا لم نوقفهم سيهجمون على البوابة ويخرجون.

خورخيس: بيلبان ، فلتحذّرملوك الجان والشّياطين، أرسل لهم التّقرير، وقل للقائد خاجي قائد الشّياطين السّود والقائد سورال قائد الجيش الأحمر أن يأتيا إليّ فوراً دون أيّ تأخير.

بيلبان: لك ما أمرت يا سيّدي سيأتيان إليك في الحال.

خورخيس: أيّها الرّسول، عد إلى منطقتك وأخبرهم أنّ التّعزيزات قادمة، سيقود الجيش القائد سورال قائد الجيش الأحمر مع القائد خاجي قائد الشّياطين السّود، ولتقل لهم أن يصمدوا قدر ما استطاعوا إذا هاجموا البوابة, هيّا طرْ بسلامٍ.

في تلك الأثناء جاء القائدان خاجي و سورال ،ووقفا أمام الملك خورخيس فقال لهم: أيّها القائدان العظيمان ،اخترتكما لأنّكما أقوى القادة وأشرسهم في الحروب ،فقد وصلنا الآن من رسول المدينة المحرّمة أنّ مارد وأصحابه شنّوا هجوماً وحشيّاً بجيشهم على أهالي المدينة وبدأوا بقتل الجميع دون استثناء، وهذا شيء لا يرضي الله رب العالمين, وهذا يدلّ على عصيانهم لأوامر السّلام، اذهبا بجيشيكما مسرعينِ إلى المدينة المحرّمة وخذا ما تريدان من جنود، فأنتما ستواجهان مارد و سورفاغ و مارخوف أقوى القادة المتمردين, فاذهبا إلى المدينة المحرّمة الآن دون أيّ تأخير.

خاجي: لك ما أمرت يا سيّدي، ولكن هناك اقتراح بسيط أريد أن أضيفه.

خورخيس: ماذا أردت يا خاجي؟

خاجي: أنت تعلم أنّ مارد من المردة العظام، وأن مارخوف و سورفاغ من وحوش البحار والغيلان, ألا تعتقد أن من المفترض أن نكون ثلاثة بثلاثة.

سورال: نعم إنّه محقٌّ، يجب أن يكون معنا قائد ثالث، فنحن نجابه أقوى ثلاثة.

خورخيس: لا, لا أستطيع تنفيذ طلبكم، فالدولة تحتاج إليهم هنا، أنتم تستطيعون هزيمتهم، مابكم ؟ أأنتم خائفون من مارد ؟

خاجي: نحن لا نخاف من مارد، ولكننا قلنا اقتراحنا.

خورخيس: لا تنسوا أنّ هناك أيضاً جيش من المردة والغيلان والوحوش في البوابة المحرّمة يساعدونكم, هيّا تحرّكوا الآن فليس لدينا وقتٌ.

خاجي و سورال: السّمع والطّاعة، لك ما أمرت يا سيّدي الملك خورخيس .

توجه القائدانِ إلى مقرّ القيادة و بدأا بتجهيز الجيش وتحرّكا عبر بوابات الإمبراطوريّة متجهينِ بأقصى سرعة إلى المدينة المحرّمة، في تلك الأثناء قال سورال لخاجي, أتذكر في يوم المبايعة ما قلته لك ؟

خاجي: نعم أذكر, قلت لي أنّك ترى الدّماء تملأ الوديان.

سورال: وهذا ما قصدته في تلك الأثناء،بدأت الدّماء تمشي في الوديان ، إنّي لأكاد أشمّ رائحة الدّماء من هنا.

خاجي: ماذا تقول يا سورال ؟ وكيف لك أن تعلم أنّ هناك حرب ستقام ؟ أهو إحساس بالارتابك أم هو حلم راودك؟

سورال: لا يا خاجي، ولكن سأخبرك بسرٍّ , أتذكر عندما بحثنا عن القائد مارد بعد معركة وادي النّار.

خاجي: نعم أذكر، ذهبنا إلى المدينة الملعونة وقسمنا إلى فرق للبحث عن مارد, وكيف لي أن أنسى هذا اليوم .

سورال: خاجي أتذكر الشّخص الّذي يدعى ساحر .

خاجي: نعم ،ولكن هذه أسطورة المدينة الملعونة .

سورال: لقد رأيته في المدينة الملعونة .

خاجي: أجننت يا سورال ماذا تقول؟!

سورال : كنت أظنّ أنّي جننت عندما أتاني وقال لي أنّه ساحر!! فلم أستطع بعدها الحراك، فقال لي إذا تولى أصغر أبناء خافان الحكم وأمرك بقتل مارد و مارخوف و سورفاغ يجب أن تعلم أنّك ستموت، فأخبر صديقك المقرّب الّذي سيرافقك بهذا السرّعندما تذهبون لقتل القادة الثّلاثة, فيجب أن تقف بعدها في صفّ مارد وإلا ستكون من الخاسرين. واختفى بعدها هذا السّاحر من أمام عيني، لم أستطع تعقّبه، خفت كثيراً من كلامه، فكيف له أن يقول هذا؟ وكيف لي أن أقتل أعظم قائد؟ ومن هو هذا الشّخص الّذي سيرافقني!!

أيعقل بعد فتح مارد لوادي النّار، و أنّه سيكون من المقربين لخافان وعائلته بعد الفتح, أيعقل أن يقوم خافان بنفيه !! أجنّ جنون هذا السّاحر !! فبعد مرور السّنين جاء أمر الملك خافان بنفي مارد ومارخوف و سورفاغ بتهمة الخيانة!! خفت كثيراً ولكن اطمأن قلبي لأنّ ساحر قال عندما يأخذ أصغر أبناء خافان الحكم سوف يأمركم بقتلهم, فقلت في نفسي أنّي لن أعيش لذلك الوقت فأصغر أبناء خافان كان آنذاك الأمير خورخيس، فأمامه عشرة من إخوته يحكمون قبله فارتاح قلبي، ولكن عندما مات خافان ومات أبناءه وإخوته جميعاً وتولّى خورخيس الحكم فوالله بدأت أشعر بالخوف بعدها من كلام ساحر, فلهذا السّبب كنت صامتاً عندما أمرنا خورخيس باغتيال القادة

الثّلاثة أمام بوابة الإمبراطوريّة فكلام ساحر شتّت تفكيري، فلهذا السّبب لم أتكلم لأنّي كنت أفكر بكلامه، وعندما كان خورخيس يناقشنا فيما حدث لخطّته, قلت له أن هناك من يحاول الانقلاب ضدّه، فتلك كانت كذبة منّي كي لا يشكّ خورخيس بي. أعرفت السّبب, والآن خورخيس أمرنا بالذهاب لقتل مارد ورفاقه، فوالله إنّه كما قال ساحر وأنت الرّفيق الّذي يجب أن أخبرك بالسّرّ.

خاجي: أنت تعلم أنّ كلامك هذا خطيرٌ يا سورال، وكأنّك تريد أن تعصيَ أمر الملك خورخيس!!

سورال: لم أقصد ذلك، فوالله كلام ساحر جعلني كالمجنون، لم أستطع التّصديق، وكأنّه يعلم بالأحداث المستقبليّة، أعلم أنّ هذا غير مقبول في الدّين، ولكن ما تفسير الّذي يحدث، يا إلهي !!

خاجي: لا أعلم ما أقوله لك يا سورال، لكن كان يجب عليك إخبار الحكيم فوتا بذلك، فهو أعلم بهذه الأمور.

سورال: أعلم ذلك ،ولكن لم يأتي الحكيم إلى الآن من وادي العبادة، فأنا أنتظره منذ فترة مغادرته.

خاجي: سورال أنا أحتاج إلى عقلك المدبّر، فنحن سنواجه أعظم ثلاثة, دعك من كلام ساحر الآن وفكّر كيف سوف نقتحم المدينة, فلعلّ ساحر كان يريد تشتيتَ ذهنك.

سورال: نعم يا خاجي يجب أن أصفّي ذهني الآن، فهناك حرب يجب أن أقودها, يجب أن أبعد كلام ساحر من رأسي، فأنا لن أخون دولتي أبداً.

خاجي: بوركت يا سورال ، هيّا فقد اقتربنا من البوابة.

في تلك الأثناء تمّ القضاء على سكان المدينة المحرّمة ، وأصبحت رائحة الدّماء تفوح من كلّ جوانب المدينة لدرجة أنّ الدّماء خرجت من

تحت بوابة المدينة المحرّمة، خاف جنود البوابة عندما رأوا تسرّب الدّماء لخارج البوابة فأصبحوا يقولون: يا إلهي!! ماذا يحدث في الدّاخل، فكان الجان الطّيّارون يأتون لهم بالأخبار ويقولون أنّها مجزرةٌ لم نرى مثلها في تاريخ الجان!! قطعت رؤوس الصّغار والنّساء والكبار، ورميت في كلّ أرجاء المدينة, فأصبح لون المدينة أحمر من كثرة الدّماء ، فكان النّظر إليها أشبه بالتّعذيب النّفسي, بعد الانتهاء بقي آخر طفل في المدينة المحرّمة، فقال مارد: دعوه لا تقتلوه الآن سوف نرعب جنود البوابة قليلاً.

هيّا أيّها الجنود، فلتمسكوا الرّؤوس والأجزاء المقطّعة و ارموها إلى الخارج ليراها حرّاس البوابة, فبدأ الجنود بتنفيذ كلام مارد، فكان هناك خمسمائة ألف جندي أمسكوا جميعهم بالأجزاء وأصبحوا يرمونها خارج الأسوار, فتطايرت إلى الخارج وكأنّها أمطار تنزل عليهم، فكان المنظر مرعباً جدّاً، فتشتّت الجيش من الخوف, وصل الرّسول إليهم وقال لهم أن الملك خورخيس أرسل القائد خاجي والقائد سورال للمجابهة, فانتظروا قدوم القادة لإمدادهم بالتّعزيزات، فوجود اثنين من القادة السّتّة يريحهم قليلاً, استمرّ مارد ورفاقه وجنوده برمي الأجزاء إلى الخارج حتّى تغطّتِ الأرض بالأموات، بعدها أخذ مارد الطّفل وقطع رأسه ورماه خارج السّور, بعد قتل آخر شخص حلّ الهدوء في المدينة ؛فجميع السّكان قد ماتوا، ولم يبق سوى الجيش ،و كانت أصوات الطّيور المتوحّشة الّتي تأكل الجثث تشقّ الصّمت الّذي حلّ بالمكان ، فنزل الضّباب بعدها ليختفي الجيش المكوّن من خمسمائة ألف مقاتل .

وصل القائدان إلى البوابة ، وفوجئا بهذا الضّباب الغريب الكثيف!! فلم يستطيعا أن يريا شيئاً, هرب بعض جيش البوابة من المنطقة من شدّة الخوف، ولكن عندما رأوا القادة قالوا الحمدلله لقد نجينا.

سورال: أيّها الحرّاس ، ما بكم مرتعبون ؟ وما هذا الضّباب؟!

الحارس: أيّها القائد ، لقد اشتدّ القتال في الدّاخل، فكانت هناك أصوات استغاثة من النّساء والأطفال ، فالجنود لم يرحموا أحداً.

خاجي: أين الجان الطّيّارون ،أريدهم فوراً ليخبرونا بالتّقرير.

الجان الطّيّار: سيّدي،لقد دمّر جيش مارد ورفاقه المدينة شرّ تدمير، وقتلوا كلّ من فيها، ومن كثرة الدّماء جرت كالأنهار فانظر تحت قدميك يا سيّدي.

سورال: يا إلهي انظر يا خاجي الدّماء وصلت إلى هنا !!

خاجي: تبّاً لهم، كيف لهم أن يفعلوا مثل هذا العمل؟!

الجان الطّيّار: سيّدي،لم يكفهم القتل ، بل أرعبوا جنود البوابة برمي الجثث عليهم إلى الخارج.

سورال: ماذا حدث لقلبك يا مارد !!

خاجي: سورال ، ما العمل الآن ؟ فقد مات جميع السّكان وهرب معظم جيش البوابة, وما العمل مع هذا الضّباب؟! لن نستطع لتّغلب عليهم في مثل هذه الظّروف!!

سورال: أيّها الجنّيّ الطّيّار ، خذنا إلى البوابة ، فلن نستطيع تمييز المكان مع كلّ هذا الضّباب.

أخذ الجان الطّيّار يكشف لهم الطّريق. وبينما هم يقتربون من البوابة بدأوا يرون الجثث المتناثرة في كلّ مكان، فوجئوا من هذا المنظر العجيب المؤلم ،فهناك جثث أطفال وكبار ونساء ،خاف الجيش من هذا المنظر المرعب فقال خاجي لسورال, انظر يا سورال لم نرى مثل هذا المنظر منذ الحروب العظمى، وحتّى في الحروب العظمى لم تقتل النّساء ولا الأطفال !! ماحدث هنا عبارة عن مجزرة لا يتحمّلها قلب أيّ جان فماذا

87

حدث لقلب مارد ورفاقه؟ اصطفّ الجيش حول البوابة وأعطى خاجي التّعليمات بالتأهّب، وأرسل الرّسول الطّائر إلى خورخيس ليعطيه التّقرير.

سورال: خاجي ماذا نفعل الآن، فوالله لم أعد أستطيع التّفكير في خطّةٍ بعد ما رأيت, فالأحوال هنا تغيّرت، فوالله كأنّ المدينة أصبحت المدينة الملعونة.

خاجي: صدقت يا سورال فالهدوء الآن والضّباب جعلها مثل المدينة الملعونة، سننتظر تعليمات خورخيس .

سورال: ماذا كتبت لخورخيس؟

خاجي: كتبت له ما رأيت يا سورال, كتبت له عن المجزرة الّتي حدثت .

سورال: أكتبت له يا خاجي أنّنا لسنا مستعدين ؟

خاجي: أجننت يا سورال، أتريد أن ننزل من مقامنا، ماذا سيقول عنّا خورخيس؟ أنّ اثنين من قادته السّتّة، بل أقوى قادته قائد الشّياطين السّود وقائد الجيش الأحمر خائفون !!

سورال: أنا لا أتكلّم عن الخوف، بل أتكلّم عن حقن الدّماء يا خاجي.

خاجي: هذا ما أراده مارد, سنلقّنه درساً لن ينساه، لا تخف يا صديقي، فلا تنسى أنّي من الشّياطين وأنت من الجان الحمر، نحن أشدّاء وجيشنا قويٌّ جدّاً, سوف نفعل ما يأمرنا خورخيس، فلننتظر ردّ رسولنا الّذي بعثناه للملك خورخيس.

وصل الرّسول بسرعة فائقة إلى قصر خورخيس وقال للملكّ: سيّدي هذه لفافة التّقرير من القائد خاجي, هم الآن محاصرون للمدينة المحرّمة.

الملك خورخيس: فلتقرأ أيّها الرّسول التّقرير ولكن قبل أن تقرأ , بيلبان،.أريد من القادة أن يأتوا ليسمعوا التّقرير.

بيلبان: السّمع والطّاعة يا سيّدي.

أتى القادة الأربعة مسرعين لأنّهم كانوا على علم بأنّه تقرير خاجي و سورال، فهذه كانت معركةً كبيرةً جداً، وجميعهم كانوا خائفين من نتيجة هذه المعركة المصيريّة، وأيضاً جميعهم لم يؤيّدوا الملك خورخيس في إرسال اثنين فقط لمجابهة ثلاثة، وليس أيّ ثلاثة، بل أقوى ثلاثة, دخل القادة حجرة الملك خورخيس ، فرأوا الرّسول يقف أمام الملك, أمر الملك القادة الأربعة بالوقوف بجواره ،وبدأ الرّسول بقراءة التّقرير .

بسم الملك الّذي لا يموت اللهِ ربُّ العالمين

أكتب لكم بحبر الدّماء وأنفاس الشّهداء ... سيّدي الملك خورخيس, أبعث لك بتحيّة الموحّد لله .

السّلام على من اتّبع نور الله, سيّدي الملك خورخيس الأوضاع هنا تغيّرت، الأرض أصبحت حمراء من الدّماء، فقد قتل مارد ورفاقه جميع سكان المدينة المحرّمة ولم يكفهم قتل الأطفال والنّساء بل ألقوا الجثث إلى خارج أسوار المدينة، فأصبحت منطقة الحراسة أشبه بمجزرة لم أرى مثلها في مسيرتي الحربيّة، ولم يرى مثلها عالم الجان, المنطقة أصبحت هادئة فلا نسمع غير أصوات الطّيور المتوحّشة تأكل الأموات، والضّباب يسود المكان، فمن شدّته لا نستطيع أن نرى أيدينا، فأصبحت المنطقة وكأنّها والله المدينة الملعونة, فقد هرب كثير من جنود البوابة من رعب المنظر, فدبّ الرّعب في المنطقة، فوالله لوأنّنا لم نجد بعض جنود الجان الطّيّارين لم نكن لنعرف أنّنا وصلنا المدينة المحرّمة، فقد تغيّرت من حالٍ إلى حالٍ, فماذا تأمر يا سيّدي الآن؟ فنحن ننتظر الرّد منك.

والسّلام عى أتباع الله

الملك خورخيس: أيعقل ما سمعناه, هل الظّروف أصبحت سيّئة إلى هذه الّدرجة هناك !!

بيلبان: سيّدي،أقترح عليك أن ترسل التّعزيزات إليهم الآن.

الملك خورخيس: لا والله لن أرسل أيّ تعزيزات إليهم، لن أعطي لمارد قدراً أكبر من قدره.

بيلبان: الوضع كما سمعت يا سيّدي الملك سيّئٌ جدّاً، فإذا لم نتحرّك ستحدث كارثة.

الملك خورخيس: ما رأيكم أيّها القادة ؟

القائد تورن: سيّدي أنا مع بيلبان, يجب أن يذهب واحد منّا للتعزيز.

القائد فيفغل: أنا أرى يا سيّدي أن أذهب للتّعزيز، فجنودي من الجان الطّيارين سيفيدونهم كثيراً.

القائد شوجا: سيّدي،نحن أربعة من أقوى قادتك فرشّح واحداً منّا.

القائد دارل: سيّدي،لا يخفى عليك أنّ مارد قويٌّ وذكيٌّ جدّاً, أنا أرى أن نرسل اثنين.

الملك خورخيس: ما بكم خائفون من مارد, أنسيتم أنّ مارد سيواجه الآن خاجي و سورال ، أقوى اثنين من قادتي, مارد لن يصمد أمامهم، فجيش خاجي وحده يكفي، و سورال تعزيز له ،أيّها الرّسول ، سأعطيك اللّفافة الآن ، فلتنتظر ردّي.

أحسّ القادة الأربعة بخطورة الموقف، فهم يعلمون أنّ مارد قويٌّ جدًّاً،وأنّ الملك خورخيس لم يذهب معه لحرب قطّ، فلهذا فهو مستهتر بمارد, فبدأوا يتهامسون بين بعضهم ويقولون: ماذا إذا غلب مارد ورفاقه خاجي و سورال، والله سنكون في موقف لا نحسد عليه، كان يجب على الملك إرسال واحدٍ منّا, رحمك الله يا خافان ما كنت لتفعل ذلك.

خرج الملك خورخيس من حجرته الخاصّة وأعطى للرسول نصّ الخطاب, وقال للقادة تأهّبوا جميعاً، فالحرب أصبحت قريبة, أيّها القائد فيفغل

أريد أن أرسلك في مهمّة, فلتذهب إلى وادي العبادة وتأتي بالحكيم فوتا، ولكن ليس الآن وإنّما بعد تقرير خاجي و سورال الثّاني لننتظر نتيجة المعركة، فخذ هذه اللّفافة عليها ختمي الخاص، فهذا ختم الطّوارئ أعطيه إلى الحكيم فوتا، وأنت يا دارل خذ هذه اللّفافة واذهب بها إلى مملكة الشّياطين الخمسة وعلى هذه اللّفافة ختم الطّوارئ أيضاً, فسلّمها إليهم دون أيّ تأخير، وأنت يا تورن اذهب إلى مملكة الجان وأعطهم هذه اللّفافة وعليها ختم الطّوارئ فلا تتأخّر في تسليمها, أمّا أنت يا شوجا فأريدك هنا لتحميَ الإمبراطوريّة من أيّ طارئٍ يحدث، أفهمتم التعليمات؟ فلتذهبوا الآن مباركين.

ذهبَ كلّ قائد لينفّذ ما أمر به وبأقصى سرعة، فكانت هذه أوّل حالة طوارئٍ في عهد حكم الملك خورخيس.

المدينة المحرّمة

وصل رسول خورخيس إلى خاجي وسورال وأعطاهم اللّفافة, قرأ خاجي اللّفافة وقد كتب عليها سطرٌ واحدٌ فقط.

السّلام عليكم

اقتلوهم كما قتلوا أهلهم، ولا ترحموا أحداً منهم، أريد رأس مارد و سورفاغ و مارخوف الآن.

خاجي: سورال ، ما نصّ الخطاب هذا!!

سورال: لا أعلم يا خاجي، ولكن هذه تعليمات الملك،يريدنا أن نقتحم البوابة ونقتلهم دون أسرى.

خاجي: إذاً ما الخطّة الآن ؟

سورال: الخطّة كالتّالي, اسمع يا خاجي، جيشك الشّيطانّي يتميّز بقوّته، وجيشي أنا يتميّز بسرعته، وجيش مارد يتميز جنوده بوثبهم العالي، وجيش سورفاغ بغدرهم، وجيش مارخوف بغيلانه القويّة، فيجب أن نستغلّ هذه النّقاط .

خاجي: إذاً ، ما العمل ؟

سورال: سنقسم الجيش إلى أربعة أقسام .

1-القسم الأوّل: من الجيش الأحمر والأسود.

2-القسم الثّاني: من الجيش الأسود فقط.

3- القسم الثّالث: من الجيش الأحمر فقط.

4 - القسم الرّابع: بقيادتنا نحن الاثنان.

القسم الأوّل هم من سيكونون في المقدّمة، فسرعة جيشي ستربك حركة جيش مارد، فيقوم جندك بقتلهم، ولكن يجب أن يستدرجوهم إلى الخارج لأنّه في الدّاخل ستعيقنا منازل السّكان, فمارد ورفاقه يعرفون المنطقة جيّداً من الدّاخل، فلا نريد أن نكسبهم قوّةً ،فلهذا سنعطي التّعليمات للقسم الأوّل بمحاولة إخراج جيش مارد بخطّة الانسحاب المخادع،أمّا القسم الثّاني والثّالث سيختبئون في الجوانب، وعند خروج جيش مارد يحوّطونَ جيش مارد ويقضونَ عليهم، أمّا القسم الرّابع الّذي نحن فيه فسنراقب تحرّكات مارد ورفاقه حتّى نرى ما هم بفاعلين، ثمّ نهجم عليهم ونقطع رؤوسهم، فإذا قتلنا القادة الثّلاثة سقط جيشهم وهربوا.

خاجي، يجب أن ننفّذ الخطّة كما نريد، فأيّ خطأ سنُهزم ،أفهمتَ؟

خاجي: خطّة جيّدة، ولكن يا سورال ،الضّباب هنا كثيفٌ ،كيف لنا أنّ نخوض معركةً لا نرى فيها بوضوح ؟

سورال: لهذا السّبب سيقود الجيشَ الجانُ الطّيّارون ، ليكونوا كالمرشدين في المعركة. هيّا يا خاجي، اذهب إلى الجند وأعطِهم التّعليمات الآن ، ومن يخالف التّعليمات مصيره الموت.

ذهب خاجي بعدها ليعطي التّعليمات للجند، وبدأ في ترتيب الصّفوف، وفي تلك الأثناء خفّ الضّباب قليلاً فأصبح المكان أوضح من ذي قبل, فرح سورال و خاجي بهذا التّغير لأنّه سيخفّف عليهم جهد المعركة قليلاً، وستكون هناك رؤيةً أوضح, بعد ذلك جاء سورال فأبدل شارته إلى اللّون الأحمر، و خاجي إلى اللّون الأسود، وعند تبديل القادة للشّارات فهذا يعني أنّهم سيكونون في شدّتهم، ولن يرحموا أحداً قطّ ، فالتّبديل يعني القوّة، ويرمز إلى قوّة المعركة الّتي ستنشب ، فلن يستهينوا بخصمهم أبداً. بدأت طبول الحرب تدقّ، ونفخت أبواق الاستعداد, فتح الحرّاس البوابة وشنّوا الهجوم, دخل

جيش القسم الأوّل المكوّن من جند سورال و خاجي وتفاجؤوا عند الدّخول بأنّ المدينة خاويةً !!

رئيس جند خاجي: ماهذا ؟ أين مارد ورفاقه !!

رئيس جند سورال: لا أعلم ، ولكن انظر ما حلّ من خرابٍ بهذه المدينة.

رئيس جند خاجي: أيعقل أنّها مكيدة ؟!

رئيس جند سورال: لا أعتقد، فأين سيختبئُ جيشٌ مكوّنٌ من خمسمائة ألف مقاتل ؟!

رئيس جند خاجي: لا أعلم، لا بدّ أنّهم هربوا، ولكن كيف يهربون؟ ألم يحسَّ جند البوابة بهروبهم وهم كثرةٌ ؟!

رئيس جند سورال: سأذهب بنفسي لأخبر القائدينِ.

خرق الرّئيس صفوف الجيش مسرعاً، فذهب إلى القائدينِ وأخبرهم بما حدث, فصُدما بكلام الرّئيس ولم يصدّقاه, فاعتقدا أنّها حيلة مدبّرة من مارد, فقال سورال: ليس هناك أيّ خطّة الآن هيّا يا خاجي، سندخل جميعاً فإمّا الموت أوالحياة.

خاجي: ولكن يا سورال، كيف ندخل جميعاً ؟ ألا تعتقد أنّها خطّة من مارد؟

سورال: لا أعلم يا خاجي، ولكن سنضع القسم الثاني والثالث من الجيش أمام البوابة للطّوارئ.

خاجي: إذاً هيّا فلنذهب إلى قصورهم لعلّنا نجدهم هناك ، أيّها الجند،كونوا مستعدينَ جيّداً لأيّ هجوم, سورال،اذهب أنت إلى قصر خاجي و سورفاغ ، وأنا سأذهب إلى قصر مارد، وليتأهّب الجميع لأيّ شيءٍ قد يقع هيّا على بركة الله .

انقسم الجيش إلى قسمين, فذهب خاجي إلى قصر مارد ، و سورال إلى قصر مارخوف و سورفاغ, وصل مارخوف إلى قصر مارد واقتحمه وانتشر الجيش في كلّ أنحاء القصر، ولكن لم يجدوا أحداً !! ذهب خاجي إلى حجرة مارد ولكنّه لم يجد شيئاً !! استغرب خاجي وقال: أيعقل أن يكونوا قد هربوا !؟, أيّها الجندي الحارس، أنت أعلم بمداخل المدينة ومخارجها، أهناك بوابة أو مخرج آخر؟ فقال له الحارس: لا يا سيّدي، فالمدينة لها مدخلٌ ومخرجٌ واحدٌ فقط ،ونحن حميناها حتّى بعد هروب أغلب حرّاسنا، فلم يخرج أحد أبداً, ولا أعتقد أنّ هناك مخرج آخر، فحتّى لو كان هناك مخرج سنسمع صوتاً أثناء خروجهم, لا تنسى يا سيّدي هم ثلاثة قادة بجيوشهم، فكيف لا نسمعهم أو نراهم؟!

أمر خاجي بتفتيش القصر لعلّهم يجدوا أحد خدم مارد, فبحثوا طويلاً فلم يجدوا أحداً ، حتّى الخدم قتلوا جميعهم !!

أمر خاجي بعدها بالخروج إلى البوابة، أرسل رسولاً إلى قصر سورفاغ و مارخوف ليخبر سورال بالتّقرير .

في تلك الأثناء وصل سورال إلى القصر فلم يجد شيئاً هناك، فالقصر خالٍ من سكّانه !! حتّى الأرض تملؤها دماء الأموات من خدم مارخوف و سورفاغ.

فتّش سورال القصر جيّداً ودخل إلى حجراتهم فلم يجد شيئاً أيضاً, خاف سورال أن يكون ذلك خطّة من مارد, ولكن كيف؟ فحتّى لو كانت خطّة، فكيف وأين سيختبئ الجند جميعهم !؟

وصل رسول خاجي إلى سورال وقرأ عليه تقرير خاجي بأنّه لا يوجد أحد في قصر مارد, عاد سورال إلى خاجي عند مدخل البوابة وقال له: خاجي، ما العمل الآن ؟

خاجي: لا أعلم !! فكيف لجيشٍ كامل أن يختفي!!

سورال: أيعقل أن تكون هناك مخارج أخرى ونحن لا نعلم؟!

خاجي : لا ، فقد أرسلت عشرةً من أمهر جندي في تتبع الأثر، فلم يجدوا شيئاً، فالمدينة محكمة ولا يوجد غير مخرجٍ واحدٍ فقط, وحتّى أنّهم لم يجدوا آثار هروب، ولكنهم وجدوا شيئاً مريباً, وجدوا آثار أقدام الجيش ولكن الغريب أنّها لم تتحرّك، أي أنّهم وقفوا ثابتين وكأنّ الأرض ابتلعتهم في أماكنهم !!

سورال: إذاً ما التّفسيرالمنطقيّ لهذا؟!، أيعقل أن يكون ساحر؟

خاجي: وكيف لساحر أن يفعل مثل هذا؟ أيعقل أنّ لساحر قدرةٌ تجعلهم يختفون !!! إلى ماذا تلمّح يا سورال ؟ أجنّ جنونك؟!

سورال: والله إنّه لساحر, فما العمل الآن؟ أنمكث هنا؟ أم نرسل رسولاً بالتّقرير لخورخيس.

خاجي: أنا أرى أن نرسل الرّسول ونمكث هنا لعلّنا نجد جواباً؟

أرسل بعدها خاجي إلى خورخيس رسوله بالتّقرير،وعند وصول الرّسول كان الملك واقفاً وحده ، ليس بجواره أحدٌ من القادة سوى شوجا وفيفغل، فقال له الرسول: أيّها الملك العظيم خورخيس ، معي تقريرُ خاجي .

خورخيس: إذاً اقرأه الآن.

الرّسول: السّلام على أتباع الله

سيّدي الملك خورخيس ، أبعث لك هذا التّقرير ليس فرحاً بنصرنا،أو لإبلاغك بخسارتنا، ولكن أكتب لك والتّعجب يحيّرعقولنا .

سيّدي الملك خورخيس، لقد دخلنا المدينة غازين، ولكنّ المفاجئة أنّ المدينة خاليةٌ من جند مارد ورفاقه، فلا نعلم أين ذهبوا!! دخلنا قصورهم وحجراتهم فلم نجدهم, دخلنا إلى ساحة الجيوش فلم نجد أحداً هناك أيضاً ، فأرسلنا

بعدها قصاصي الأثر فلم يجدوا أيّ أثر لهروبهم, فآثارهم توقّفت في منطقة قريبة من البوابة ، وبعدها اختفوا جميعاً وكأنّ الأرض ابتلعتهم.

فما العمل الآن يا سيّدي، أنرجع أدراجنا ؟ أم ننتظر حتّى تأذن لنا ؟

السّلام على أتباع الله

تفاجأ الملك خورخيس بهذا التّقرير، ولم يصدّق ما قُرئ عليه, فقال للرّسول: أأنت متأكّد من صحّة هذا الكلام؟ ردّ عليه الرّسول: سيّدي، كلّ ما قيل صحيح، فوالله إنّ المدينة أصبحت مثل المدينة الملعونة.

خورخيس: ولكن أين ذهب مارد ورفاقه؟ أين يمكن أن يختفوا؟ فأنا أعرف المدينة المحرّمة، فليس لها أيّ مداخل أو مخارج غير مدخل ومخرج واحد فقط ،وجميع المدينة محاطة بالمصائد، فكيف لهم أن يختفوا هكذا!! يجب أن ننتظر الحكيم فوتا، فعنده نجد الإجابة، إذاً ليس لنا غيرهذا الحلّ. أيّها الرّسول، اذهب إليهم وقل لهم أن يرجعوا حالاً ويقفلوا المدينة ويضعوا بعضاً من جندهم هناك لمضاعفة الحراسة ، اذهب الآن بأقصى سرعة لديك.

القائد شوجا: سيّدي الملك أنت تعلم مدى خطورة تقرير خاجي وسورال.

خورخيس: نعم أعلم يا شوجا، ولكن كيف لهم أن يختفوا هكذا؟! وأين ذهبوا !!

شوجا: أتعتقد يا سيّدي أن هناك خيانة ؟

خورخيس: أنا أرى ذلك, فكيف لهم أن يخرجوا من البوابة إذا لم يساعدهم بعضٌ من جند البوابة؟!

شوجا: لا أعتقد ذلك يا سيّدي، فكيف لجنود البوابة أن يفعلوا ذلك؟! حتّى إذا فعلوا فلن يكونوا جميعهم خونة، هناك شيءٌ مريبٌ قد حدث.

خورخيس: أين فوتا؟ فوالله أكاد أفقد صوابي , فإذا هرب مارد ورفاقه فهذا يعني أنّ حرباً كبيرة جدّاً ستنشب، شوجا،أين الحاجب بيلبان ؟

شوجا: إنّه في ساحة القصر يقرأ التّعليمات على الجيش .

خورخيس: والله إنّي أشم رائحة خيانةٍ كبيرةٍ جدّاً، يجب أن أحكي الحلم للحكيم فوتا الآن. طرْ يافيفغل بأقصى ما أوتيت من سرعة إلى وادي العبادة وأحضر الحكيم فوتا حالاً.

وادي العبادة

سبب تسمية هذا الوادي بوادي العبادة لأنّه وادٍ اشتهر بوجود الصّالحين من الجان، فكانوا يقيمون مجالس للذكر والعبادة فيه حتّى أصبح مدينة لا يسكنها سوى الصّالحون والحكماء, فكان هذا الوادي يُعرف أيضاً بوادي السّلام، فلم تكن هناك حرب فيه أبداً منذ خلق الجان, وكان من يحكم هذا الوادي هو الأب سوميا أبو الجان، فسوميا هو أوّل من خلق من الجان وهو من المخلّدينَ الصّالحينَ الّذين ميّزهم الله من عباده, فكان الجان يهابونه ويكنّونَ له الاحترام لأنّه في الأصل أباهم جميعاً فهم من نسله, ولكنْ كان سوميا لا يتدخّل كثيراً في أمور الجان لأنّه كانت له عباداته وأعماله الخاصّة الّتي تشغله في حياته .

كان فوتا يجلس هناك ليأخذ الحكمة من الحكماء، ويأخذ علم الدّين والدّهاء, فكان فوتا شديد الذّكاء، وكان يعلم بأمور الدّنيا والدّين، فمجسله لا يخلو أبداً من التّلاميذ الّذين يتسابقون للحصول على بعضٍ من علمه، وكان مقرّباً إلى الأب سوميا, في تلك الأثناء كان فوتا مع سوميا يتناقشانِ في أمرٍ ما، فأتاهم الحاجب الصّالح وقال لهم: سيّدي الأب سوميا، يطلب منك أحدُ قادة الملك خورخيس إذنَ الدّخول.

سوميا: ومن هو هذا القائد ؟

الحاجب: إنّه قائد الجان الطّيارينَ فيفغل.

سوميا: فيفغل! هذا غريب، ولماذا يرسل خورخيس فيفغل إلى هنا؟!.

الحاجب: يقول فيفغل أنّه أمرٌ طارئٌ جدّاً، يريد منك إذن الدّخول ليتحدّث إلى الحكيم فوتا.

فوتا: يتحدثّ إليّ!! هذا غريب، هناك أمرٌ طارئ فعلاً.

سوميا: هيّا أيّها الحاجب، دعْ فيفغل يدخل إلى هنا الآن.

الحاجب: سمعاً وطاعةً يا سيّدي الأب سوميا.

سوميا: هذا غريب جدّاً، لماذا يريد فيفغل مقابلتك يا فوتا ؟

فوتا: لا أعلم يا سيّدي، ولكن أعتقد أنّ هناك شيء عظيم قد حدث.

دخل فيفغل إلى قصر الأب سوميا وألقى التّحية على الأب وعلى الحكيم فوتا وقال لهما: سلام دائم يا أبتاه، وسلام دائم أيّها الحكيم، أقدّم اعتذاري لأنّي قطعتُ صفوتكم وعبادتكم ،ولكن والله ما أتيت إلى هنا إلا لأخبركم بخبرٍ قد يغير تاريخنا ويكثر بسببه سفك دماء الأبرياء, فقد أرسلني الملك خورخيس لأحضرك يا فوتا بأقصى سرعة إلى الإمبراطوريّة، فالملك خورخيس أعلن حالة الطّوارئ والتّأهب.

فوتا: أيعقل ذلك يا فيفغل!! ماذا حدث؟.. أخبرني ؟

فيفغل: تمرّد مارد ورفاقه داخل المدينة المحرّمة وقتلوا كلّ السّكان هناك، حتى خرجت دماءهم خارج أسوار المدينة، ولم يكتفوا بذلك، بل قتلوا الأطفال والنّساء وكبار السّنّ وقطّعوهم أجزاءً ورموهم خارج المدينة، فأصبحت المدينة مدينة أمواتٍ, فأمر الملك خورخيس بالقضاء عليهم ،وأرسل خاجي و سورال، ولكن عند دخلوهم المدينة لم يجدوا مارد ورفاقه ولا جيشهم وكأنّهم اختفوا عن الأنظار فجأة، فحتّى قصاصي الأثر لم يجدوا أثراً لهم، فالمدينة خاوية من سكّانها ومن مارد ورفاقه, ونعتقد أنّ مارد هرب، ولكن لا نعلم كيف هرب!!

فوتا: يهرب!! وكيف يهرب من المدينة والحرّاس يحيطون بالمكان ؟!

فيفغل: سيّدي،لا أعلم كيف هربوا، ولكن خورخيس بعث بباقي القادة إلى مدن الجان والشّياطين ليحذروهم.

سوميا: أنا أعرف كيف هربوا.

فوتا: كيف أيّها الأب ؟

سوميا: إنّه ساحر.

فيفغل: ولكن يا سيّدي، ساحر مجرّد أسطورة.

فوتا: كيف لساحر أن يخفي جيشاً بكامله يا أبتاه؟

سوميا: لا يا فيفغل إنّه حقيقة وليس بأسطورة، ويستطيع فعل أشياء أكثر من

ذلك، وسأحكي لكما قصّة ساحر.

قصّة ساحر

كان ساحر يسكن المدينة الخضراء الّتي تعرف الآن بالمدينة الملعونة, ساحر هو أحد الجان المنحدرينَ من النّوع الشّيطاني, اشتهر بخدعه وألعابه الخفيّة حتّى أصبح أشهر لاعب خفّة يدٍ في المدينة الخضراء, فكانت أفكاره غريبةً في الخدع وذكيّة جدّاً ومعقّدة؛ فلم يتغلّب عليه أحد في خفّة يده وخدعه حتّى أصبح حديث المدينة، وكان محبوباً جدّاً في مدينته, فابتلى الله ساحر بمرضٍ شديدٍ فلم يستطع بعدها ممارسة هوايته، فأشتدّ عليه المرض، وابتعد النّاس عنه فأصبح وحيداً بعد أن كان مجلسه مليئاً بالمعجبينَ, فأتاه شيخ من شيوخ الجان المقرئين وقال له: هيّا يا ساحر اقرأ أذكار الله وسوف تكون إن شاء الله من المُعافَينَ, بدأ ساحر بقراءة الأذكار والشّيخ أيضاً يقرأ عليه الأذكار, فلم يستطع ساحر تحمّل مرضه، فقال له الشّيخ: لا تحزن يا ساحر فالله إذا أحبّ شخصاً ابتلاه , فردّ عليه ساحر، أنا أريد الدّنيا ،أنا أريد الدّنيا، لا أريد الموت، أريد الدّنيا أيّها الشّيخ، فما ثمن الدّنيا ؟ أهناك ثمن للدّنيا ؟ فقال له الشّيخ :لا تطلب الدّنيا يا ساحر لكي لا يحرمَك الله من نعيم الآخرة، ففي الآخرة جنّة الله ،هي خير من الدّنيا وما فيها, فردّ عليه ساحر: أنا أطلب الدّنيا.

فقال له الشّيخ: أرجو أن تستغفر الله يا ساحر، فكلامك خطيرٌ جدّاً, استغفر الله كي لا يعاقبك, فردّ عليه ساحر: قلت لك يا شيح الجان أنا أحبّ الدّنيا ولا أريد شيئاً آخر .

خرج الشّيخ من حجرةِ ساحر وهو يستغفرُ الله كثيراً من كلام ساحر.

وبعد طلوع الفجر بدأ ساحر يحسّ بتحسّنٍ كبيرٍ حتّى تعافى من مرضه وكأنّه

لم يكن به أيّ شيء، استغرب ساحر من هذا الشّعور الغريب،وعاد النّشاط إليه بسرعةٍ كبيرةٍ جدّاً ,فأتاه الشّيخ وقال له: الحمدلله على سلامتك يا ساحر.

ساحر: قلت لك يا شيخ أنّ الدّنيا تحبّني فعافتني لأنّي طلبتها.

الشّيخ: أيّها المجنون ، أتكفر بالله ؟!

ساحر: أنا ذكرت الله كثيراً ولم أعافى، ولكن عندما ذكرت الدّنيا عُوفيت.

الشّيخ: ساحر لا تتعدّى حدودك، وجدد إيمانك بذكركَ لله .

ساحر: أشهد أنّ الله ربّي وحده لا شريك له .

الشّيخ: أرجو أن تفكّر جيّداً يا ساحر في كلامك قبل أن تقوله.

عاد ساحر لممارسة هوايته، وكان له هذه المرة منافسانِ جدد وهم هابل ونابل، فكانت خدعهما أجمل من خدع ساحر, وتكاد لا تصدّق ، كانا يخفيانِ أشياءً ويعيدانها, حاول ساحر أن يفعل ما يفعلان ولكن دون فائدة، فلم يستطع معرفة السّرّ, فذهب إليهما وحاول التّعلم منهما ولكنهما لم يعلّماه، فقرّر أن يتنصّتَ عليهما ليعرفَ كيف يقومانِ بهذه الخدع ، ولكن دون فائدة, ثم بدأ ساحر بفعل خدع أكبر وأجمل من خدع هابل ونابل ليسترجع الجمهور الّذي فقده. و ذهب ساحر بعدها إلى أحد أصدقائه الّذي يدعى كاهن، وحكى له عن هابل ونابل وعن خدعهم ، فقال له كاهن: هناك شخص يدعى مشعوذ، سمعت أنّه هو من علّم هابل ونابل تلك الخدع. لم يستطع ساحر الصّبر عندما سمع هذا الكلام، فقال لكاهن: هيّا يا كاهن ، فلنذهب إليه, فذهبا بعد ذلك إلى بيت مشعوذ ودخلا عليه.

مشعوذ: من أنت أيّها الغريب ؟

ساحر: أنا ساحر أشهر لاعبُ خفّة يد في المدينة الخضراء.

مشعوذ: ومن رفيقك الّذي يقف بجوارك ؟

كاهن: أنا كاهن صديق ساحر.

مشعوذ: وماذا تريدان منّي ؟

ساحر:سمعتُ أنّك أنت من علّمتَ هابل ونابل خدعة إخفاء الأشياء وإعادتها، و أريدك أن تعلّمني سرّ هذه الخدعة وغيرها من الخدع كماعلّمت هابل ونابل.

مشعوذ: وكم ستدفع إذا علمتك؟

ساحر: أنا لا أملك الكثير من المال، ولكن أحاول أن أعطيك ما تريد.

مشعوذ: ولكن هل تستطيع أن تعطيني ما أريد ؟

ساحر: نعم سأعطيك على أن تعلّمني أشياءً أجمل بكثيرممّا علّمتَ هابل ونابل.

مشعوذ: إذاً اذهب إلى هذا الدار، ستجد شيخاً من شيوخ الغيلان سيلقي محاضرة, اذهب إليها، وعند الانتهاء تعال إليّ وقل لي ماذا استفدت.

ساحر: إذا كان هذا طلبك فهذا سهلٌ جدّاً.

مشعوذ: لم أنتهي من طلبي، فهذا هو أوّل طلبٍ لي.

ذهب بعدها كاهن وساحر إلى الدّار وبدأا يسمعانِ إلى شيخ الغيلان، فكانت المحاضرة عن قدرة الله،بدأ الشّيخ يتكلّم ويقول أنّ الله له قـــدراتٌ عظيمةٌ فلا يشـــاركه أحدٌ في قدرته، والله كريم وقويٌّ وجبّار و رحيم، فيجب أن نعبده ولا نشرك به أحداً، فالله يبتلي عبده إذا أحبّه ، ولكن إذا طلب العبد الدّنيا وباع آخرته ، فسيخسر كلّ شيءٍ ، وسيعطيه الله الدّنيا ويحرمه من الآخرة ،فالله عادل وليس هناك أحد يضاهي عدل الله.

ساحر: أنت تعلم يا كاهن أنّ كلام هذا الشّيخ ذكّرني بمرضي الذي كاد أن يقتلني.

كاهن: ولماذا ؟

ساحر: عندما قلت أريد الدّنيا لا أريد الآخرة شفيت تماماً.

كاهن: أيعقل هذا !! يبدو أنّ شيخ الجان عندما قرأ على جسدك كانت قراءته كالدّواء.

ساحر: لا, شيخ الجان لم يستطع فعل شيء. هيّا يا كاهن ، فقد انتهى الشّيخ من محاضرته، فلنعد إلى مشعوذ.

عاد ساحر وكاهن إلى مشعوذ وقالا له: لقد انتهت المحاضرة , فردّ عليهم مشعوذ وماذا استفدتم؟ قال ساحر: أنّه إذا طلبنا الدّنيا أخذناها, فردّ عليه مشعوذ، إذاً ، تفضّلا سالمينِ, دخلا بعدها إلى بيت مشعوذ فكان بيته غريباً و رائحته نتنة جدّاً، وهناك حيواناتٌ ميّتةٌ في كلّ جانب, فقال له كاهن.

كاهن: ما هذه الرّائحة الكريهة يا مشعوذ ؟

مشعوذ: دعك من الرّائحة وقولا لي: هل أنتما مستعدّانِ لتنفيذ طلباتي؟

ساحر: نعم أنا مستعدٌّ.

مشعوذ: ما رأيك يا كاهن؟ هل تريد التّعلّم؟

كاهن: سأتعلّم.

ساحر: إذاً يا مشعوذ ما طلبك؟

مشعوذ: ساحر و كاهن ، اسمعا جيّداً ما سأقوله لكما، سأعلمكما سرّاً من أسرار الدّنيا, فالدّخول إلى هذا العلم يعني عدم الخروج منه، أفهمتم ؟

ساحر: ماذا تقصد؟

مشعوذ: أعني ، ستكونان تلميذاي ولن تعصيا أوامري أبداً، وإذا عصيتم فعقابكم الموت.

كاهن: الموت !! و ما هذه الطّلبات يا مشعوذ الّتي ستجعل مصيرنا إذا رفضناها الموت ؟

مشعوذ: انظرا يا أبنائي، فوالله قد رأيت في أعينكم جديّة التّعلم, فأنا لا أعلّم خدعاً يا ساحر، أنا أُعلّم حقيقةً .

ساحر: وماذا تقصد بحقيقة، أليست هذه خدع خفّة يد ؟

مشعوذ: لا ، إنّما هي حقائق يا ساحر, انظرا يا تلميذيّ ،فقد قلت لكما اذهبا إلى محاضرة الشّيخ ، لأنّي ذهبت إليها من قبل وحرّبت ما قال وتحقّقَ.

ساحر: وتحققّ معي أنا أيضاً في مرضي، هذا يعني أنّك تقصد يا مشعوذ أنّي إذا أردت فعل خدعةٍ أطلب الدّنيا ولا أطلبُ الله.

مشعوذ: انظر يا ساحر، عندما تطلب الدّنيا فأنت ستعصي الله وسيتحقّق طلبك بإذن الله لأنّك بعتَ آخرتك، فالأمر يجب أن يكون دينيّاً.

كاهن: دينيٌّ!! وكيف يكون دينياً وأنتَ تعصي أمر الله !!

مشعوذ: أنا جديد عهد بهذا العلم، ولكنّني حاولت عدّة محاولاتٍ في أشياء أخرى فلم أفلح، ولكن بالمصادفة خطرت في بالي فكرة, كنت أريد أن يتحقّق شيءٌ لي فلم أرد دعوة الله فأردت دعوة غيره فخطرت في بالي التّضحية.

كاهن: التّضحية أن نذبح لله, فما قصدك بتضحيتك ؟

ساحر: ولكن في هذا الخروج من الدّين يا مشعوذ.

مشعوذ: إذا اخترتما هذه الطّريق يجب أن تضحّيَا, وأنتما أتيتما للتّضحية، فليس هناك طريق للعودة منه، فقد أعطيتماني العهد.

ساحر وكاهن: ونحن على عهدنا.

مشعوذ: إذاً التّضحية تكون كالتّالي, أن نأتي بأيّ كائنٍ حيوانيٍ ونضحّي به باسم الشّيء الّذي نريده ، وبعد ذلك سيتحقّقُ هذا الشّيء .

كاهن: أيعقل أن يتحقّق وبسرعة ؟

ساحر: ولكن يا مشعوذ، ماذا إذا لم يتحقّق؟

مشعوذ: هذا يعني أن تضحّي بشيءٍ أكبر.

ساحر: ماذا تقصد يا مشعوذ؟

كاهن: أتقصد يا مشعوذ أن نضحّي بجان !!

مشعوذ: نعم يا كاهن، أن نضحّيَ بجان إذا تطلّب الأمر ذلك, ولكن عندما نضحّي بجان أو غيره نأخذ دمه ونشربه ونلطّخَ أجسامنا به ولا نذهب إلى الخلاء، بل نقضي حاجتنا في أماكننا، وسأقول لكم السّبب في وقته .

ساحر: ولكن يا مشعوذ هذه نجاسة.

مشعوذ: أعلم ولكن بهذه القواعد يتحقّق لك ما تريد، فقد جرّبت عدّة محاولات، وبهذه المحاولة كان لي ما أريد، فلهذا شممتم رائحة النّجاسة عند دخولكم بيتي.

كاهن: وماذا كان مرادك يا مشعوذ؟

مشعوذ: كنت أريد أن أملك القوّة ، وأن يتحقّقَ هدفي لأكون أوّل بني جنسي في هذا المجال.

ساحر: والله إنّه علم غريب ولكنّه جميل, إذاً ماذا تريد منّا أن نفعل اليوم يا مشعوذ.

مشعوذ: أنتما طلبتما منّي أن أعلّمكما سرّ خدعة هابل ونابل, سأعلمكما السّرّ.

خذ يا ساحر هذه الحمامة وضحّي بها في سبيل تحقيق عملك، وخذ دم الحمامة و ادهن به جسدك واشرب من دمها، ثمّ اقطع الحمامة إلى نصفين، نصفٌ تحرقه وتأخذ رماده، والنّصف الآخر تلفّه في ورق زرعٍ وتدفنه.

ساحر: ولماذا كلّ هذا يا مشعوذ؟ وما فائدة العمل الّذي سأقوم به.

مشعوذ: أنا يا ساحر تدربت على هذه الأمور، وفكّرت كثيراً فيها، فقد احتجت إلى 200 عام كي أفكّر بهذه الطّريقة، والآن أريد تلاميذاً يخطون على خطاي، و قد أتيتما أنتما وهابل ونابل, فأنتم تتعلّمون شيئاً استغرق منّي 200 عام من التّفكير والتّجارب، علّمتكم إيّاه في دقائق. انظر يا ساحر وأنت يا كاهن، عندما نذبح لغير الله يجب أن نذكر الله فيه.

ساحر وكاهن: نذكر الله!! كيف نذكر الله ونحن نذبح لغيره؟!

مشعوذ: هذه هي مراسم هذه العمليّة، يجب أن تذكر الله في الذّبح وتذبح لغيره، لتعصوا الله في أمره ويتحقّق ما تتمنيان ،لأنكما بعتما نفسيكما وآخرتكما، فستكون الدّنيا لكما, فيجب أن تفعلا جميع المعاصي من الذّبح إلى غيره إلى عدم الطّهارة، أفهمتما الآن لماذا قلت لكما نشرب من دم المضحى به ونلطخ أجسادنا بدمه؟ لأنّ كلّ هذا حرام ولا يرضي الله، فعلمنا هذا يعتمد على المعاصي, فعند الذّبح لغير الله ستكتسب الحمامة المذبوحة خواصّاً غريبة, والآن سأقول لكما لماذا قسمنا الحمامة إلى نصفين, النّصف الّذي نحرقه سيصبح رماداً و الرّماد يشبه تراب الأرض ولكنّه أخفّ، فإذا وضعنا الرّماد في تراب الأرض يختفي الرّماد، ولكنّه يبقى في الأرض دون أن نلحظه مهما نظرنا ،وبهذا سنكسب قوّة الاختفاء,يعني إذا رششنا من هذا الرّماد على الشّيء المراد إخفاءه وغطّيناه بأيدينا وكشفنا أيدينا سوف يختفي، وسبب دهن الجسم بدم الحمامة وشربه، ليكون هناك تواصلٌ بينك وبين الحمامة الميتة لتكسب قوّة الاختفاء.

ساحر: إذاً ، هذا ما كان يفعله هابل ونابل .

مشعوذ: نعم، فما أعلّمه لكما يجب أن يتوافق حكمه مع حكم الطّبيعة ويوازيه.

هكذا تكون المعادلة :

المعادلة الأولى :

الرّماد في خواصّه يتشابه مع خواص تراب الأرض = تراب الأرض= إذا خلطوا مع بعض يختفي الرّماد بين تراب الأرض فلا يلحظه النّاظر ولكنّه يبقى في الأرض = يخفى الشّيء المراد إخفاءه عن النّاظرينَ.

هذه هي المعادلة الأولى ،وهذا هو سرّ إخفاء الأشياء, هذه هي فائدة نصف الحمامة الأوّل المحروق، أمّا النّصف الثّاني سوف يكمل المعادلة ويعيد الشّيء المخفيّ، فهذه هي الآن المعادلة الثانية :

المعادلة الثانية:

الأموات يدفنون في التّراب = الأموات يبعثون يوم القيامة من تحت التّراب = إرجاع الشّيء الّذي أخفيناه في التّراب = عودة الشّيء الّذي أخفي عن النّاظرينَ.

وهذا هو سرّ معادلة الاختفاء، فيجب أن يكون هناك طرفان للمعادلة كي يتحقّق الشّيء، فإذا فعلنا الأوّل دون الثّاني فلن نستطيع إرجاع الشّيء الّذي أخفيناه, فهذا هو سبب قطع الحمامة إلى نصفين نصف أحرقناه وأخذنا رماده ونصف دفناه لتحقيق المعادلة أفهمتم الآن .

كاهن: يا لهذه المعادلة الغريبة المعقّدة !! كيف أتتك هذه الفكرة؟!

ساحر: ولكن يا مشعوذ ،هل هذه المعادلة تنطبق على كلّ شيءٍ ؟

مشعوذ: لا أعلم ، فقد حاولت 200عام كي أجد الطّريقة والمعادلة الصّحيحة لأخفي الأشياء،وها قدعرفتها ، فهذا هو سرّ الاختفاء، وأيضاً سيكون هذا السّرّ مفتاحاً لأشياء جديدة نتعلّمها، فأنتما الآن تلميذاي, فحاولا أن تجدا أشياءً جديدةً، فأنا أعطيتكما المعادلة والمفتاح، والدّور عليكما الآن لتساعداني في إيجاد أشياء خارقة أخرى.

ساحر: صدّقني يا مشعوذ ، سأجد أشياءً مثيرةً أكثر.

خرج بعدها ساحر وكاهن من عند مشعوذ ،و بدأا يتكلّمان عمّا تعلّماه وفي وجوههم الدّهشة !

(فهذا هو بداية عالم السّحر والشّعوذة والتّكهّن الّذي نعرفه في عصرنا الحديث فسمّيت هذه الأعمال بأساميهم)

بدأ ساحر يفكّر في نفسه ويقول: يجب أن أجد طرقاً جديدة أخرى أسبق بها هابل ونابل, وفي نفس الوقت كان كاهن يفكّر ويقول في نفسه: يجب أن أتفوّق على ساحر في هذا العلم، فبدأ كلّ واحد منهما يحاول القيام بأشياء جديدة على حسب المعادلة الّتي أعطيت لهما، فكان من الصّعب عليهما إيجاد المعطيات اللّازمة، فيجب أن يجدا عناصر تتشابه , فحاولا محاولات عدّة في البداية، كانت محاولاتهما فاشلة ، فقال ساحر: يجب أن يكون هناك قانون معيّن لهذه المعادلة, فالمعادلة وحدها لا تكفي. وبدأ ساحر في إيجاد قانون للمعادلة حتّى انتهى من وضع قانونه. وفي تلك الأثناء كان كاهن يحاول وضع أشياء جديدة يضيفها على المعادلة ، إلى أن خطرت له الفكرة, فاجتمع الاثنان عندما انتهيا من وضع أفكارهما وذهبا إلى مشعوذ.

مشعوذ: لماذا تأخرتم عليّ ؟

ساحر وكاهن: نعتذر منك كثيراً يا سيّدي، ولكن كنّا نفكّر بأشياء جديدة نضيفها للعمل.

مشعوذ: وهل وجدتم ضالتكم ؟

ساحر: أنا وجدتها يا سيّدي.

كاهن: وأنا أيضاً وجدتها يا سيّدي.

مشعوذ: إذا تكلّم يا ساحر، ماذا وجدت ؟

ساحر: أنت يا سيّدي استخدمتَ في معادلتك العنصر التّرابيّ الّذي يمتاز بالدّفن والإخفاء والإظهار, فبعد طول تفكير ،وبعد أن حاولت أن أجد معادلات ترابيّة أخرى، فكّرتُ وقلتُ لماذا فقط نستخدم العنصر التّرابيّ, فالتّراب أحد عناصر الحياة، فقسّمت العناصر إلى خمسة عناصر رئيسيّة، وهي العناصر الّتي تكوّن عالمنا

1- العنصر التّرابي.

2- العنصر المائي.

3- العنصر النّاري.

4- العنصر الهوائيّ.

بهذه العناصر الأربعة نستطيع تكوين معادلاتٍ كثيرةٍ جدّاً، فلاحظ يا سيّدي أنّ العناصر جميعها تكمّل بعضها، فالعنصر التّرابيّ يحتاج إلى الماء كي تحدث الحياة للنبتة، والهواء كي نتنفسه والنّار تمتاز بالضّوء الّذي ينير طريقنا، وإذا لم يكن هناك هواء ليس هناك نار، أتلاحظ يا سيّدي مدى ترابط العناصر الأربعة بعضها ببعض، فبهذه العناصر سنكوّن معادلات كثيرة جدّاً.

تعجّب مشعوذ من ذكاء ساحر وقال في نفسه: يا إلهي!! كيف لهذا الفتى أن يفكّر بهذه الطّريقة، يا لِشدَّة ذكاءه!!, بدأت الغيرة تدبّ في قلب كاهن، فاشتدّت بعدها المنافسةُ ،فقال كاهن :حان دوري الآن يا سيّدي، فردّ عليه مشعوذ : أرنا ما عندك يا كاهن.

كاهن: أنا فكّرت كثيراً، وبعد محاولات عدّةٍ أتتني الفكرة، فلماذا لا نستخدم في معادلاتنا الأبراج والفلك؟أي برج العذراء والعقرب والأسد والحوت والثّور، فهذه الأبراج تمتاز بخواصّها في الشّهور، ونستخدم معها النّجوم، فبهذه الطّريقة سنستخدم عناصر السّماء في معادلتنا أيضاً.

فابتسم مشعوذ وقال في نفسه: يا لذكائهما!! إنّ هابل ونابل لا يجارونهما في ذكائهما، ففكرة هابل ونابل عن استخدام الألغاز أيضاً جيّدة، بل ممتازة ،ولكن هذانِ الاثنان وضعا أساس هذا العلم الجديد, فقال مشعوذ بعدها لكاهن وساحر: أحسنتما ، فوالله لم تخيّبا الظّنّ أبداً, أفكاركما جميلة وقويّة، وسأختار أفكاركما لأضعها في الكتاب، أعجبتني فكرتك يا ساحر في استخدام العناصر، وأنت أيضاً يا كاهن في الأبراج، فلهذا قرّرتُ أن نربط الاثنتين معاً ونضع القانون الجديد.

ساحر : أيّ قانون ؟

كاهن: أتقصد أنّك ستأخذ أفكارنا وتدمجها مع بعض؟

مشعوذ: نعم فأفكاركما جيّدة جدّاً، ولهذا يجب دمجها كي تقوى الفكرة, العناصر الّتي تحدّثتَ عنها يا ساحر سنربطها بأبراج كاهن، وأيضاً كانت هناك فكرة هابل ونابل في وضع الألغاز ، فهي فكرة جيّدة ولكن لن نستخدمها الآن، سنربط العناصر الآن بالأبراج والنّجوم ونرى كيف سيكون الرّبط .

ساحر :ماذا تقصد يا مشعوذ؟

مشعوذ: إنّي أفكّر في جعل هذا الأمر أكثر جدّية من الخدع يا ساحر، أريد استخدامه على بني جنسنا.

كاهن: تقصد أن نفعل هذه الأمور في بني جنسنا ! ولكن كيف ؟ وفي ماذا ؟

مشعوذ: خطرت لي فكرة إخفاء أحد بني الجان من المردة والجن والشّياطين وغيرهم، فقلت لماذا لا نجرّب؟ فأتيت بأحد الجان وجرّبت فيه معادلة الاختفاء فاختفى وهو بيننا الآن .

ساحر: أيعقل أنّنا نستطيع فعل هذا،إنّه لخبر جيّد.

كاهن:فكرة جيّدة يا سيّدي .

مشعوذ: هيّا بنا نجرّب الآن ربط المعادلة مع بعضها, أنا أرى أن نربط النّجوم بالعناصر و الأبراج .

ساحر: وكيف سيكون الرّبط؟

مشعوذ: هذه معادلة سأكوّنها الآن, نجم السّماء معروف بثباته وبه يستدلّ المسافر على طريقه , وهذا يعني أنّنا سنربط النّجم بالعناصر كي نستدلّ على مكان الشّخص, ونقول بعدها نجمه مائيّ ونجمه ترابيّ وهكذا كي

نستطيع الاستدلال عليه، والأبراج مربوطة بالأشخاص، فكلٌّ منّا له برجه الخاصّ، فبهذا نكون قد كوّنّا المعادلة.

المعادلة الأولى:

بني الجان= برجه الفلكي =حركة النّجم يوم ولادته.

المعادلة الثّانية:

نجم السّماء= أحد العناصر الأربعة = النّجم التّرابي أو المائي أو الهوائي أو النّاري= بني الجان

ساحر: ولكن هذه معادلة غريبة جدّاً وتختلف عن معادلة الاختفاء ،فمتى تستخدم؟

كاهن: أتقصد يا مشعوذ من معادلتك هذه أنّك تريد استغلال هذا العلم الجديد لأغراض سيّئة !!

مشعوذ : تخيّلوا كم شخصاً عنده مشكلة في هذا العالم, فسوف يلجأ إلينا للانتقام، فنستخدم الجنّ المخفينَ في الانتقام ولن يلاحظ ذلك أحد.

بدأ الثّلاثة بعدها في تكوين معادلاتهم وتعزيز أفكارهم ،وشاركهم أيضاً هابل ونابل ، و بدأوا يطوّرون أفكارهم على مدى السّنين حتّى وصلوا إلى ما لم يصله ولم يعرفه أحد من بني الجان, فاكتشفوا أنّ النّجوم والعناصر والفلك تؤثّر على قوّة العمل، فالّذي نجمه ناريّ ليس كالتّرابيّ، والمائي ليس كالهوائيّ ، فتختلف القوّة من شخص لشخص آخر، فالبعض يتقبّل جسده العمل والبعض لا, فأخذوا هذه الملاحظة في اعتبارهم، وحاولوا إيجاد حلول لهذه الصّفات حتّى استطاعوا أن يجدوا الحلّ ، فاستمرّ بهم الحال إلى أن يخفوا مسببات الأمراض وتغيير المورّثات، وقاربوا على إنهاء كتبهم ،وبدأت الأفكار تتوالى عليهم، فألّفوا كتباً كثيرةً ،ولكنّ معظمها نظريّة لم يطبّقوها, فامتاز كلّ واحدٍ منهم بشيءٍ, امتاز كاهن بنظريّات علم الغيب

والفلك، و امتازساحر بنظريّات الهلاك والمرض، وامتازمشعوذ بنظريّات الخوف والهلع والانتحار، وهابل ونابل امتازا بألغازهم الّتي تقوّي أعمال الثّلاثة.

فبعد الانتهاء اجتمعوا واتفقوا على أن يسمّي كلّ واحدٍ كتابه باسمه .

1- كتاب ساحر: وسميت أعماله بعد ذلك بالسّحر .

2- كتاب مشعوذ: وسميت أعماله بعد ذلك بالشّعوذة .

3-كتاب كاهن: وسميت أعماله بعد ذلك بالتّكهّن .

4-مرجع هابل ونابل: وهو تفسير وتبسيط أعمال الكتب الثّلاثة .

5-كتاب الأحاجي: وهو كتاب هابل ونابل .

فكانت جميع الكتب الخمسة مؤديّة إلى الهلاك، فمضمونها واحد، واتّفقوا أن يكون هناك أساس لجميع الكتب وقانون موحّد لا يستطيع أحد أن يضرّ الآخر به، وكان القانون كالتّالي:

1-استخدام بني الجان في أعمالهم بعد الآن ووضع مكافئة ماليّة من ذهب ومجوهرات للجان الّذي يتمّ المهمّة المطلوبة منه, وفي حال عدم اتمام المهمّة سيكون هناك حرّاس السّحر والشّعوذة والتّكهن يراقبون العمل ويقتلون من يخفق في المهمّة.

2- الشّخص الّذي يأتي إليهم يشترط عليه أن يأتي بذهب وماس لمكافئة صاحب المهمّة، وأن يأتي بمبلغ من المال لساحر وكاهن ومشعوذ وأن يذبح للشّخص الّذي يريد منه الخدمة أي أنّه إذا أراد ساحر سيذبح باسم ساحر، وهكذا ولكنّ المال يوزع عليهم ثلاثتهم بالتّساوي

3- يتمّ العمل عن طريق ورقة اسمها المعاهدة، تكتب فيها المعادلات والشّيء الّذي يريده صاحب الشأن من موت المستهدف أوعذابه أو مرضه أو قتل ذريته، ويختم بها بدمه.

4- أنّهم هم الثّلاثة الأساس في عملهم فلا يتمّ الشّيء إلا بموافقتهم، فربطوا وثبّتوا جميع معادلاتهم بقانون البداية ،وهو أنّ كاهن وساحر ومشعوذ هم بداية المعادلة ، فبهم يتمّ العمل، فإذا اختلّ أساس واحدٌ لا يتمّ العمل أبداً, فأنشؤوا معادلة وأسموها معادلة البداية، وهذه المعادلة هي أوّل معادلة ربط بين السّحر والشّعوذة والتّكهّن، فهي تتحكّم بكلّ سحر و شعوذةٍ وتكّهّنٍ موجودٍ في العالم، فبغيرها لا يتمّ أيّ شيءٍ, وكانت معادلة البداية كالتّالي:

معادلة البداية=الأساس الثّلاثة ساحر ومشعوذ وكاهن =عالم السّحر والشّعوذة والتّكهّن=معاهدة مختومة بدمهم= معاهدة مختومة بدم الطّالب = موافقة الأساس الثّلاثة لإتمام العمل.

فلم يضعوا معادلة ثانية لأنّ الثّانية يجب أن تكون عكسيّة ، وتسمّى معادلة النّهاية ، ولكنّهم لم يريدوا النّهاية أبداً.

هذه كانت القوانين الموضوعة في تلك الفترة, فبدأوا بعد ذلك بترويج فكرتهم وأعمالهم، فكان هذا شيئاً غريباً في عالم الجنّ، فالكثير منهم لم يصدّقوا والبعض صدّقهم وجاءهم، وبعد مرور سنين أصبحوا أشهر ثلاثة في المدينة الخضراء، ولكنّهم دمّروا سكّان المدينة بأفعالهم، فكلّ من يريد الانتقام حتّى ولو لسببٍ تافه ذهب إليهم وطلب منهم عملاً، فأصبحت المدينة في فوضًى عارمة بسببهم ،وروّجوا فكرة أنّهم يستطيعون تخليص المرء من عملهم بأن يأتي إليهم ويطلب الشّفاء، فأصبحوا أثرياء جدّاً, قد يتساءل المرء كيف طوّعوا الجان لهذه المهمات النّجسة. فقد ذهبوا إلى المدن والقرى الفقيرة و وعدوهم بأنّهم سيجعلونهم من الأثرياء إذا قاموا بالمهمّات فأصبح لديهم الكثير من الجان و المردة والشّياطين والغيلان المخفيّين الّذين يقومون بالمهمّات.

كـــان العمل يقام على هذا النّحو، عندما يأتيهم شـــخص ويطلب منهم الانتقام فيأتي الثّلاثة ويعرضون عليه كتبهم ومحتوياتها، فيختار أحدها ،مثلاً الهلاك بمرض فتّاك غريب ليس له علاج, فيقوم المسئولُ عن هـــذا المرض بعمله ،فيُخصّص للشّخص المستهدف أحــد الجان المخفيّينَ المناسبين للمهمّة، فيـذهب إليه ويـزرع في جسده المرض فيهلك المستهدف، وعندما يذهب إلى الحكيم ليعالجه يـذهب معه الجان المخفي ويبطل مفعول الـــدّواء الّـــذي يأخذه، ويزيده هـــلاكاً حتّى يموت بمرضه، فعند الانتهاء يُكافَأ الجان المخفي بالذّهب والمجوهرات الموضوعة لـــه في المكان المحدّد، المحروسة بحرّاس السّحر و الشّعودة والـــتّكهن، وإذا أخفق الجان يقتل . ولـــكن يبقى الـــكنز في مكانه محروساً حـــتّى يـــأتي آخر ويتمّ العمل . (هذا هو سرّ ما نسمع به أحياناً في أيّامنا بالكنوز المخفيّة, فيذهب الكثير من النّاس إلى السّحرة لاستخراجها، ولكن لا يستطيعون لأنّها محميّة بالحرّاس)

فبدأ الحال يتطوّر يوماً بعد يوم حتّى أصبح لديهم تلاميذ, وألّفوا أقوى كتبهم والّتي تعتبر من أقوى أعمالهم، فحتّى تلامذتهم لا يستطيعون أن يقوموا بأعمال هذه الكتب لشدّة صعوبتها، فيتطلّب عملها من الشّخص الّذي يريد عملاً من أعمال هذه الكتب مستوًى عالٍ جدّاً في عالم السّحر و الشّعوذة والتّكهن، وهذه هي أقوى كتبهم:

1- كتاب سحر الدّمى .

2-كتاب القصر الأسود .

3- كتاب شعوذة السّمنة .

4-كتاب التّكهن و الكفر الأكبر .

5- كتاب سحر الرّهان .

6-كتاب أحاجي الموت .

كان كاهن يستخدم الجان في استراق السّمع من الملائكة، فسمع في أحد الأيّام مالا يرضيه تلك اللّيلة، فقد سمع أنّهم سيلقون عذاباً شديداً, فبدأ بعدها كاهن يرجع لصوابه بعد أن ملك الدّنيا، أحسّ أنّ الدّنيا ليس لها طعم الآخرة, وأحسّ بالنّدم من الأفعال الّتي فعلوها من كفرٍ وقتل الأبرياء، فذهب إلى مشعوذ وأخبره بما سمع، وكان لمشعوذ أيضاً نفس شعور كاهن ، فقد أحسّا بعدم الرّاحة، وحتّى بعد ملكهما كلّ شيء، من جاهٍ وخدمٍ ومالٍ وقصور، لم يحسّا بالرّاحة النّفسيّة، فاتّفقا أن يذهبا إلى ساحر وينهيا كلّ شيء بوضع المعادلة الثّانية لمعادلة البداية، وهي معادلة النّهاية، وأن يحرقا الكتب الّتي ألّفوها ويبطلا أعمالهم السّحريّة و الشّعوذة والتّكهّن، كي لا يكون هناك تلاميذ بعد توبتهم، فكما علمنا في قانونهم أنّ جميع الأعمال لا تتمّ إلا بموافقة الأساس الثّلاثة كاهن وساحر ومشعوذ ، فإذا رفض واحد بطل العمل.

ذهب مشعوذ وكاهن إلى قصر ساحر، وعند دخولهم كان ساحر منهمكٌ في عمل معادلاتٍ جديدةٍ مع هابل ونابل، فقالو له: ياساحر، هناك موضوع يجب أن نخبركَ به.

ساحر: وماهذا الموضوع يا إخوتي ؟

مشعوذ: لقد اتّفقتُ أنا وكاهن على إنهاء هذا العلم.

ساحر: أجننتم؟! أبعد وصولنا لهذه الأعمال العجيبة ؟! وبعد معرفتنا لهذا العلم وإتقاننا له تريدون التوقّف؟! ما الأمر يا مشعوذ؟

كاهن: لقد سمع أحد الجان المسترقين للسمع أنّ مصيرنا سيكون العذاب الأليم, يا ساحر، لقد ملكنا الدّنيا ومافيها، وأصبحنا أغنى أغنياء المدينة الخضراء، ولكن لم أعد أحسّ بالرّاحة.

ساحر: وكيف لك قول هذا ونحن نملك كلّ شيءٍ الآن؟!

مشعوذ: الحكمة يا ساحر ليس بالتّملك، فكلّ هذا سيزول، ولكن لن يزول ماعند الله، فدعنا الآن نعود إلى الله وننهي كلّ شيءٍ بكتابة المعادلة الثّانية معادلة النّهاية.

ساحر: أجننتم؟! نحن عندما دخلنا هذا المعترك كنّا نعلم أنّنا سنعصي الله ونكفر به.

مشعوذ: نعم كنّا نعلم، ولكن باب التّوبة لم يغلق بعد.

ساحر: أنا باب التّوبة عندي مغلق، ولا أريد التّوبة، أنا سعيدٌ بما أفعل .

كاهن: يا صديقي دعك من تكبّرك، ودعنا ننهي كلّ شيءٍ الآن قبل فوات الأوان.

ساحر: أتذكر يا مشعوذ عندما أتيناك أوّل مرّة ماذا قلت؟ قلت أنّ الرّجوع في هذا الأمر أو العصيان يعني الموت، هذا هوا الشّرط الّذي اشترطته علينا.

مشعوذ: أنا الآن معلّمك، وأقول لك أنّي سأسحب هذه الكلمة, هيّا يا ساحر دعنا ننهي كلّ شيءٍ وننهي هذا العلم الّذي بنيناه ونتوب إلى الله ونرجع إليه.

ساحر: قلت لك إجابتي يا مشعوذ، فلن أتوب .

كاهن: أنت تعلم أنّه لن يتمّ العمل دون موافقتنا، فهذه هي القاعدة الّتي بنيناها معاً.

ساحر: إذا لم تخرجا الآن سأقتلكما، أفهمتما؟ إذا أردتما التّنازل والتّوبة فتوبا، فأنا لن أتوب .

مشعوذ: هذه آخر نصيحة لك يا ساحر، و إلا سنعلن الحرب عليك أنا وكاهن.

ساحر: إذاً هي الحرب عليكما مع مساعديّ هابل ونابل.

خرج مشعوذ وكاهن من عند ساحر، فقال مشعوذ: سنبطل أنا وأنت معادلة البداية بوضع معادلة النّهاية, فقال له كاهن: كيف نبطلها وساحر لا يريد؟

121

مشعوذ: يجب الآن يا كاهن أن نستعدّ جيّداً، فساحر أعلن الحرب علينا، وأنت تعلم مــدى ذكائه، اسمع يا كاهن،يجب أن نتوب إلى الله أوّلاً ،ولكن سنضطر لمواجهة سحر ساحر و أحاجي هابل ونابل بشعوذتي وكهانتك.

كاهن: ولكن كيف لنا يا مشعوذ أن نفعل ذلك ولا تزال المعاهدات المطلوبة منا لم تتم, ونحن وعدنا الجان والشّياطين والمردة والغيلان المخفيّين أن نغنيهم بالذّهب بعد إتمام مهمّاتهم,أنقوم بنقض العهد؟ سوف يقفون مع ساحر.

مشعوذ: لا لن ننقضه، بل سنجعل لهم مهمّة أكبر الآن .

كاهن: أظنّك ستقلب السّحر على السّاحر!

مشعوذ: أحسنت يا كاهن ،سنعمل معادلة المرآة ، و سنقلب سحر ساحر عليه.

كاهن: ولكن كيف لنا أن نفكّر في معادلةٍ الآن وساحر يجهّز سحره للمواجهة، ليس لدينا الوقت الكافي.

مشعوذ: لقد فكّرت في هذه المعادلة ،وهي موجودة في كتابي كتاب القصر الأسود. المعادلة هي:

الأساس الثّلاثة= مشعوذ وساحر وكاهن= نجم مائي ونجم ناري ونجم ترابي= المعادلة الأولى=إتحاد العناصر الثّلاثة=تركيب المرآة=عكس العمل على أصحاب العمل.

وبذلك سوف يعكس كلّ شيءٍ، فالاعتراض يعني الموافقة، وبهذا سنأخذ موافقة ساحر غصباً عنه ودون علمه، وبعد ذلك سننهي معادلة البداية بمعادلة النّهاية، والتي ربطتها بمعادلة المرآة وهي كالتّالي:

معادلة النّهاية= الأساس الثّلاثة ساحر ومشعوذ وكاهن=عالم السّحر والشّعوذة والتّكهن=مختومة بدم الأساس=مختومة بدم الطّالب=موافقة الأساس الثّلاثة= معادلة المرآة وعكس سحر ساحر=خلل الأساس الثّلاثة=عكس الكلمات=معادلة النّهاية=نهاية البداية.

كاهن: عجباً من أفكارك يا مشعوذ! ولكن لماذا فكّرت في هذه المعادلة ؟

مشعوذ: كان يجب عليّ أن أفكّر في هذه المعادلة، فإذا انقلب واحد منّا على الآخر سنقيم هذه المعادلة على الطّرف المتمرّد.

كاهن: ولكن يا مشعوذ ،هذه المعادلة تعني موت ساحر.

مشعوذ: نعم تعني موته أو موتنا إذا أخفقنا.

كاهن: إذا يجب أن نكون حريصين جداً.

مشعوذ: هيّا يا كاهن، أخبر خدمة التّكهن بمهمّتهم الجديدة، وأنا سأخبر خدمة الشّعوذة بمهمّتهم الجديدة، سنستخدم كتابي كتاب القصر الأسود وكتابك كتاب التّكهّن والكفر الأكبر.

كاهن: ألا تحتاج إلى كتابك شعوذة السّمنة ؟

مشعوذ: لا فشعوذة السّمنة تعتمد على السّنين، أمّا القصر الأسود فمفعوله فوريّ وسريع.

كاهن: هيّا فلنبدأ بتجهيز الجيش، فأحد جنودي أخبرني أنّ ساحر بدأ بتكون جيشه مع هابل ونابل، يجب أن نجهّز المعادلات للمواجهة، هيّا يا مشعوذ فليس لدينا الوقت الكافي.

وبدأ ساحر بتجهيز معادلاته مع هابل ونابل وقال لهم أنّ مشعوذ هو أساس هذه الأعمال، فهو المؤسّس لهذا العالم، فيجب ألا نستهين به أبداً, فأحضرا كتابي سحر الدّمى وكتاب سحر الرّهان.

هابل ونابل: ولكن يا ساحر كيف ستهزم اثنين من الأساس وأنت واحد فقط ؟

ساحر: يجب أن أجد معادلة جديدة قويّة تفوق قوّة مشعوذ وكاهن، فأنا متأكّد أنّ مشعوذ سيجهّز معادلاته لهزيمتي, سأحاول في أمرٍ كنت قد فكّرت فيه من قبل.

بدأ ساحر بوضع المعادلات من كتابه سحر الدّمى وسحر الرّهان، حتّى خطرت له فكرة جديدة ولكنّها ستؤدّي إلى الهلاك, فكانت معادلته الجديدة تتضمّن الكثير من التّضحية ومن دماء الأبرياء، فأسماها لعنة ساحر.

هذه اللّعنة تتميّز بأنّها ستقضي على كلّ من يواجه ساحر قضاءً تامّاً وسريعاً, وتبقى اللّعنة في المنطقة الّتي سيعمل ساحر بها اللّعنة فيموت كلّ شيء حيٍّ في المنطقة إلى الأبد، حتّى يضع ساحر المعادلة الثّانية لفكّ اللّعنة، فكانت معادلته كالتّالي:

الأساس ساحر= سحر الرّهان وسحر الدّم= الرّهان على كاهن والدّم على مشعوذ= لعنة ساحر= تدمير الأرض المراهن عليها وسفك الدّماء تضحية لسحر ساحر= كسب ساحر للرّهان والدّم وبقاء اللّعنة =تبديل الأساس الاثنين بأساس جديد، وهما هابل ونابل.

بعد الانتهاء من معادلة اللّعنة بدأ ساحر في استشارة هابل ونابل، فاقترحا عليه وضع لغز في المعادلة ليصبح صعباً على مشعوذ وكاهن فكّ المعادلة، فاقترحا عليه أن يضع معادلة وهمية لتصبح المعادلة:

وهم اللّعنة=معادلة لعنة ساحر =معادلة تبديل الأساس =كسب الرّهان.

هذه معادلة سهلة في فكّها ولكن عندما يفكّون الوهم سوف تنفجر عليهم اللّعنة ويموتان معاً.

أعجب ساحر بأحجية هابل ونابل، فطبّقوا المعادلات و بدأوا في عملها, و أصبحوا مستعدّين للمواجهة، في تلك الأثناء كان مشعوذ وكاهن يجهّزون معادلة المرآة لقلب السّحر على السّاحر، فكانت مواجهة صعبة جدّاً، تحرّك جيش ساحر و هابل ونابل وجيش مشعوذ وكاهن، فكان الأساس جميعهم موجودين، فبهذا هم موافقون على أعمالهم، وبذلك ستتمّ المعادلات

جميعها بموافقة الأساس الثّلاثة. تقابلت الجيوش وسط المدينة الخضراء، وقال مشعوذ لساحر: ساحر، سأعطيك آخر تحذير، فأنت لست ندّاً لي .

ساحر: قلت لك إجابتي، وأنت تعلمها جيّداً يا مشعوذ.

مشعوذ :إذاً ، فلتستعدّ يا ساحر.

بدأ الجنود المخفيين في الظّهور، وبقي البعض متخفّياً فشنوا هجوماً شديداً وعنيفاً، وبدأ كلّ واحد منهم في استخدام سحره وشعوذته وتكهّنه وأحاجيه لكسب المعركة، فبدأ ساحر بأوّل خطوة في استخدام سحر الهلاك، وكان مشعوذ يستخدم شعوذةً مضادَّةً لفكِّ سحره، وكاهن يحلّ أحاجي هابل ونابل ويفكّ أحاجيهم ،استمرّ القتال في المدينة الخضراء أياماً، فكانت الحرب شديدةً وقويَّةً، فباستخدام كتبهم أصبحت المدينة في وضعٍ لا تحسد عليه, فحربهم كانت من الحروب القويّة الّتي لم يشهد مثلها عالم الجان، فكانوا يملكون الكثيرمن المعادلات ليستخدموها ضدّ بعضهم البعض، فكانت معركة أسطوريّةً استمرّت حتّى طفح بهم الكيل، فقال ساحر لمساعديه هابل ونابل: هيّا جهزا نفسيكما للعنتي لعنة ساحر، فسمع أحد الجواسيس المسترقين للسمع المخفيّين هذا الخبر، وأخبر مشعوذ وكاهن بما سمع, فقال مشعوذ.

مشعوذ: يا إلهي!! أيعقل أن تكون قد أتقنتها يا ساحر؟!

كاهن: ما الأمر يا مشعوذ, وما هذه اللّعنة ؟

مشعوذ: كنت في يوم في قصر ساحر، وكنّا نتناقش عن أمور المعادلات السّحريّة والشّعوذة, فسألني: ما هي أقوى معادلة؟ فأجبته: لا أعلم، فالمعادلات كلّها قويّة.

ساحر: خطرت لي فكرة قويّة، ولكن يصعب عملها.

مشعوذ: وما تلك الفكرة الّتي صعبت عليك يا ساحر؟!

ساحر: لعنتي.

مشعوذ: لعنتك !! أتريد أن تصبح لك لعنة ؟

ساحر: نعم نحن نعرف أنّ اللّعن هو الطّرد من رحمة الله ، وأنا أريد من لعنتي أن تكون دماراً شاملاً ، وتبقى لعنتي في المكان أو في الشّخص حتّى يطلب رحمتي.

مشعوذ: ولكن يا ساحر، هذا شيء كبيرٌ جدّاً يجب أن تفكّر بطريقةٍ معقّدةٍ وأن تبتكر معادلة قويّة كي تطبّقها.

ساحر: أعلم ذلك, وإذا فكّرت بها ستستغرق منّي الوقت الكثير، وأنا ليس لديّ الوقت, تخيّل يا مشعوذ، إذا أتقنتها أتعرف ماذا يعني ذلك؟ ذلك يعني أن تصبح المنطقة الّتي حلّت فيها اللّعنة منكوبةً لا حياة فيها، فكلّ شيء فيه روح يموت ويدمّر حتّى تنزل عليهم رحمتي.

فقال مشعوذ في نفسه: والله إذا طبّقها فسيهلكنا جميعاً, فلهذا كان يجب عليّ أن أجد شيئاً مضاداً, ففكّرت بطريقة المرآة الّتي حدّثتك عنها, أعلمت الآن السّبب الّذي جعلني أفكّر في هذه المعادلة، لأنّي كنت لا أشكّ في أنّ أحدنا سينقلب ضدّ الآخر، فالسّلطة والقوّة عندما تدخل قلب المرء تفسده.

كاهن: لعنة ساحر, إذاً هي المواجهة الحاسمة، إمّا لعنته أو شعوذتك، والانتصار يعني موت المهزوم, هيّا يا مشعوذ، فلتجهّز شعوذة المرآة، وأرجو من الله أن تكون أقوى من لعنة ساحر.

مشعوذ: أرجو أن تصمد شعوذتي ضدّ لعنة سحره, هيّا يا كاهن ، تكهّن لنا ماذا ترى؟

بدأ كاهن بالتّكهن ،فأرسل الشّياطين المسترقينَ للسمع ليسترقوا السّمع من الملائكة, فعندما أتت الشّياطين أخبرته بما سمعتْ.

عندما سمع كاهن الخبر ارتبك كثيراً وخاف, فقال له مشعوذ: ما بك يا كاهن خائف إلى هذا الحدّ؟! ماذا قال لك المسترقونَ للسمع؟!

كاهن: أرجو أن يكون تكهّني خطأً.

مشعوذ: لماذا؟! ماذا رأيت ؟

كاهن: لم يستطع الشّياطين استراق السّمع، فوجدوا غيمةً سوداء تحجبهم عن استراق السّمع.

مشعوذ: وماذا يعني ذلك يا كاهن؟

لم يجب كاهن على مشعوذ، وقال في نفسه: هذا يعني أنّني سأُقتل في هذه المعركة، فهنا نهايتي.

كاهن: مشعوذ،إذا رأيت أنّنا سنخسر المعركة يجب أن نذهب إلى سوميا أبي الجان, ونخبره بفعلتنا، وكيف يُفكّ سحر ساحر؟

مشعوذ: لا عليك يا صديقي إنّ معادلة المرآة قويّة وفعّالة، ولا أعتقد أنّ ساحر يستطيع فكّها.

كاهن: أرجو من الله ذلك، هيّا يا مشعوذ فلنجهّز شعوذة المرآة.

بدأ بعدها كلّ واحدٍ منهما يجهّز سحره وشعوذته، أمّا بالنسبة لكاهن فبدأ يفكّر بوضع خطّة بديلة، وكان يساعد مشعوذ في شعوذته وكتابة المعادلة، و بدأا يخبران الجان والشّياطين المخفيّين بعملهم ومهمّاتهم, وقال مشعوذ لكاهن: إذا لم نتغلّب على ساحر فيجب أن نفعل كما قلتُ ،واحدٌ منّا يذهب إلى سوميا والآخر يبقى هنا لعمل المرآة، فالمعادلة يجب أن يكون فيها اثنين من الأساس, سأقترح أن تذهب أنت يا كاهن وأبقى أنا، فأنا صاحب هذا العمل البشع, وافق كاهن على طلب مشعوذ، ولكن كان في نفسه شيءٌ آخر يريد أن يفعله، لأنّ كاهن لم يخبر مشعوذ بالحقيقة، لم يخبره بحقيقة ما أخبره الشّياطين المسترقين للسمع، فقد أخبروا كاهن بأنّه سيقتل, فخاف كاهن

على هِمّة ونفسيّة مشعوذ ولم يرد إخباره كي لا يفقد الهمّة، فبينما كان مشعوذ مشغولاً في معادلته فعل كاهن معادلةً سريعة وهي التّبديل و إغلاق دائرة اللّعنة لتكون محصورة في المدينة الخضراء.

أتمّ كاهن معادلته في التّبديل, وذهب إلى مشعوذ وقال له أنّ ساحر يقف في ساحة المعركة ويطلب منّا الخروج، فقال مشعوذ :إذا هيّا بنا، فكلّ شيءٍ جاهز، فمعادلتي الأخيرة تنصّ أيضاً على أنّه إذا هزم ساحر ينتهي عمله السّحري وتحرق كتبنا نحن جميعاً، ويطلق سراح الجان والشّياطين والمردة والغيلان جميعهم، ولقد أهديتهم كنوزنا، وبذلك ينتهي عملنا وتبطل معاهداتنا ويفكّ الضّرر عن المتضررينَ.

في تلك الأثناء وقف ساحر في ساحة المعركة وقال لهابل ونابل : هيّا تجهّزا فلعنتي فيها رهان، إذا هزمنا نحن سوف ينقلب الرّهان علينا ونموت جميعاً، أمّا إذا انتصرنا فسأملك كتب كاهن ومشعوذ ، وآخذ أيضاً شياطينهم وجنودهم وغيلانهم ومردتهم وحرّاس الشّعوذة والتّكهّن ويصبحون لي، وأصبح بذلك الأقوى، هيّا تجهّزا و أعطيا التّعليمات.

خرج مشعوذ وكاهن إلى السّاحة ليقابلا ساحر وهابل ونابل, فقال ساحر: لقد وصلنا خبر أنّك تريد أن تهزم لعنتي؟

مشعوذ: نعم وسوف أفكّ سحر اللّعنة.

ساحر: لن تستطيع ذلك أبداً يا مشعوذ، فسحر لعنتي مرتبط بك أنت وكاهن، وسأبذل كلّ قوّتي لأهزمك شرّ هزيمة .

كاهن: ساحر،سأفكّ كلّ أحاجي هابل ونابل.

هابل نابل: سوف نرى ما ستفعله الآن في هذه الأحاجي.

وقف الجميع وبدأ كلّ واحد منهم يقرأ التّرانيم والتّعاويذ, تقلّب الطّقس من شدّة قوّة سحر اللّعنة،وبدأت لعنة ساحر في الظّهور، هبطت السّحب

وتكتّل الضّباب وبدأتِ الأرض تتشقّق، أحسّ كاهن ومشعوذ بالخطر فبدأا يستعجلانِ في تعاويذهما، لم يتوقعا سرعة لعنة ساحر، فوجئا بالمنظر الّذي رأياه، فقال مشعوذ في نفسه: ألهذه الدرجة وصلت يا ساحر؟! لقد بلغت أعلى مراتب السّحر, حتّى أنا معلّمك لم أصل هذه المرحلة ،وكنت أعتبر فكرة اللّعنة مجرّد فكرة لا تطبّق، ولكن يا إلهي!! أرجو من الله أن يرحمنا.

بدأ ساحر بالانتهاء من لعنته ،وقال لمشعوذ الموت على أعواني والسّلام على أعدائي.

كاهن: ماهذه التّحيّة يا مشعوذ.

مشعوذ: إنّها معادلة, الموت على أعواني والسّلام على أعدائي ،تبّاً له هذه معادلة المرآة.

كاهن: المرآة!! وكيف له أن يعمل معادلتك؟! أليست معادلتك سريّة؟!

مشعوذ: نعم, ولكن هذه معادلة شبية بمعادلة المرآة، فنحن أعوانه السّابقين وأعدائه الحاليّين فالموت عكس الحياة.

كاهن: لقد وضحت الصّورة, الموت على أعواني تعني نحن والسّلام على أعدائي تعني هابل ونابل.

مشعوذ: وكيف لهابل ونابل أن يكونا أعداءه ؟

كاهن :هذه لعنته، يجب أن تفسّر بالعكس، حاول أن تركّز قليلاً في هذه المعادلة الموضوعة ستجد الحلّ, فقد فككتها، انظر يا مشعوذ إلى معادلته:

سحر اللّعان =موافقة الأساس الثّلاثة =الأساس ساحر والأساس كاهن والأساس مشعوذ= الموت عكس الحياة = الموت للأساس مشعوذ والأساس كاهن =أعواني عكسها أعدائي= تبديل الأساس مشعوذ وكاهن بالأساس الجديد هابل ونابل.

مشعوذ: تبّا له كيف له أن يعمل هذه المعادلة بهذه السرعة؟! فوالله إنه كان قد خطّط لها ويريد استبدالنا بهابل ونابل كي يستمرّ العمل حتّى من دون موافقتنا ويكون هذان هم الأساس الجديد.

كاهن: مشعوذ ، لقد أخبرني الشّياطين المسترقينَ للسمع أنّ هابل ونابل بدأا في مراسم أحاجيّهما.

مشعوذ: هيّا أيّها الشّياطين ،ابدؤوا الآن شعوذة المرآة، فليس لدينا وقت.

بدأ كلٌّ من شياطين وجن ومردة وغيلان مشعوذ وساحر في القتال، واندلعت حرب شنيعةٌ جدّاً، ومات الكثير من بني الجان، فكلّ واحد منهم كان يحاول نصب معادلة سيّده حتّى استطاع جنود مشعوذ نصب معادلة المرآة في أرض اللّعنة، فأحسّ ساحر بضعفٍ في جسده وقال لمساعديه هابل ونابل: يا إلهي!! ماذا حدث لي؟! فوالله إنّي أحسّ بضعفٍ شديدٍ الآن، ماهذه الشّعوذة؟ دخل هابل ونابل ساحة القتال لينظرا ماهذه المعادلة الّتي تسبّبت في ضعف ساحر، حتّى وجدا المعادلة ولكنّها كانت مخفيّة، فكانت أحجية، غضبا كثيراً لأنّهما هما كانا أصحاب الأحاجي، والآن مشعوذ وكاهن واجهوهما بنفس سلاحهما، فكانت الأحجية صعبة, ولكنهما استطاعا فكّها، واستعاد ساحر قوّته، ولكن عندما أبطلا مفعول الأحجية نسيا أنّ هناك شعوذة مع الأحجية, بدأ ساحر في قول آخر ترانيمه ليتمّ السّحر ويكسب الرّهان ولكن عندما قال بسم الله أتممنا، تفاعلت معادلة المرآة وقُلب السّحر على السّاحر، لم يلحظ ساحرهذا الانقلاب، فقال هابل لنابل: لقد قلب السّحر يجب أن نفعل شيئاً، فلا نستطيع قطع ترانيم ساحر وإلا خسرنا الرّهان، فساحر مشغول في ترانيمه ولم ينتبه للشيءِ الّذي حدث، فإذا انتهى ساحر من ترانيمه وتعاويذه يصل سحر اللّعنة إلينا ونموت بسحر ساحر, فبدأا بالتّفكير في خطّة بديلةٍ حتّى قال هابل لنابل اعكس معادلة مشعوذ الآن، هيّا فلننزل إلى موقع الأحجية الّتي

ففككناها وسنجد معادلة الشّعوذة هذه، وصلا سريعاً إلى المكان ،فساحر سوف ينهي ترانيم اللّعنة في أيّ لحظة,وجد هابل المعادلة وقال انظر يا أخي، إنّها معادلة المرآة من مشعوذ، والله سنهلك إذا توقّف ساحرعن التّرانيم, يجب أن نوقف معادلته الآن.

ففكّرا في معادلة كسر المرآة، فكتبا معادلة بسيطة وبدأا بدكّ الأرض بأرجلهما لكسرالمرآة، وأمرا جميع الجنود بدكّ الأرض, وصل مسترقوا السّمع إلى كاهن وأخبروه بفعلة هابل ونابل، ولكنّ كاهن يعلم أنّه لا يستطيع مقاطعة ترانيم مشعوذ ، فمشعوذ وساحر يلقيان التّعاويذ والتّرانيم كتحدٍّ بينهما، اضطركاهن أن يذهب لوحده مع الجنود لوقف الدّك، وصلوا مسرعين إلى الموقع وشنّوا هجوماً على هابل ونابل، ولكنّ المرآة قد كسرت ،عمّ الصّمت في السّاحة بعد كسر المرآة، لم يستطع مشعوذ الحراك، فعلم أنّ شيئاً ما قد حدث،وصل أحد الجان إلى مشعوذ وأخبره بأن المرآة قد كسرت وأن لعنة ساحر قد حلّت عليهم . وما هي إلا ثوانٍ حتّى شبّت النّيران في كلّ أرجاء المدينة، فلم يستطع مشعوذ الحراك ولا الكلام، وعلم أنّ مصيره قد انتهى، وأنّه قد خسر، نظر إلى جنوده فوجدهم هم أيضاً لم يستطيعوا الحركة، فأمر ساحر بقتلهم تضحية له ليزيد من قوّته، فقال له هابل ونابل: لكن سيّدي،ألا تريدهم أسرى.

ساحر: لا, لا أريد أسرى، فقد علمت أنّي لو ذبحتهم وضحيّت بهم باسمي سأزداد قوّة، فهيّا مُروا الجنود الآن بقتلهم، وسأقتل مشعوذ وكاهن بنفسي.

ذهب ساحر إلى مشعوذ ، فكان ممّا دار بينهم من حديث.

ساحر: أرأيت أنّني أقوى منك يا معلّمي؟

مشعوذ: اقتلني يا ساحر.

ساحر: أتذكر معادلة الاختفاء أوّل معادلة علمتنا إيّاها ؟

مشعوذ: وما دخل المعادلة هذه الآن يا ساحر؟ أتريد أن تخفيني من الوجود؟

ساحر: لا بل أريد أن أخفي شعوذتك ،لأظهرها بشكلٍ أقوى وأجمل.

بدأ ساحر بتكملة الرّهان، وبدأ قراءة آخر ترانيمه وتعاويذه ليخفي شعوذة مشعوذ ويظهرها في نفسه ليصبح أقوى، فبينما كان مشغولاً في القراءة، وضع كاهن معادلة الاستبدال فاختفى كاهن واختفى مشعوذ، تعجّب مشعوذ من اختفائه، فظنّ أن هذه أحد أفعال ساحر , أخذ كاهن مكانه ولكن بنفس هيئة مشعوذ، فاستطاع كاهن في معادلته أن يستنسخ شكل المُستَبدَل. بعد انتهاء ساحر من التّرانيم لم يحسّ ساحر بشيءٍ فتعجّب , وقال في نفسه :ماهذه الشّعوذة؟! أيعقل أنّي لم أخفي قوّته؟! ما الخلل الّذي حصل؟! وقال ساحر في نفسه: إذاً يجب أن أقتله الآن، فإذا لم تنجح ترانيم سرقة شعوذة مشعوذ لكسب قوّته فسأنجح بقتله , أخذ سيفه وقال لمشعوذ شكراً لك على تعليمك لي هذا العلم، وطعن مشعوذ في قلبه، وهنا كانت المفاجئة، بعد الطّعن انتهت معادلة كاهن وبطل عمله وظهر على هيئته الحقيقيّة ، فاكتسب ساحر قوّة التّكهّن بدلاً من قوّة الشّعوذة.

صُدم ساحر بما حدث ، وقال لكاهن:أين مشعوذ ؟ كيف أبدلت الأجساد يا كاهن؟!وماهذه المعادلة؟! ولكن كيف لكاهن أن يتكلّم وقد طعنه ساحر في قلبه! فبهذا مات أوّل أساس في علم السّحر والشّعوذة, مات أبو التّكهّن الأوّل كاهن، وصاحب فكرة التّكهّن.

أكمل ساحر معادلته واستبدل الأساس بالأساس الجديد هابل ونابل، ولكنّ الجميع تفاجؤوا بأنّ اللّعنة حوصرت في المدينة الخضراء فقط، فلم يستطيعوا شقّ طريقهم باللّعنة، فكان ساحر ينوي أن يلعن المدن المجاورة

أيضاً، ولكنّ لعنته حوصرت بفضل معادلة كاهن، ولم يستطيعوا فكّ المعادلة لأنّ صاحب المعادلة قد مات.

بعد كسب الرّهان وكسب المعركة, قتل ساحر كلّ أعوان مشعوذ وكاهن، وسُفكتِ الدّماء تضحيةً من أجل ساحر. استطاع بعض الشّياطين المسترقينَ للسمع الهرب، وأخذوا جثمان كاهن معهم، فخرجوا من المدينة الملعونة وهم يبكون على كاهن حزناً على موت سيّدهم, فذهبوا به كما أخبرهم إلى أبي الجان سوميا، لأنّهم يعلمون أنّ مشعوذ هناك أيضاً، فهذه كانت آخر تعاليم كاهن لهم.

وصلوا إلى وادي العبادة فوجدوا مشعوذ مع أبي الجان سوميا، وعندما رأى مشعوذ جثمان كاهن بكى كثيراً ولم يصدّق ما رأى، وعلم أنّ كاهن ضحّى من أجله، فقال لخدمه من الشّياطين:لماذا فعل كاهنٌ هذا؟! فأجابوه: لأنّنا عندما استرقنا السّمع من السّماء سمعنا من الملائكة أنّ كاهن سيموت، ولم يرد إخبارك بهذا لأنّه لا يريدك أن تفقد حماسك وهمّتك.

أخذ أبو الجان سوميا جثمان كاهن وذهب به إلى المعبد، وأمر بغسل جثمان هذا الشّهيد، ثمّ صلّوا عليه ودفنوه, وبعدها أخبر مشعوذ سوميا بجميع ماحصل.

في تلك الأثناء، لم يدرك ساحر أنّه أخطأ خطأً كبيراً في معادلة اللّعنة ، فتذكّر نفسه وتذكر هابل ونابل ، و لكنّه نسي وضع جنوده وخدمه في المعادلة فشملتهم اللّعنة ، وماتوا بعد قتلهم جنود مشعوذ وكاهن، فأصبح ساحر وهابل ونابل بلا خدم للسّحر، فكان يجب أن يبدؤوا من الصّفر ليجمعوا قواهم ،فوعد مشعوذ نفسه بالانتقام من ساحر، ولكن هذه المرّة ليس عن طريق الشّعوذة ، فقد تاب مشعوذ وأصبح من عباد الله الصّالحين ؛ وغيّر اسمه إلى شمعون،

كان يعلم أنّ ساحر يجهّز جيشاً جديداً، ولكن هذه المرّة شمعون سيكون مع سوميا أبي الجان و أقواهم، فالكلّ يهابه ويخافه، فبدؤوا بالاستعداد للمواجهة في المستقبل القريب.

كانت هذه الحرب في عهد قديم جدّاً، قبل عهد عائلة آشخور الملكيّة, فتداولتها الأجيال من جيلٍ إلى جيلٍ إلى أن أصبحت أسطورةً، فمنهم مصدّق ومنهم مكذّب.

فهذه قصّة بداية الظّلام، فبعدها اشتهر علم السّحر والشّعوذة والتّكهن، ولازالت كتبهم تتداول إلى عصرنا هذا.

فيفغل: يا إلهي !! إذاً ساحر هو الّذي أخفى مارد ورفاقه ، هذا يعني أنّ الحرب ستندلع,يجب أن نذهب يا سيّدي فوتا الآن لإخبار الملك خورخيس.

سوميا: لا يا فيفغل ، سيبقى هذا سرّاً بيننا, فأنا أشكّ أنّ هناك أحد الجان المخفيّينَ يراقب التّصرفات ،فأنا لا أريد أن يحسّ ساحر بتحركاتنا.

فوتا: إذاً ماذا ترى أن نفعل يا سوميا؟

سوميا: الآن حان موعد انتقام شمعون, اذهب ياحاجبي الآن وقل لشمعون أنّني أريده في أمر مهمّ.

فوتا: ماذا سنفعل الآن يا سيّدي سوميا ؟هل ستكون هناك حرب؟

سوميا: إنّي أرى أنّ الدّماء ستغطّي الأرض.

فيفغل: لندعو الله جميعاً بالرّحمة, إذا هجم علينا ساحر بمارد ورفاقه ستكون كارثة.

الحاجب: سيّدي الأب سوميا،لقد وصل عبد الله الصّالح شمعون .

شمعون: السّلام على الموحدين، ماذا تريد يا سيّدي الأب سوميا؟

سوميا: وعليك السّلام ،هناك شيء يجب أن تعرفه، لقد تبيّن في الآونة الأخيرة أنّ ساحر بدأ في تحرّكه.

شمعون: وماذا فعل ؟

سوميا: لقد رآهم البعض في المدينة الملعونة، وأيضاً لقد أخفوا جيش مارد ورفاقه من المدينة المحرّمة، والملك خورخيس أعلن حالة الطّوارئ.

شمعون: إذاً لقد حان الوقت أيّها الأب، هذا يعني أنّ ساحر جهّز جيشه وهو الآن أقوى بعد الاستيلاء على كتبنا أنا والشّهيد كاهن.

سوميا: إذاً يا شمعون، فلنجهّز جيشنا نحن أيضاً. وسنزور خورخيس في إمبراطوريّته، وسنحارب معه ضدّ ساحر ومارد ورفاقه.

فيفغل: سيّدي الأب سوميا،وقتي قد انتهى هنا،أعتذر لك عن هذا، ولكن يجب أن يأتي الحكيم فوتا معي الآن.

فوتا: سوف آتي معك حالاً, ونحن بانتظاركما يا سيّدي سوميا وشمعون.

شمعون: انظرا ، يجب أن تكونا حريصينِ ،فمن المحتمل أن يكون هناك من الجان المخفيّين في القصر.

فيفغل: وكيف نعرف أنّهم هناك ؟

شمعون: لن تستطيعوا ذلك، أنا سألحق بكما غداً، والآن يجب أن أجهّز الجيوش.

سوميا: اذهب يا فيفغل إلى ملكك ، وقل له أنّ أبا الجان سوميا سيأتي غداً للوقوف بجانبه.

فيفغل: السّمع والطّاعة يا أبتاه، هيّا سيّدي فوتا ، فالملك خورخيس ينتظرنا.

ذهب فيفغل ومعه الحكيم فوتا، وكانت الأخبار لدى فيفغل غير مطمئنة، ولكن الخبر الّذي سيريح الملك خورخيس أنّ أبا الجان سيكون بجانبه مع شمعون, فما إن وصلا إلى الإمبراطوريّة حتى وجدا الملك خورخيس في وضعٍ لا يحسد عليه، دخلا عليه وألقيا التّحيّة، وعندما رأى الملك خورخيس الحكيم فوتا ارتاح قليلاً،فقال له فوتا: لا تخف يا سيّدي،

فغداً سيأتي أبو الجان يرافقه صاحبه شمعون، وسيقفان بجانبك في حربك.

فردّ عليه الملك خورخيس: كيف حالك أيّها الحكيم؟

فوتا: أنا بخير، اعذرني يا سيّدي، فقد انشغلت بطاعة الله.

خورخيس: هذا من حقّك ولا عذر فيه، فطاعة الله أولى من الدّنيا وخيراتها، فوتا، أتذكر الحلم الّذي كان يراودني منذ الصّغر؟

فوتا: أتقصد الحلم الّذي أتاك فيه أحد الملائكة وقال: سيكون في الأرض خليفة غيركم؟

خورخيس: نعم يا فوتا،فلا زلت أحلم به، ولكن هذه المرّة تغيّر شيءٌ.

فوتا: وما هو الّذي تغيّر هذه المرّة يا سيّدي ؟

خورخيس: لقد رأيت الملائكة تجوب الأرض بلباس غريب.

فوتا: لباس غريب!! وكيف كان لباسهم ؟

خورخيس: كانوا يقفون وكأنّهم في حالة حرب واضعينَ ربطة على جبهتهم مكتوب عليها أشهد أن لا إله إلا الله, وبعد أن جابوا الأرض تحوّلت الكتابة إلى تمّ بحمد الله, فما تفسير هذا الحلم ؟

فوتا: والله يا سيّدي إنّه لحلم غريب!! ولكنّ تفسيره صعب جدّاً، فأنا لست بذلك المفسر للأحلام، ولكن غداً سيأتي أبو الجان وسيجيبك ويفسّر لك حلمك.

وصل تورن في تلك الأثناء من مملكة الجان السّبعة ومعه أخبار جيّدة, فقال للملك خورخيس: لقد استجاب الجان ووافقوا على الوقوف ضدّ مارد ورفاقه، فهم الآن يجهزون جيوشهم للقتال, وأتى بعد ذلك القائد دارل وقال للملك خورخيس: سيّدي، إنّي أحمل لك أخباراً سيّئةً.

خورخيس: ماذا هناك يا دارل؟ تكلّم .

دارل: لقد رفض الشّياطين الوقوف بجانبنا، وقال الملك شراعيل أنّه سيقف مع ساحر.

136

خورخيس: ساحر !! كيف للملك شراعيل أن يقول ذلك؟! وكيف يصدّق أسطورة ساحر؟!

دارل: هذا ما قاله لي شراعيل ، و وافقه الملوك الباقون أساطير وعنافير و زيبون و راخل.

خورخيس: تبّاً لهم, أيخوننا شراعيل بعد توقيع المعاهدة ؟!ألم تقل له أنّك بايعت؟

دارل: قلت له ذلك، ولكنّه ردّ علي بقوله أنّ الشّياطين ستكون ضدّكم وسنستعيد خاجي وسيقف معنا ضدّ ملكك خورخيس.

خورخيس: هذا يعني أنّنا خسرنا الشّياطين.

دارل: ولماذا أنت مهتمّ لهم؟ فهم ضعفاء من غير جيشهم الأسود العظيم الّذي يقوده خاجي.

خورخيس: ولكن يا دارل خاجي من الشّياطين، ولن يقف معنا ضدّ أبناء جنسه، فأنت لا تعرف الشّياطين، فوالله سيقف خاجي ضدّنا، وسيكون سبب هزيمتنا وهو بيننا، فإذا هجم جيشه الأسود علينا في المدينة سينقلب الوضع.

دارل: وكيف لك أن تشكّ في ولاء خاجي يا سيّدي؟! فهو معكم منذ حكم والدك الملك خافان ولم يخن عائلتكم الملكيّة في يومٍ، فلماذا يخونها الآن.

خورخيس: نحن الآن في وضعٍ مختلفٍ, في عهد والدي لم تخونه الشّياطين.

فوتا: سيّدي ، إنّ من الحكمة الآن ضمّ أكبر عدد من الجيوش ،فأنت الآن ستواجه مارد و مارخوف و سورفاغ ومعهم ساحر.

خورخيس: حتّى أنت يا فوتا تؤمن بوجود ساحر!!

فوتا: نعم يا سيّدي ، إنّه موجود.

اضطر الحكيم فوتا أن يحكي قصّة ساحر لخورخيس، لأنّه إن لم يفعل ذلك سيستغني عن خاجي، فيجب أن ينبّه الملك خورخيس إلى القوّة

الّتي سيواجهها الآن, اقتنع خورخيس بكلام الحكيم فوتا ولكنّه أصرّ على قراره، فقال لحاجبه بيلبان: امنع دخول خاجي و رفيقه سورال، فأنا متأكّد أنّ سورال و خاجي هما المسؤولان عن هذه الخيانة.

فوتا: ماذا تفعل يا سيّدي؟! أتستغني عن أقوى اثنين لديك !!

خورخيس: نعم أستغني عنهم إذا خانا ملكهم.

فوتا: ولكنهما لم يخوناك!!

خورخيس: وكيف لم يخوناني وشياطين خاجي خانتني؟! فهو منهم, فقد أعطوا والدي الملك خافان خاجي وجنده هديّة له، والآن يخونني الشّياطين .

فوتا: عن ماذا تتكلّم يا سيّدي؟! وما دخل هذا في الاستغناء عن خاجي.

خورخيس: وسأستغني أيضاً عن سورال ، فقد أخبرني أحد جندي السّريين أنّه كان يهمس في أذن خاجي وقت البيعة، وقال له أنّه يرى الدّماء، ولكن لم أصدّق حّارسي، وعندما سنحت لي الفرصة أرسلت خاجي و سورال، فقلت: إذا قالوا لي أنّهم لم يجدوا مارد ورفاقه فهذا يعني أنّها خطّة مدبّرة منهم، وقد حصل ما كنت أشك به, فالآن سأمنعهم من دخول الإمبراطوريّة ،بل سأغدر بهم عند البوابات.

فوتا: سيّدي ، هدئ من روعك،فالحرب جعلتك تتسرّع في اتخاذ القرار.

خورخيس: لقد اتّخذت قراري الآن ، اذهب يا بيلبان إلى حراس البوابات، وقل لهم أن يصوّبوا سهمين، واحدٌ في قلب سورال والآخر في قلب خاجي، اختر أمهر اثنين في التّصويب ،وأخبرهما أنّهما إذا نجحا في المهمّة فإنّي سأستبدلهما بخاجي و سورال.

فوتا: سيّدي،لا تتسرّع في اتخاذ القرار, فإذا خسرنا خاجي و سورال سيكون لمارد وساحر فرصة أكبر في تدمير الإمبراطوريّة.

خورخيس: أنا أملك الحرس السّريّ، ويكفوني عن هذين الخائنين, هيّا يا بيلبان لا تتأخّر في إعطاء الأوامر، اخرجوا جميعاً من هنا، أريد أن أدعو الله وأستخيره.

خرج بيلبان وفوتا والقادة والحزن والحيبة في وجوههم، قال فوتا :صدقت يا خافان عندما قلت لي أنّ ابنك هذا طائشٌ ولا يصلح أن يكون ملكاً.

بيلبان: دعنا من هذا الآن يا فوتا، ماذا أفعل؟هل أنفّذ قرار الملك أم لا؟ فإذا لم أنفّذه وعلم بالأمر أمر بقتلي، فهو كما رأيتم متسرّع, وكيف له أن يستغني بهذه السّهولة عن خاجي و سورال؟! والله إنّ هناك أمرغريب يحدث.

فيفغل: اسمع يا بيلبان ، اذهب وأخبر الحرّاس، وأنا سأطير إليهما الآن وأخبرهما بما حدث كي لا يأتيا إلى الإمبراطوريّة.

تورن: ولكن يا فيفغل سيشكّ الملك خورخيس إذا لم يأتيا.

فوتا: دعه يا تورن، فالملك خورخيس لا يحتاج إلى شكّ الآن، فهو على يقين بخيانتهم له.

ذهب بعدها فيفغل لتنبيه خاجي و سورال ،وذهب بيلبان لإعطاء الأوامر للحرّاس، فتمّ اختيارالحارس شارل والحارس سراخ ،تعجّب الحارسان من هذا القرار، ولكنهما رأيا ختم الملك على القرار، وقال لهم بيلبان: يقول لكم الملك ،إذا قتلتم خاجي وسورال سيكافئكم بجعلكم القادة الجدد. فرحا كثيراً بهذا القرار، لأنّ منصب القائد منصب كبير جدّاً، فتحمّسوا كثيراً وأعدّو العدّة.

مملكة الشّياطين

بعد الانقلاب ضدّ حكم خورخيس، كان الشّياطين في حالة تأهّب، وكانوا خائفين لأنّهم اتخذوا قراراً سريعاً من غير تفكير في الموضوع، فكان وراء اتخاذهم هذا القرار الملك شراعيل، لأنّه كان واثقاً من أنّ مارد سيقف بجانبه، فرسالة مارد له وقت البيعة جعلته يتّخذ هذا القرار , وبعد أن علموا بقصّة هروب مارد ورفاقه من المدينة المحرّمة وأنّ من ساعدهم على الهروب كان ساحر ازدادوا قوّة واعتزازاً، فكانوا يأملون أن يصلهم ردٌّ من مارد للوقوف بجانبهم في أيّ لحظة.

الملك أساطر: والآن يا شراعيل، لقد انقلبنا وخنّا عهد الملك خورخيس، ماذا إذا خاننا مارد ولم يفي بوعده لنا؟

الملك شراعيل: لا سوف يفي , فمارد الآن بعد هروبه سيأتي إلينا كي ندعمه بجيوشنا.

الملك راخل: ولكن أنتم جميعاً تعلمون أنّ ساحر معه أيضاً، فلن يحتاج لنا.

الملك زيبون: والله لا أزال أتذكّر ساحر عندما أتى إلى أجدادنا وكنّا حينها خلفاء آبائنا، فعرّف ساحر عن نفسه وعن هابل ونابل.

الملك عنافير: وقال أبي الملك عنخوران أنّه مجنون.

الملك شراعيل: لا والله إنّه ليس بمجنون، كلّنا نعلم بقصّة اللّعنة، فلولا عودة شياطين كاهن إلينا وإخبارنا بالقصّة لكنّا في جهلنا مثل بقيّة بني الجان.

الملك أساطر: أهناك أحدٌ من شياطين كاهن لا يزال على قيد الحياة ؟

الملك شراعيل: يوجد واحد فقط اسمه سراحيل، أمّا البقيّة تأثّروا من سحر اللّعنة .

أمر الشّياطين خدمهم بأن يأتوا بسراحيل فوراً ، لأنّهم يعلمون أنّ كاهن يستطيع التّكهن بالأمور المستقبليّة باستراق السّمع، وهذا أحد تلامذته المقرّبين، فأرادوا أن يخبرهم بما يرى في مستقبلهم, وصل سراحيل إلى قصر الشّياطين الخمسة فقال لهم: السّلام على ملوك الشّياطين, م الأمر الذي جعلكم تأمروني بالقدوم إليكم ؟

الملك شراعيل: وعليك السّلام يا سراحيل، لقد كبرت في العمر، والله لم أكد أعرفك لو لم تعرّف عن نفسك.

سراحيل: هذه لعنة ساحر، والله إنّي أتعذّب منها كلّ يوم، فقد ضعفت قوّتي وبدأتُ أحسّ بالموت.

الملك عنافير: نريد منك شيئاً يا سراحيل .

سراحيل: أعلم، تريدون أن أتكهّن لكم .

الملك زيبون: وكيف علمت ذلك؟ أتكهّنت قبل أن تأتي؟

سراحيل: نعم, وهذا التّكهّن هو الّذي جعل جسدي يقاوم لعنة ساحر.

الملك راخل: إذاً تكهّن لنا يا سراحيل ،هل مارد سيأتي إلينا أم لا؟

صمت سراحيل قليلاً ، وبدأ بقراءة تعاويذ التّكهّن، وعند الانتهاء قال :لا أستطيع أن أرى شيئاً ، تبّاً له ،إنّ ساحر وضع معادلةً كي لا يتكهّن به أحد.

الملك أساطر: إذاً مارد مع ساحر،ماذا تريدنا أن نفعل الآن يا شراعيل ؟

الملك شراعيل: ننتظر ثلاثة أيّام، إذا لم يأتنا الرّد من ساحر و مارد فسنخرج لمجابهة الملك خورخيس، فلن يكون لدينا خيار آخر، لأنّنا اتخذنا قراراً صعباً، فإذا خاننا مارد سيهجم علينا خورخيس، ونحن لا نريد ذلك ،بل سنهجم عليه نحن, فلتخبروا قادتكم بهذا القرار كي يستعدّوا جميعاً ويتسلّحوا جيّداً.

الملك عنافير: سوف أرسل أحد الشّياطين لتقصّي أثر مارد وساحر لعلّه يجدهم ويخبرهم بأنّنا نقف معهم.

الملك أساطر: سأرسل أحد جواسيسي ليرى ما يحدث في مملكة الجان السّبعة, يجب معرفة أخبارهم، فهم أعداءنا القدامى.

الملك زيبون: وأنا سأرسل إلى مدينة الملك خورخيس لنرى ما يحدث هناك بعد نقض العهد.

سراحيل: سيّدي الملك شراعيل، لقد وصلني خبر من مسترقي السّمع.

الملك شراعيل: ماذا أخبروك يا سراحيل ؟

سراحيل: لقد استغنى خورخيس عن خاجي و سورال و اعتبرهما خونة.

الملك راخل: خونة!! أيعقل هذا ؟!و فيم خانوه ليستغني عن الجيش الأسود والأحمر؟

سراحيل: لقد ظنّ أنّهما هما اللذينِ حرّرا مارد ورفقه من المدينة المحرّمة.

الملك شراعيل: هذه أخبار جيّدة ،فبدون الجيش الأحمر والأسود سيلقى خورخيس شرّ هزيمة.

الملك راخل: إذاً سيأتي إلينا خاجي أخيراً بجيشه، و سنصبح أقوى من خورخيس ومارد.

الملك شراعيل: لا تفرح كثيراً، لم يحدث شيءٌ بعد، إذاً ننتظر الآن عودة خاجي .

مملكة الجان السّبعة

سرعان ما انتشر خبر هروب مارد من المدينة المحرّمة وحرّاسها الّذينَ هربوا منها، فارتعب العامّة من هذا الخبر، و ارتعبوا أكثرعندما وصف الحرّاس المذبحة الّتي لم يروا مثلها قطّ ، فأصبحت المدينة في حالةٍ من الرّعب ، وازدادت الإشاعات ، و وصل خبر هلع العامّة إلى الملوك السّبعة ، فأخذوا يهدّئونَ من روع العامّة بقولهم : إنّ الملك خورخيس سيقضي على مارد ورفاقه قبل أن يصلوا إلينا ، لا تنسوا أنّنا نحن أقوياء ، و الملك خورخيس عنده القادة السّتّة , ولكن ملوك الجان لم يعلموا بماحدث للقادة السّتّة والتّطورات الأخيرة الّتي حدثت في الإمبراطوريّة , فكانوا يظنّون أنّ الملك خورخيس يجهّز الآن القادة السّتّة ، وسيأتيهم رسوله في أيّ وقتٍ ليأمرهم بالتّحرّك إلى الجبهة.

الملكة حوران: لقد تمّ تجهيز الجند للمجابهة ، وتمّ وضع المدينة في حالة التّأهب.

الملكة طيور: نعم ، نحتاج الآن إلى التّأهب ، فخصمنا شديد.

بدأ الجان في تنظيم الصّفوف,فالجان معروفون بقوّتهم وذكائهم ، فما إن بدأوا في تنظيم الصّفوف حتّى بدأ الاستعراض العسكريّ، فكان منظراً مخيفاً وجميلاً يبعث الرهبة في النفس ، فلكلّ ملك وملكة جيشه الخاصّ المتميّز، فالملكة حوران يمتاز جندها بجمالهم وقوّتهم الخارقة ، والملكة طيور يمتاز جندها بالطّيران والملك صالح يمتازجنده بالحكمة ، أمّا الملك أحمر ، فجنده غنيّون عن التّعريف، فمنهم أحد القادة السّتّة الّذين يخدمون الملك خورخيس، وهو القائد سورال ، فهم يمتازون بالسّرعة , وجند الملك

أسود يشبهون في قوّتهم جيش خاجي، ولكنّهم من الجان وجيش خاجي من الشّياطين, والملك قاتل سُمّي بهذا الاسم لأنّ جيشه معروف بالتّجسس والغدر والقتل، وأمّا الملكة شيخة فكان جيشها معروف بتنفيذ المهمّات الصّعبة، فهم من جان الصّحراء، فجيشها يتحمّل أقصى الظّروف.

بدأ الاستعراض، وكان قويّاً فكلٌّ مفتخر بنفسه ومعتزٌّ بقوّته، دخل الملوك السّبعة بعد ذلك إلى الغرفة السّريّة ليتناقشوا في أمرالحرب ، فدخل حاجب الملكة شيخة وأخبرها أنّ القائدينِ فيفغل و سورال يريدانِ إذن الدّخول, تعجّبتِ الملكة شيخة: فيفغل و سورال!! فقالت للملوك : أليس من المفترض أن يأتي قائدٌ واحدٌ؟ فردّت الملكة طيور : لا بدّ أنّ هناك شيئاً !!، فلماذا يرسل الملك خورخيس القائدين سورال و فيفغل ؟ لماذا لم يأتي رسوله !!, وافقت الملكة شيخة على طلب سورال و فيفغل و أمرت الحاجب بالسّماح لهما بدخول الغرفة السّريّة .

دخلَ القائدانِ عليهم ولكنهما لم يكونا مرسلينِ ، فكانت الصّدمة باديةً على وجه سورال ، والخيبة تعلو وجه فيفغل , تعجّب الملوك من هذا المنظر ، فقالت الملكة شيخة : ما الأمر أيّها القائدانِ ؟ أليس من المفترض أن تكونا في الجبهة الآن ؟!.

سورال: لقد تمّ إعفائي من منصبي ، و هُدِرَ دمي .

الملكة طيور: ماذا تقول؟! أيعقل هذا!!.

الملك قاتل: ولماذا يا سورال؟! أخنت الملك خورخيس في شيء؟

فيفغل: لا والله لم يخنه، ولكنّ الملك خورخيس فقد عقله.

فحكى لهم فيفغل ماحدث .

الملك صالح: يا إلهي !! أيعقل أنّ يفعل الملك خورخيس هذا ؟! مالّذي أصابه ؟!.

الملك أحمر: سورال ، لا تخفْ ، نحن هنا معك ، ولن يستطيع الملك خورخيس قتلك .

الملك أسود: وماذا قال خاجي عندماعلم بخبرهدر دمه ؟

فيفغل: لم يصدّق خاجي ماسمعه منّي ، وظنّ أنّي جننت، فتابع طريقه إلى الإمبراطوريّة، ولكنّه كان حذراً، فما إن اقترب من البوابة حتّى بدأت الأسهم تتطاير باتجاهه من كلّ جانب ، فهرب ، ثمّ تقابلنا في الطّريق، فقال لي: لقد صدقتَ فيما قلت , فقلت له :يا خاجي،هناك شيء يحدث، فهذا ليس ملكنا الّذي نعرفه, فقال خاجي: إذاً الآن ليس لديّ أرض أعود إليها سوى أرضي أرض الشّياطين .

فقلت له: يا خاجي ، لقد وقفت الشّياطين ضد الملك خورخيس ، فماذا أنت فاعل؟

خاجي: سوف أضطر للوقوف بجانب الشّياطين لآن , ولكن إذا تقابلنا أنا وأنت في أرض المعركة فأرجو أن تبتعد عن طريقي كي لا نتواجه يا سورال .

فيفغل: فذهب بعدها خاجي إلى مملكة الشّياطين .

الملك صالح: ماذا تقول ؟! ملوك الشّياطين نقضو العهد مع خورخيس!!

فيفغل: نعم، وقالوا أنّهم سيقفونَ في صفّ مارد وساحر.

الملكة شيخة: إذاً الشّياطين يؤمنونَ بوجود ساحر، وهم يقفون ضدّنا مع مارد وساحر.

الملكة طيور: من تقصدين بساحر يا شيخة ؟ أهو نفسه ساحر الّذي لعن المدينة الخضراء؟

الملكة حوران: ولكن ألم يمتْ ساحر يا ملك صالح ؟ أتذكر عندما أرسلنا بعضاً من الجيش في مهمّة سريّة ليقتلوا ساحر، فقالوا أنّه لا يوجد أحد في

المدينة الملعونة ، وعندما سألوا بعض الأشخاص عنه قالوا أنّ ساحر قد مات.

الملك قاتل: نعم هذا ما قالوه، ولكن أرى الآن أنّه حيٌّ يرزق، فهذا سرّ هروب مارد ورفاقه , إذاً ما العمل الآن؟ فالملك خورخيس فقد اثنين من القادة وبقي عنده أربعة.

الملك شيخة: إذاً خصومنا الآن هم مارد و مارخوف و سورفاغ وساحر و هابل ونابل وملوك الشّياطين الخمسة والقائد خاجي, يا إلهي إنّه جيشٌ قويٌّ جدّاً!!

الملك أحمر: سوف أنسحب من هذه المعركة.

الملك أسود: أنا أيضاً سأعلن انسحابي.

الملك صالح: ما بكما ؟! أيعقل أن تفعلا هذا ؟! أأنتما خائفان من ساحر ومارد إلى هذا الحدّ؟!

الملك أحمر: لا والله إنّي لست بخائف، ولكن ما الفائدة أن أحارب تحت راية ملكٍ قد يقتلني بعد الانتصار أو يعفيني؟! فالملك خورخيس أمر بقتل سورال ولم يأبه بكونه أحد جندي المقرّبين وأقوى قادتي، فهل سيأبه بنا إذا حاربنا معه أو ضدّه ؟

الملكة حوران: ولكن يا أحمر أنت تعلم أنّنا إذا لم نقف الآن صفّاً واحداً مع الملك خورخيس سيعمّ الدّمار عالمنا، أتريد من ساحر أن يكمل لعنته فيلعن البلاد كلّها؟

الملك أحمر: لقد خاننا الملك خورخيس وأمر بقتل سورال ، هذا أمر لا يمكن السّكوت عنه ، ويجب أن يندم على فعلته هذه.

الملكة شيخة: هدئوا من روعكم ، فالشّجار والحقد لن يفيد , اهدأ يا أحمر واهدأ يا أسود، يجب أن نقف متكاتفينَ وإلا قتلنا جميعاً ، فلا تنسيا أنّ

الشّياطين خصومنا منذ الأزل، ولن يرحمونا إن سنحت لهم الفرصة، سيذبحون كلّ شخصٍ في مملكتنا ، ونحن الملوك يجب أن نمنع هذا.

الملك أسود: لقد اتخذت قراري ولن أعود فيه ، لن أخرج بجيشي تحت راية هذا الملك الغبيّ .

الملك صالح: إذاً ، ابقيا هنا لحماية المدينة ولا تخرجا.

الملك أحمر: سنبقى هنا، ولكن دون أوامرٍ منك ، فإذ أردنا الخروج سنخرج .

الملكة شيخة: اهدؤوا جميعكم ، هيّا يا فيفغل ، اذهب إلى الملك خورخيس الآن قبل أن يشكّ بك .

فيفغل: لا تخافوا أيّها الملوك ، فالأب سوميا ومشعوذ معنا .

الملك صالح: أبو الجان سيكون في المعركة !! الحمدلله على هذا، فوالله إنّها قوّةٌ عظيمة.

خرج فيفغل من قصر ملوك الجان حاملاً معه الكثير من الأخبار السّيّئة ، فالملك أحمر والملك أسود انسحبا من أرض المعركة ، وأصبح الوضع يضعف يوماً بعد يوم ، فقد خسروا الآن أربعةً من القادة والملوك. الملك أحمر والملك أسود و خاجي و سورال ، فتمنّى فيفغل أن تبدأ الحرب بسرعة كي لا ينسحب باقي الملوك والقادة منها.

بعد خروج فيفغل من قصر ملوك الجان ، وصل رسول الملك خورخيس إليهم ، وقال لهم :إنّ الملك خورخيس يأمركم بالتّحرّك الفوريّ إليه بجيوشكم دون أيّ تأخير, فردّت عليه الملكة حوران : اذهب إلى مليكك ، وقل له أنّنا سنأتي في الحال، ولكن بعد الانتهاء من بعض الاستعدادات .

خرج الرّسول وعاد إلى مملكة خورخيس بعد أن أخذ عهد القدوم من ملوك الجان.

الملكة حوران: أيّها الملك أحمر والملك أسود ، أتريدانِ القدوم معنا أم تصرّانِ على البقاء؟

الملك أحمر: أيّتها الملكة حوران، قد أجبت عن هذا السّؤال من قبل ، ولن أرجع في كلامي.

الملك أسود: وأنا أيضاً أيّتها الملكة ، لن أرجع في كلامي ، فقد أغضبني تصرّف الملك خورخيس ، ولا أراه كفؤاً كي أفقد جنودي في المعركة في سبيل الدفاع عن رايته.

الملك صالح: إذاً يا حوران، هيّا فلنتحرّك ، فليس لدينا وقتٌ ، فالملك خورخيس في انتظارنا .

الملكة شيخة: وماذا نقول لخورخيس إذا سألنا عن أحمر وأسود ؟

الملكة طيور: سنقول له أنّنا تركناهم هنا لحماية مملكتنا ، فلا نخرج دون حماية رعايانا .

الملكة حوران: نعم هذا ما سنقوله ، ولكن أرجو أيّها الملك أحمر وأسود أن ترجعا عن قراركما، فالوضع لا يتحمّل هذا الغضب الآن ، فمن الحكمة أن نقف صفّاً واحداً ، وبعد الانتهاء من هذه الكارثة افعلا ما تريدانِ .

خرج الملوك الخمسة تاركين الملك أحمر وأسود في المملكة ، خرجوا ولكنّهم لم يكونوا واثقينَ من نصرهم ، فقائدهم هذه المرّة ليس خافان الّذي امتاز بذكائه ، إنّما خورخيس المتهوّر, فدعوا الله جميعاً أن يحميهم من كيد ساحر ومارد .

إمبراطوريّة خورخيس

وصل الأب سوميا ومشعوذ إلى الإمبراطوريّة وسط ترحيبٍ كبيرٍ، فقد كان سوميا محبوباً بين أبناء جنسه ، فهو أبوهم وأوّل جانٍّ خُلق في الأرض، فكانت له هيبته وقوّته الخاصّة ، جاء ومعه جنوده من عباد الله الصّالحينَ , واستقبله خورخيس استقبالاً يليق بمقامه ، وقال له خورخيس : بوركت يا أبتاه ، وبوركنا بقدومك إلينا ووقوفك بجانبنا.

كان الأب سوميا متعباً من مشقّة السّفر، فوادي العبادة بعيدٌ جدّاً عن مملكة خورخيس، فذهب سوميا إلى حجرته في قصر خورخيس ليستريح قليلاً , وما إن وضع قدميه في الماء الحار حتّى دخل عليه الحكيم فوتا مسرعاً وكأنّه يريد إخبار سوميا بأمرٍ خطيرٍ.

فوتا: سيّدي الأب سوميا ، بوركت يا سيّدي , هناك شيءٌ يجب أن تعرفه ؟

سوميا: ما بك يا فوتا ؟

فوتا: لقد حدثت أمور يجب أن تعرفها جيّداً يا أبتاه .

سوميا: وما هي ؟

فوتا: لقد تمّ الاستغناء عن القائد سورال والقائد خاجي , وأخبرني أيضاً القائد فيفغل بعد قدومه من مملكة الجان أنّ الملك أحمر والملك أسود غضبا من فعلة الملك خورخيس ، ولن يأتيا للقتال ، فكما تعلم أن سورال من طائفة الملك أحمر والملك أسود من طائفة الجان والشّياطين معاً ، و خاجي يعتبر من أبناء عمومته , وأيضاً لقد انضمّ خاجي إلى الشّياطين الّذين سيقفون ضدّنا .

سوميا: ماهذا الّذي يحدث هنا ؟! لماذا تصرّف خورخيس بتهوّر؟!

فوتا: والله يا سيّدي ، إنّ الملك خورخيس أصبح غريب الأطوار، فكيف له أن يفعل هذا !! فحتى الصّبيان لا يتصرّفون تصرّفه ، لا أعلم.... أحياناً أرى أنَّ لخورخيس عقل ملك ، و أحياناً أخرى أرى أنّ له عقل طفلٍ ، هناك شيءٌ غريبٌ يحدثُ له !!.

سوميا: اذهب إلى مساعدي شمعون ، وأخبره أنّني أريده حالاً.

فوتا: ولكن يا سيّدي ، هناك شيءٌ أهمّ من هذا وأخطر.

سوميا: إذاً أخبرني به عندما تأتي بشمعون .

ذهب فوتا ولكنّه لم ينته من كلامه ، فلازال يخبّئ شيئاً خطيراً في نفسه ، وكان متردّداً هل يقوله لسوميا أم لا، ولكنّه يجب أن يعرف ، فلعلّ لسوميا رأيٌ آخر, وصل فوتا إلى حجرة شمعون وقال له : إن سيّدي سوميا يريدك في الحال .

علم شمعون أنّ هناك شيئاً طارئاً ، فذهب مع فوتا مسرعاً إلى سوميا وقال له: ما بك يا سيّدي؟ أهناك شيء ؟

سوميا: نعم, إنّ فوتا يريد أن يقول شيئاً ، و أردتك أن تكون حاضراً , ماذا أردت أن تقول يا فوتا ؟

فوتا: سيّدي ، لقد أخبرني الملك خورخيس عن حلم مخيف ولم أفسّره له .

سوميا: وماهو الحلم يا فوتا؟

فوتا: لقد حلم الملك خورخيس بأنّ الملائكة تجوبُ الأرض بلباسٍ وكأنّه لباس حرب ، ويربطون على رؤوسهم كلمة لا إله إلا الله ، وبعد أن جابوا الأرض أبدلت الكلمة بتمّ بحمد الله ، وأتاه أحد الملائكة وأخبره أنّ الله سيجعل في الأرض خليفة غير الجان .

سوميا: يا إلهي !! ماهذا الحلم !! و بماذا فسّرته أنت يا فوتا ؟

فوتا: سيّدي ، هذا يعني نهاية عهدنا ، وأنّ الله سينزل غضبه علينا.

سوميا: نعم بهذا أفسّره أنا أيضاً.

شمعون: إذاً ماذا نفعل الآن|؟

سوميا: سأدعو الله أن يرحمنا جميعاً ولا ينزل علينا غضبه، فوالله إذا غضب الله علينا خسرنا كلّ شيءٍ .

فوتا: أرجو أن يكون تفسيرنا للحلم خاطئاً.

سوميا: أرجو ذلك يا فوتا ، فالحلم هذا يدلّ على أنّه سيتحقّق ، ولكن سندعو الله قدر المستطاع , شمعون ، أردتك أن تأتي أيضاً لأنّني توصّلت إلى شيءٍ غريبٍ ، وأردت أن أستشيرك به.

شمعون: تفضّل يا سيّدي ، ماذا أردتَ؟

سوميا: أتذكر يا شمعون حينما قلت لي أنّ ساحر كان يريد أن يصل إلى أن يُدخلَ الجان في أجساد الجان ليتحكّموا بهم .

شمعون: نعم ، ولكن هذه كانت أحد أحلام ساحر، فقد حاولت معه على إيجاد المعادلة لهذا الشّيء ،ولكنها صعبت علينا.

سوميا: وماذا قلت لي أيضاً يا شمعون؟ أتذكر عندما قلت لي أنّ ساحر يستطيع إذا حقّق المعادلة أن يسيطر على الشّخص ويسيّره.

شمعون:نعم وغير ذلك، فساحرعندما يدخل الجان في جسد آخر فإنّه يستطيع أن يمرضه بأمراضٍ غريبة قاضية، ويؤثّر على لعقل أيضاً ، فيستطيع أن يجعل عقل الشّخص سلبيّاً جدّاً بمعادلة تبديل العقل, ولكن هذه كانت مكتوبة في كتبه و لم نطبّقها أبداً لأنّنا لم نجد المعطيات الكاملة، فكما تعلم أنّ علم السّحر والشّعوذة والتّكهن يعتمد أيضاً على النّجوم وعلى الفلك وعلى عنصر الشّخص, ولإتمام هذه المعادلة يجب أن يتقن جميع المعادلات.

سوميا: هل تستطيع معرفة ما إذا كان الشّخص فيه هذا النّوع من السّحر؟

شمعون: ومن هو الشّخص الّذي تريدني أن أعرف إذا كان فيه سحر أم لا ؟

سوميا: أنا أتحدّث عن الملك خورخيس .

شمعون: ماذا؟! تقصد أنّ الملك خورخيس فيه هذا النّوع من السّحر!! ولماذا شككت فيه؟

سوميا : من تصرفاته الأخيرة ،فوالله إنّ لديّ شعور كبير أنّه مسحور, فوتا ، اذهب إلى الملك خورخيس وقل له أنّ الأب سوميا و شمعون يريدانِ التّحدث معك ، اذهب الآن أريد مخاطبة شمعون بشيءٍ .

ذهب فوتا لإخبار الملك خورخيس بذلك ، فوافق الملك خورخيس على طلب سوميا وقال: كيف أرفض طلب الأب سوميا؟! فمتى أراد أن يأتي إلي فليأتي , فأرسل الملك خورخيس أحد خدمه ليأتي بهما. فلم يكن الملك خورخيس يعلم ما ينتظره من هذه الزّيارة البسيطة، فقد كان سوميا و شمعون يريدانِ معرفة إذا كان ساحر قد أتمّ معادلة دخول الجان إلى الجسد أم لا.

سوميا: ماذا سوف تفعل الآن يا شمعون؟

شمعون: انظر يا أبتاه بدأنا نحن هذه المعادلات، وأوّل معادلة فعلتها في عالم الشّعوذة والسّحر والتّكهّن ربطّتها بالدّين كي تتمّ ،هذا يعني أن نذبح لغير الله ،ولكن الطّقوس تكون مثّل طقوس الذّبح لله,إذاً العمليّة عكسيّة ، فسنواجه سحر ساحر هذه المرة بالدّين, العيب الوحيد الّذي كان في معادلة دخول الجان إلى الأجساد أنّ الجان الدّخلاء يصبحون ضعفاء، وكانت المعادلة الوحيدة الّتي تجبرهم على الخروج أو الكلام هو ذكر الله على جسد المريض، ولكن هذه كانت فرضيات لم تطبّق .

سوميا: ولكن لماذا بذكر الله تجبرهم على الخروج ؟

شمعون: لأنّنا بدأنا أوّل معادلة سحريّة بذكر الله، وذبحنا لغيره ،وهذا هو الأساس في السّحر والشّعوذة والتّكهّن, فإذا عكسناها فيكون الذّبح لله يعكس السّحر أو الشّعوذة ، فيخرج الجان من الجسد أو ينطق بلسان صاحب الجسد.

سوميا: يا إلهي،ماهذا العلم الذي وصلتم إليه يا شمعون!!

شمعون: أعلم ذلك يا سيّدي ، و أسأل الله أن يتوب عليّ ، فسوف أفعل المستحيل كي أوقف ساحر، ولكن يا سيّدي ، هناك شيء يجب فعله.

سوميا: وما هو يا شمعون ؟

شمعون: إذا أردت معرفة وجود سحر في خورخيس يجب أن أعيد اسمي إلى مشعوذ لتتمّ المعادلة، فالمعادلات مربوطة باسمي.

سوميا: إذاً لك هذا، هيّا نذهب إلى الملك خورخيس الآن .

شمعون: ولكن قبل أن نذهب سأقرأ على هذا الماء الأذكار، ويجب على الملك خورخيس شربه، وسنرى ما يحدث، إذا كانت فرضيّاتي صحيحة سيظهر الجان الدّاخل للجسد .

سوميا: إذاً فلتقرأ، فالملك خورخيس ينتظرنا الآن .

قرأ شمعون الأذكار على الماء ونفث فيه، ثمّ ذهبا إلى الملك خورخيس في حجرته الخاصّة، وكان معه فوتا وحاجبه بيلبان، فدخلا عليه فقال لهم: ما بكما يا عباد الله الصّالحين ، تأتيان إليّ في هذا الوقت؟ يجب أن يكون هناك أمر ضروريّ يخصّ الحرب, فردّ عليه سوميا: نعم إنّه ضروريّ جدّاً أيّها الملك خورخيس ،فالوضع الآن أصبح خطيراً ويجب أن نتحدّث، ولكن خذ هذا الماء واشربه فهذه ماء وادي العبادة المباركة.

أخذ خورخيس الماء وشربه وما إن انتهى منه حتّى بدأ وجهه بالتّغير، ثمّ بدأ صوته بالتّغير أيضاً، فظهر بمظهرغير الّذي اعتادوا عليه

وكأنّه لم يكن هو. فقال بصوتٍ غليظٍ ضاحكٍ: لقد كشفتَ الحقيقة يا مشعوذ وفككت المعادلة ، فلا تزال ذكيّاً كما كنت في السّابق .

مشعوذ: إذاً استطاع ساحر تحقيق معادلة دخول الأجساد.

سوميا: أنت أيّها الملعون ، ما اسمك وما طائفتك؟

ردّ عليه قائلاً: أنا أدعى ثبيل من طائفة المرد ، فلو سألني غيرك هذا السّؤال يا أبتاه لم أكن لأجيبه.

مشعوذ: إذا يا ثبيل أنا آمرك بالخروج من هذا الجسد.

ثبيل: أنت تعلم يا مشعوذ أنّني إذا خرجت من جسد خورخيس فسأموت.

مشعوذ: إذاً ماهو هذا السّحر يا ثبيل؟ و ماهي مهمّتك؟

ثبيل: إنّ لكل سحر معاهدة و بها يكمن نوع السّحر، ويجب تنفيذها، فأنت تعلم هذا جيّداً يا مشعوذ، وتعلم أنّي إذا لم أتمّ المعاهدة سيقتلني حرّاس السّحر.

مشعوذ: أعطني نصّ المعاهدة الآن يا ثبيل ولك السّلام، سأبدّل نصّ القتل بنصّ السّلام وأختمها بختمي، ولن يقربك الحرّاس أبداً لأنّي سأخفيك عن أعينهم وعن أعين خدمة السّحر جميعاً ،أمّا إذا رفضت فسأقتلك أنا بنفسي، وأنت تعلم أنّي قادر على فعل ذلك، فلا تنسى أنّي من أسس هذا العلم.

ثبيل: أنا أعرفك جيّداً يا مشعوذ، وسأخرج كما قلت, ولكن لا تنس وعدك لي، خذْ هذه هي المعاهدة.

أخذ مشعوذ المعاهدة وقرأها على الحضور فدهشوا جميعاً، فقد كانت تنصّ على الآتي :

النّار على أعواني والسّلام على أعدائي

يسبح لله كلّ من في السّماء والأرض ونعبد الله حقّ عبادته ....

الله ربّي وأنا عبده, إليك ياربي أهديك قرباني ....

تذبح الذّبابة بذكر اسمي، وتذبح الشّاة بذكر عملي،ويذبح الجان باسمي ، ويذبح العفريت بسحري، حلّت لعنتي على مدينتي ، وستحلّ على خصومي ، بكم يا عائلة آشخور أبدأ، وبكِ يا حوران أربط، وبكم يا إخوان خافان أنهي، وبأولاده أضحّي، وأنت يا سورال كبشي، وأنت يا خاجي نصري، حلّت حلّت وحلّت عليكم لعنتي، الموت لكم أجمعين, الدّم من عائلة آشخور يصبّ على حوران ويسقى به خاجي و سورال، وبك يا مارد أرفع رايتي، وبرفاقك سورفاغ و مارخوف أزيد قوّتي، يشرق القمر وتغرب وتشرق الشّمس وتغرب, بكم أكتب معاهدتي، وبالسّلام على أعدائي أختم، فليمت كلّ من ذكر اسمه، ومن لم يمت يصيبه غباءٌ وجهلٌ من عندي, فبهذا تبدأ معادلة دخول الجان إلى الجسد = سراب الصّحراء = ضياع كلّ من حاول ملاحقتها = رمل الصّحراء المتحرّك = جسد عائلة آشخور و خاجي و سورال و حوران = يبتلع الجسد الجان ،وتزرع اللّعنة في الجسد.

مشعوذ : يا إلهي ما هذه المعادلة التي فعلها ساحر!! لقد زاد قوّة وعلماً عن ذي قبل .

سوميا: وما هذه المعادلة يا مشعوذ ؟ وماذا تعني فكلامها غير مفهوم ومبهم ؟

مشعوذ: هذه تراتيل السّحر، نوع من أنواع لعنته وتدعى لعنة الموت، فكنّا في السّابق نرى أن ندخل الجان في الجسد عمل مستحيلٌ، وكنّا نقول يجب أن تكون معادلة قويّة، وإذا أخطأنا فيها فسيموت الجان الّذي يخدم المعادلة، ولكن لم أكن أعلم أنّ ساحر أتقنها، فتراتيل هذا السّحر معقّدة جدّاً، فساحر هنا اتّخذ كلّ شيءٍ بالعكس، فذكر اسم الله والذّبح له ، ثمّ يذبح باسمه، فهذه معادلة, ثمّ بدأ يذكر اللّعان، وهذا جزء من سحر اللّعنة ،ثمّ بدأ يشرح المعاهدة بأنّه سيدمّرعائلة آشخور بأمراضٍ خبيثةٍ ، فهذ قصده عندما قال: يُذبحُ

العفريت بسحري، فعائلة آشخور من طائفة العفاريت، ثمّ ذكر أنّ الملكة حوران يربط بها، هذا يعني أنّ الملكة حوران أساس، ثمّ ذكر خاجي و سورال ،الكبش يعني سورال يجب أن يُقتل وخاجي يجب أن ينتصر بانضمامه إلى الشّياطين كي تكتمل اللّعنة، وذكر أنّ دم عائلة آشخور سوف يصبّ على سورال و خاجي يعني دماء الإمبراطوريّة سوف تكون بسبب حرب سورال و خاجي ، والسبب أحد أفراد عائلة آشخور الملكيّة، ثمّ بدأ تكملة معادلة دخول الجسد بذكر السّراب والسّراب نراه ونحسبه ماء في الصّحراء وهو وهمٌ، ثمّ ذكر الرّمل المتحرّك ، ومعروفٌ عن الرّمل المتحرّك أنّه يبتلع كلّ من وقف عليه، وشبّهه بالجسد كي يستطيع الجان دخول الجسد ، وبهذا أتم ساحر معادلة الدّخول .

فوتا: أنت تعني يا مشعوذ أنّ مرض عائلة آشخور الملكيّة كان بسبب هذا السّحر ،وهو سبب موتهم .

مشعوذ: نعم، هذا هو سرّ المرض الّذي أصابهم وماتوا بسببه, كان سحر ساحر.

سوميا: ولكن، لماذا لم يمت الملك خورخيس؟! ولماذا حوران من باقي ملوك الجان؟

مشعوذ: لأنّ ساحر أراده أن يعيش ليستغلّه ويزرع الفتنة ، فالمعادلة والتّراتيل مبهمة، لأنّ فيها ألغاز هابل ونابل ،ولكنّني حللتها ولله الحمد ، فلن يستطيع أحدٌ فهم ألغازهم غيري أنا وكاهن, أراد ساحر خورخيس أيضاً لأنّ نجمه هوائي، فالنّجم الهوائيّ يسهل التّحكم به والسّيطرة عليه، فأراد أن يتحكّم به لتتمّ خطتهم، أمّا بقيّة إخوته وأعمامه وحتّى أبوه خافان فكان نجمهم ترابيّ، والنّجم التّرابي لا يمسك به سحر السّيطرة والغباء الّذي أصاب خورخيس، إنّما يمسك به سحر الموت وحلول اللّعنة عليهم, أمّا سبب اختيار

حوران، فهنا يظهر خبث ساحر اللّعين , في الوقت الّذي كنت مع ساحر وكاهن اكتشفنا أنّه إذا سحرنا الشّخص باسم أمّه وسحرنا أمّه أيضاً سوف يقوى السّحر، لأنّ الأم حملته في بطنها وحرصت أن لا يصيبه أيّ مكروه، وكانت تتحمل هي كلّ المكروه كي يخرج الابن سليماً معافًى، فهو بداخل بطن أمّه محميٌّ من جميع الظّروف الخارجيّة، وكلّنا نعلم أنّ الملك خافان تزوّج الأميرة سناحب ابنة ملك الجان راع وأنجب منها خورخيس ،و سناحب أخت الأميرة حوران الكبرى الّتي بدورها الآن أصبحت الملكة حوران، فبعد موت أختها بنفس المرض الّذي أصاب زوجها خافان اضطر ساحر لأن يجد بديلاً فكانت حواران هي البديل، لأنّها تحمل نفس دم أختها سناحب، فكلّ شيءٍ يصيب خورخيس يصيب حوران، ولكنّ خورخيس لا يمتصّ الإصابة إنّما البطن الحنون حوران من تمتصّه.

سوميا: هذا يعني أنّ ساحر كان وراء كل قرارات خورخيس بخصوص سورال و خاجي, وحوران أيضاً مسحورة!

فوتا: إذا أنت تقصد يا مشعوذ أنّ خورخيس لم يكن يقصد هذه التّصرفات الغبيّة !!

مشعوذ: نعم إنّه مسحور, فالمسحور يفعل أشياءً خارجةً عن إرادته، فلا يستطيع أن يتحكّم بتصرفاته ، إنّما الجنّيّ الّذي بداخله يظهر عليه ويغيب الشّخص عن الوعي، فيفعل الجنّيّ الّذي بداخل المسحور أفعالاً غبيّة وقرارات مصيريّة كما فعل ثبيل بالاستغناء عن خاجي و سورال مثلاً ، وعندما يعود إلى رشده لا يذكر ماحدث له .

ثبيل: صدقت يا مشعوذ في كلّ ما قلته ، ولكن وقع ساحر في خطأ لم يستطع تداركه.

مشعوذ: وماهذا الخطأ ؟

ثبيل: أنّ الملكة حوران كان لها خادمة تدعى حوريّة ، وتحمل هذه الحوريّة نفس نجم حوران، فهي وصيفتها الأولى تذهب معها أينما ذهبت، و أحياناً ينادونها بحوران، فساحر في معادلته لم يحدّد، فهناك الآن اثنتان باسم حوران ،وكلتاهما تحملان نفس النّجم السّحري، فعندما بدأ ساحر بالسّحر ودخلنا الأجساد, الجنّيّ المسؤول عن حوران دخل إلى الجسد الخطأ، فدخل إلى جسد الوصيفة دون أن يعلم، لاعتقاده أنّها هي الشّخص المطلوب, فالغرض من حوران أن تتحمّل كلّ ما يصيب خورخيس كي لا يموت خورخيس بالأمراض، لأنّ جسد الأنثى يتحمّل مشقّة الألم بسبب تعوّده على الحمل والولادة, فعندما أمر ساحر الجنّيّ المسؤولَ عن حوران أن يأتي بحوران إلى المدينة الملعونة كي يبصم عليها ببصمته وجد أنّ الجنّيّ أخطأ في الجسد فقال له: اذهب بهذه الوصيفة وصحّح ما فعلت ،وإلا الموت لك, فخاف الجنّيّ المسؤول ، وكان من الجان الصّغار، وعند رجوعه إلى المملكة لم يعرف كيف يتصرّف في هذه المسألة، فاتّخذ قراراً غبيّاً وقال أنّه رأى طفلاً في المدينة الملعونة، وأنّ هناك وحوش بحارٍ أرادوا قتله، فأرسل الجنّيّ معه اثنين من الجنود واحد يدعى حارق والآخر ساحق لم يتوقّع هذا التّصرف منهما، إنّما أراد من تصرّفه أن يصحّح ما فعل ويدخل إلى جسد الملكة حوران بأن يختلي بها, ولكن كي يدخل إلى جسدها يجب أن يعيد المعادلة من البداية وكان يصعب عليه ذلك, فقال في نفسه: سأهدي هذانِ الجنديّانِ حارق وساحق إلى ساحر وسيغفر لي غلطتي، فهم من أمهر الجنود، ولكن عندما وصل إلى المدينة الملعونة أخبر هابل ونابل ساحر عن فعل هذا الجنّيّ الصّغير فغضب كثيراً وقال دعوه ودعوا ساحق وحارق ليتخذا فيه القرار, فخرج هابل ونابل وأخبرا خادمان من خدّام السّحر أن يبدّلا لباسهما بلباس أفراد جنود مارد ،وقالا لهما اذهبا إلى الجنّيّ المسؤول عن جسد حوريّة

وقولا له أنّ ساحر استغنى عنك ، فما إن ذهبا وقالا للجنّي المسؤول الخبر حتى غضب كثيراً وقتل الطّائر الّذي أتى به إلى هناك ، وكان ساحق وحارق يراقبانه من الأعلى، فشنّا هجومهما وقتلا أحد الخدم و أسرا الآخر، وأخذا حوريّة إلى الجان للمحاكمة، فظنّ الجان أنّ حوريّة خانتهم، ولكن حقيقة لم تكن حوريّة المتحدّثة، إنّما الجنّيّ الّذي بداخلها ،وقتلت وقتل معها وقتل خادم السّحر الأسير.

مشعوذ: إذاً اختل الآن ركن من أركان سحره بموت حوريّة .

ثبيل: نعم ، ولهذا قرّر ساحر أن يبدّل المعادلة .

مشعوذ: ماذا ؟! يبدّلها، وأين وضع البديل ؟

ثبيل: لا أعلم ، فقد وضع بديل وأصبح البديل هو الأساس بعد أن كنت أنا الأساس .

مشعوذ: إذاً حتّى لو فككنا هذا السّحر هناك بديل له, ولكن في من وضع البديل يا ترى، أخبرني يا ثبيل ما هو البديل الّذي وضعه ساحر ،أهي معاهدة أيضاً ؟

ثبيل: نعم ،معاهدة تختصر معاهدة اللّعنة مزروعة في هذا الشّخص البديل، يعني أنّه المتحكم الرّسمي الآن في اللّعنة.

سوميا: ما الأمر يا مشعوذ؟ وماذا تقصدون بالبديل؟

مشعوذ: البديل يعني أساس الأساس, هذا يعني إذا فُكّ السّحر من خورخيس الآن فإنّ مفعوله لا يزال يعمل لأنّ معادلة السّحر إذا اختل فيها شرطٌ سقط السّحر، فهنا سقط شرطٌ وهو موت الرّابط حوريّة فمن المفروض أن يبطل السّحر، لأنّ أحد الأسس سقطت، ولكنّ البديل يعني الدّعم، فمهما سقط من الأساس يستمر السّحر، ولكنّ البديل مهمّته كبيرة, فإذا فشل السّحر ومات

الأساس كلّهم ، يقتل صاحب البديل، ولكن هذه الطّريقة صعبة، وأعتقد أنّ ساحر أوّل مرّة يفعلها.

ثبيل: نعم ،هي الأولى من نوعها، ولكن لا نعلم أين وضع البديل .

مشعوذ: إذاً يا ثبيل ، هذا نصّ المعاهدة، أبدّله إلى عهد السّلام وأخرجك من هذا الجسد، فأخرج أنت وأعوانك سالمين، فقد أبدلت نصّ قتلكم بمعادلة الاختفاء عن أعين حرّاس السّحر وخدمه.

ثبيل: بوركت يا مشعوذ، ولكن ليس لي أرضٌ أذهب إليها، فأنا كما تعلم مضطرٌ إلى عمل هذا الشّيء لأحصل على مكافئتي، والآن قد خسرتها, فأرجو منك أن تقبلني جندياً من جنودك، فإنّي سأفيدك كثيراً في فكّ الأسحار.

مشعوذ: لك هذا يا ثبيل.

خرج ثبيل من جسد الملك خورخيس وخرج جميع أعوانه , وبعد الخروج أغمي على الملك خورخيس وقام من غيبوبته بعد ساعة ، فرأى مشعوذ والأب سوميا وفوتا و بيلبان ينظرون إليه ويخاطبونه ، تفاجأ الملك خورخيس من وجود سوميا وقال له: منذ متى وأنت هنا في الإمبراطوريّة ؟! فعلموا أنّه كان غائباً عن الوعي ، فقال ثبيل :لقد كان غائباً عن الوعي منذ خروج مارد من المدينة المحرّمة، فأخبَروا خورخيس بجميع الأحداث الّتي حدثت، ولم يصدق ما سمع , فقالوا له أنّه كان مسحوراً بسحر ساحر، وأخبروه بالقرارات الّتي اتّخذها وقت الّسحر, فتفاجأ خورخيس ممّا حدث له وغضب غضباً شديداً، وقال سأزور مملكة الشّياطين وألقنهم درساً لن ينسوه.

سوميا : يا بني ، لقد خسرت اثنين من أمهر قادتك، فهل ترى أنّ هذا هو الوقت المناسب لمحاربة الشّياطين ؟!

بيلبان: لقد وصل ملوك الجان بجيوشهم .

خورخيس: دع الملوك يدخلون إليّ الآن، أريد أن أتحدّث إليهم .

دخل ملوك الجان على الملك خورخيس، ولكنّهم لم يكونوا سبعة بل خمسة فقط , علم خورخيس سبب غياب الملك أحمر وأسود ، فقد أصبح الآن خورخيس ذكيّاً بعد أن عاد إلى حالته الطّبيعيّة ، فقال لملوك الجان :

السّلام على الموحدين

فوالله إنّي أعتذر لكم عن كلّ حماقة ارتكبتها، وعن كلّ تصرّفٍ تصرّفته، فالله يعلم أنّي لم أكن صاحب هذا القرار، إنّما سحر ساحر اللّعين الّذي جعلني طفلاً لا أستطيع التّحكّم بمشاعري ،وأتّخذ قراراتٍ لا يتّخذها الأغبياء، ولكن تمّ بحمدلله فكّ سحري، وها أنا الآن عدتُ إلى رشدي، وأقول لكم أنّي سأصلح كلّ ما كان، وأعلم أنّ الملك أحمر وأسود رفضا أن يأتيا معكم بعد أن استغنيت عندما كنت مسحوراًعن خاجي وسورال .

الملكة حوران : أولاً السّلام عليكم جميعاً ،والسّلام على الأب سوميا، أيّها الملك، عن ماذا تتحدّث، أكان بك سحر من أسحار ساحر؟

سوميا: وعليكم السّلام يا أبنائي الملوك من طائفة الجان, نعم كلّ ما قاله خورخيس صحيح .

حكى لهم سوميا كلّ الأحداث الّتي حدثت، فصدم الجان من هذه الأحداث ، وقالوا إذا حاربنا الآن ستكون حرباً صعبةً بوجود سحر ساحر, فقال لهم خورخيس : أنا سأقضي أوّلاً على الخونة ملوك الشّياطين ، وسأريهم قوّة ملوك العفاريت الحقيقيّة ، فكفاهم استهزاءً بي .

كانت عائلة آشخور تنحدر من سلالة طائفة العفاريت، فهذه من السّلالات النّادرة جدّاً، فلا يوجد منهم الكثير، ومع مرور الزّمن توحّد العفاريت ، و أصبحوا يعرفون بعائلة آشخور، فتمكّنوا بقوّتهم من توحيد البلاد ، فكانت العفاريت عندما تغضب وتذهب إلى الحروب ، كانوا يختلفون

عن بقية بني الجان، فهم يستطيعون التّحوّر إلى أشكال مخيفة وقويّة، فهذا هو الوجه الآخر لهم .

نفخ الملك خورخيس ببوقه فتجمّعت كلّ القوات السّريّة الملكيّة ، وكانوا أيضاً من العفاريت، فاصطفّوا صفّاً واحداً و بدأوا بالتّحوّر،فكان منظرهم مخيفاً جدّاً، فأحسّ الجميع بهيبة الملك خورخيس ونظروا إليه هذه المرّة بنظرة الملك القائد .

انتهى خورخيس من التّحوّر، وظهر بالمظهر الّذي يليق بمقامه ، فأصبح أطول قامة وأقوى بنية وأشرس ملامح، فبعد التّحوّر يصبح للعفريت أيضاً قدرة على الطّيران .

أتاه بيلبان وألبسه بعدها تاجه وألبسه لبس الحرب الملكيّ، وقال بصوتٍ كالرّعد : سأقتل كلّ خائنٍ وقف في طريقي، وسأعيد الأمان إلى دولتي, ابقوا هنا أيّها الملوك، سأذهب في زيارة بسيطة إلى ملوك الشّياطين.

خرج خورخيس غاضباً من قصره ومعه جيشه من العفاريت المتحوّرين، فطاروا إلى مملكة الشّياطين حاملين معهم أسلحة الغضب.

سوميا: فليكن الله معك يا بني , فوالله إنّه من الصّعب عليّ أن أراكم يا أبنائي تتحاربون وتسفكون الدّماء.

الملكة حوران: يا إلهي !! فقد سمعت عن تحوّر العفاريت ، ولكنّني لم أتوقّع أن يكون الملك خورخيس بتلك الهيبة ، سامحيني يا حوريّتي ، فلقد قتلتك ظلماً.

مملكة الشّياطين

في تلك الأثناء جاءهم رسول ساحر ومعه قرار ساحر و مارد، وقال لهم : النّار على أعواني و السّلام على أعدائي , فردّت عليه الشّياطين : والسّلام على قائدنا.

فقال لهم الرّسول: لقد جئتكم بعد أن أخبرنا مارد أنّه أرسل لكم رسالة مع الملك شراعيل في يوم البيعة ، فما ردّكم أيّها الملوك ؟

الملك شراعيل: الرّد أيّها الرّسول ، وأنا أتكلّم نيابة عن الجميع أنّنا سنقف مع ساحر ومارد ورفاقه صفّاً واحداً لا نختلف فيه .

الرّسول: إذاً هذا يعني أنّكم موافقون على مبايعة ساحر والقائد مارد الآن , فهذه هي معاهدة المبايعة لساحر اختموا عليها بأختامكم وأيضاً بدمكم .

فكانت لفافة المبايعة غير مفهومة ففيها جداول كثيرة وحروف متناثرة لم يفهمها الشّياطين، ولكن ما فائدة السّؤال الآن؟ فإذا لم يقفوا مع مارد أصبحوا مهاجمين من الطّرفين. فختم الشّياطين على معاهدة المبايعة بالختم والدّم دون أن يفهموا نصّ العهد ، وقد استغربوا كثيراً من فكرة الدّم أيضاً ، ولكن لم يسألوا الرّسول عن السّبب.

الرّسول: لقد ختمتم أيّها الملوك الخمسة على أنّ تطيعوا ساحر مهما كانت طلباته دون مجادلةٍ في الموضوع وإلا حلّت لعنة ساحر عليكم بالموت.

الملك شراعيل: السّمع والطّاعة لساحر، فبماذا يأمرنا الآن ؟

الرّسول: علم ساحر أنّ خاجي عاد إليكم بعد أن حاول الملك خورخيس قتله، وأيضاً علم أنّ سورال عاد إلى مملكة الجان ،فهذا يعني الخطر الكبير.

الملك أساطر: ماذا تقصد أيّها الرّسول بالخطر؟

الرّسول: كما نعلم أن سورال من الجيش الأحمر الّذي يعتبر من القوى الّتي لا يستهان بها, فرأى ساحر أن سورال لا يستطيع مجابهته سوى خاجي وأنتم .

الملك عنافير: ولماذا لم تكن هذه المهمّة لمارد؟! فهو أقوى من خاجي و سورال معاً.

الرّسول: لا نريد أن نضيّع قوّة مارد في سورال ، إنّما مارد سيقتل الملك خورخيس.

الملك زيبون:وهل نحن سنذهب للجبهة أيضاً ؟

الرّسول : نعم ستذهبون لأنّ ملوك الجان قد ذهبوا إلى الملك خورخيس بجنودهم تاركين الملك أحمر والملك أسود والقائد سورال في مدينة الجان لأنّهما رفضا المجيء معهم ،فستواجهون اثنين من أعنف ملوك الجان مع القائد سورال، لهذا يجب أن تذهبوا أنتم الخمسة، ولكن رأى ساحر في هذا شيئاً من المبالغة؛ فأخبرني أن تذهبوا جميعاً ،ولكن يبقى شراعيل لكي يأتي معي بجيشه.

الملك راخل: ومتى يريد منّا ساحر التّحرّك؟

الرّسول : الآن ، فليس هناك وقت , هيّا يا شراعيل ، تعال معي الآن بجيشك ،و أنتم تجهّزوا للقتال و اذهبوا فوراً إلى أرض ملوك الجان واقتلوهم جميعاً .

بدأ الملوك بتجهيز جيوشهم، ولكن الملك شراعيل أحسّ بأن هناك أمراً مريباً يحدث, فلماذا اختاره ساحر؟ ولماذا يذهب الشّياطين الأربعة إلى مجابهة اثنين فقط من ملوك الجان؟ وحتّى إذا كان الملك أحمر و أسود و سورال أقوياء، ولكن أربعة ملوك وقائد مثل خاجي هذا شيءٌ مبالغ فيه, بعد الانتهاء خرجوا جميعاً من القصر واتّجهوا إلى ما أمروا به , رحل شراعيل عنهم مع الرّسول واتّجه بقيّة الملوك مع جيوشهم إلى مملكة الجان.

166

وصل الملك خورخيس إلى مملكة الشّياطين وعندما أرسل جواسيسه إلى البوابات عادوا إليه وأخبروه أنّه لا يوجد أيّ حرّاس عند البوابات، وأيضاً المملكة خاوية من الجنود والحرس.

تعجّب الملك خورخيس من ذلك وقال في نفسه: أين ذهبوا؟! أيعقل أن يكونوا مختبئين وهذه خطّة لمواجهتي؟! فأمر خورخيس جواسيسه أن يذهبوا وينظروا في الأمر، وأمر الجيش بالاستعداد التّام لأيّ مواجهة قد تحدث.

عاد الجواسيس إلى الملك خورخيس وأخبروه أنّ سكان المدينة يقولون أنّ الملوك الخمسة خرجوا بجيوشهم منذ يومين، وقال البعض أنّهم قد اتّجهوا إلى مملكة الجان للقتال .

قال خورخيس لجيشه :هذا يعني أنّهم ذهبوا ليقتلوا الملك أحمر وأسود و سورال ،إذا خرجوا منذ يومين فهذا يعني أنّهم يتقاتلون الآن، هيّا جميعاً فلنتّجه بأقصى سرعة إلى مملكة الجان .

أرجو من الله أن نصل في الوقت المناسب قبل أن يُقضى على مدينة الجان.

مملكة الجان السّبعة

في اليوم الّذي وصلت فيه الشّياطين إلى مملكة الجان ....

أحد حرّاس البوابات: سيّدي الملك أحمر ، سيّدي الملك أسود ، لقد حاصرت الشّياطين المدينة, يقودهم القائد خاجي و يطلبون تسليم المدينة فوراً.

الملك أحمر: ماذا؟! ملوك الشّياطين !!

الملك أسود: أملوك الشّياطين جميعهم خارج البوابات ؟

الحارس : نعم جميعهم ، ولكنّ الملك شراعيل ليس معهم .

القائد سورال: إذاً يا خاجي ، تريد القتال الآن , ولكن هناك عهد بيني وبين خاجي إذا تقابلنا في مواجهة ألا نتحارب .

الملك أحمر: انظر يا سورال ، ذلك العهد كان في وقت كنتم فيه مقربين، ولكن كما ترى الآن قد تغيّر الحال، يجب أن نوقف خاجي وملوكه الأربعة، فإذا لم تقتله أنت سيقتل من جنودنا الكثير الذين لهم أبناء وزوجات ، هيّا يا سورال دعك من العاطفة الآن ، فأنا أؤكّد لك أنّ خاجي سيقتلك إذا سنحت له الفرصة.

أمر الملك أحمر وأسود الجيش بالقتال ، ونفخت أبواق الحرب ، وأبدل الجميع شاراتهم إلى شارة الحرب ، فقال أسود لأحمر: كيف تريد أن تكون المواجهة ؟

الملك أحمر: من العار أن نختبئ وراء أسوار المدينة ، فإمّا الموت وإمّا الحياة , سنخرج من البوابات ونتواجه .

فُتحت أبواب المدينة، ودهش الشّياطين من هذا، فقد ظنّوا أنّهم قد استسلموا, ولكن ظنهم قد خاب ،فقد خرج الملك أحمر والملك أسود والقائد سورال بجيوشهم وهم مستعدّون للقتال، فقال الملك الشّيطانيّ راخل: ملوك الجان، لا نريد أيّ معاهدة سلام معكم، فإمّا أن تسلّموا أنفسكم أو تسلمو أرواحكم !

الملك أحمر : ملوك الشّياطين الأربعة ، قد خنتم العهد مع الملك خورخيس و أردتم سفك الدّماء ، وأنتم تعرفون التّاريخ الّذي بيننا، وتعرفون مدى شراستنا في الحروب،وتعرفون كم مرّة انتصرنا عليكم ، فارجعوا إلى مملكتكم قبل أن تكتبوا تاريخاً آخر من الهزائم .

الملك زيبون: الماضي لا يتحدّثُ به إلا الضّعفاء ؛ فنحن الآن سنمسح ذلك الماضي ونقضي عليكم جميعاً ، ونبدل التّاريخ إلى تاريخ نصر، فأنتما الآن اثنان فقط .

الملك أسود: إذاً هي الحرب ، لن نرحم أحداً منكم، وسنقتلكم جميعاً دون أيّ أسرى .

بدأت هتافات الحرب ، وأمر الملك راخل برمي السّهام عليهم، فتصدّي الجان للسّهام وهجموا عليهم.

بدأ القتال بينهم، وتواجه الملوك والقادة ،فكانت ملحمةً حربيَّةً قويّةً؛ فجميعهم كانوا في كامل قواهم , تواجه الملك أحمر مع المــلك راخل ، و بدأا يوجّهان الضّربات بسيفيهما وأسلحتهما ، جرح الملك أحمر في كتفه جرحا عميقاً بسيف راخل، ولكنه ردّ بضربةٍ قويّةٍ على قدم راخل، فتدخّل جنود كلا الطّرفين وفضوا النّزاع, تواجه الملك أسود مع الملك زيبون، كان أسود معروفاً بسرعته وقوّته، فهو من الشّياطين والجنّ معاً، فأمّه كانت إحدى قادة ملوك الشّياطين، ولكن في حربٍ من الحروب أسرت؛ فأحبّها

والد الملك أسود وتزوّجها وأنجب منها الملك أسود، فكان يحمل قوّةَ الجان والشّياطين معاً، لم يستطع زيبون تحمّل ضربات الملك أسود؛ فقد كانت قويّةً كالصّخور؛ فوقع سيف الملك زيبون، وقام الملك أسود بقطع رقبته، فكان زيبون أوّل ملكٍ وقع في الحرب، أسقط جنود زيبون علمه وفرّوا إلى الملوك الآخرين، فعرفوا بالخبر؛ فاشتد القتال الآن انتقاماً لزيبون, كان خاجي و سورال يواجهان القادة، فتقابلا وجهاً لوجه، فقال سورال: أأنت على عهدك لي يا خاجي؟ فردّ عليه خاجي: أنا على عهد ساحر الآن يا سورال؛ فلتعذرني، و إذا لم نتقاتل الآن سنتقاتل غداً، فردّ عليه سورال: أنا لازلت على عهدي؛ فلن أواجهك اليوم، فابتعد سورال عن خاجي وتواجه مع الملك أساطر، اشتدّتِ المواجهة بين سورال و أساطر، وتواجه خاجي مع الملك أحمر ،فكانت من أقوى المواجهات ،بدأ أساطر يتمايل مع ضربات سيف سورال فوقع أرضاً ،فقفز عليه سورال وقال: باسمك الله ربّي أقتلُ عدوّك ،وطعن أساطر في قلبه ،فسقط علم أساطر، في تلك الأثناء كان خاجي متفوّقاً على الملك أحمر في المواجهة؛ بسبب الجرح الّذي سبّبه له راخل في كتفه، فوجّه خاجي ضربة قويّةً على جرح الملك أحمر فسقط أرضاً ،فقام خاجي بقطع رأسه، فمات أوّل ملكٍ من ملوك الجان السّبعة وهوالملك أحمر، سقطت رايته، وعلم الجان بموته، فاشتدّت الحرب الآن ؛ ولم يبقى غير خاجي والملك راخل و عنافير من ملوك الشّياطين والملك أسود والقائد سورال من الجان, تراجع الجيش الشّيطانيّ وجيش الجان، فتوقّف القتال، وأصبح كلّ قائد منهم يتفقّد جيشه وأمواته, مات الكثير من الجنود في تلك الملحمة القويّة، وأخذ الشّياطين جثّة الملك أساطر وجثّة الملك زيبون كي يدفنوهما في مقابر ملوكهم ،وأخذ الجان جثّة الملك أحمر بحزنٍ شديدٍ ودموعٍ غزيرةٍ

على فقدان ملكهم ،ودفنوها في مقابر الشّهداء، فكانت النّفوس متضايقة جدّاً من هذه الحرب، ولكنهم يجب أن ينهوها .

الملك أسود: رحمك الله يا أحمر وأسكنك جناته , فوالله لأنتقمنّ لك من كلّ شيطان !! أرأيت الآن يا سورال ماذا فعلت؟! لو كنت واجهت خاجي لم يكن ليحدث ماحدث، ولكان الآن الملك أحمر بيننا، ولكنّ عهدك الغبي لخاجي جعلنا نخسر ملكاً عظيماً مثل الملك أحمر.

حزن سورال وبكى كثيراً ؛لأنّ سورال من أتباع الملك أحمر، وحتّى جيشه كان يدعى الجيش الأحمر،وندم كثيراً على عدم مواجهة خاجي ؛ وترك ملكه أحمر يواجهه ، فقال: والله لأقتلنّك غداً يا خاجي، لن أجعلك تتمادى بعد الآن.

في تلك الأثناء كانت الشّياطين غاضبةً جدّاً من نتيجة المعركة ، فقال راخل لقادته: كيف لهم أن يقتلوا اثنين منّا ونحن متفوّقون عليهم في كلّ شيءٍ؟! في العدد والملوك والقادة، كيف لهم ذلك ؟!فقد قتلوا الملك أساطر و زيبون ،تبّاً لهم, فردّ عليه الملك عنافير: يجب علينا الآن أن نضع خطّةً بديلةً، فلو استمرّينا على هذا الحال فسيقضون علينا.

الملك عنافير: انظروا جميعاً، بعد قتل الملك أحمر لم يبق غير اثنين فقط نخاف منهم، وهما الملك أسود و سورال, فيجب أن نضع خطّةً لهما، فإذا قضينا عليهما يعني أنّنا قضينا على جيشيهما بأكملهما.

الملك راخل: إذاً ،أهناك خطّة في رأسك يا عنافير؟

الملك عنافير: نعم هناك خطّة، ولكن يجب تنفيذها بدقّة كبيرة وهي كالآتي ،عند المواجهة نذهب أنا وأنت إلى الملك أسود ونقاتله, في تلك الأثناء يلتف الجيش من حولنا فتصبح دائرة خالية لا يوجد بها غيرنا نحن الثّلاثة، أنا

وأنت والملك أسود، ونقاتله ويحمينا جيشنا ويتصدّى لجيش الجان، فيصبح جيشنا كالحصن ونحن بداخله ،فنقاتل أسود ونقتله، وبنفس الطّريقة مع خاجي ،يلتفّ حوله جيشنا بعد أن يتقاتل مع سورال ، فبهذا تتكوّن دائرتان، دائرةٌ فيها نحن ،ودائرة أخرى فيها خاجي, فبهذا سنقضي عليهما، وعند قتل الملك أسود نرمي جثّته إلى خارج الدّائرة لتقع على جنده وينسحبون، فنقوم بقتلهم، وأنت أيضاً يا خاجي تفعل نفس هذه الطّريقة، فعند قتلك لسورال ،ترمي به خارج الدّائرة كي يراه الجيش فيهربون مستسلمينَ.

الملك راخل: إنّها خطّة ممتازة يا عنافير!! ولكن سوف أضيف شيئاً بسيطاً، عند المواجهة يغدر أحد أفراد الجيش بسورال والملك أسود من الخلف عند إشارتنا.

اتّفق الشّياطين على الخطّة،وبدأوا بالتّجهز؛ فطلوع الفجر أصبح قريباً, خرج الجيشان إلى الجبهة، ونفخت أبواق الجان ، ودقّت طبول الشّياطين، وبدأ الجيش بالتّحرّك والهجوم ، توجّه الملك راخل وعنافير إلى الملك أسود ، و خاجي إلى سورال ، ونفّذوا الخطّة، تفاجأ الملك أسود ممّا يحدث ، ورأى أنّه الآن في مواجهة اثنين من ملوك الشّياطين، وأنّه محاصر بجيشهم، بدأ جيش الجان بمحاولة فكّ الحصار، ولكنّ الحصار كان قويّاً ، وفي نفس تلك اللّحظة حاصر خاجي سورال وبدأت المواجهة, اشتدّ الحمل على الملك أسود ، فهو واحد ضدّ اثنين من الشّياطين، فتعب أسود من مواجهتهم ، وكان الشّيطان المسئول عن الغدر ينتظر إشارة الغدر، ولكن رأى راخل أنّه يستطيع قتل أسود بعد أن تعب، سقط الملك أسود أرضاً بعد أن وجّهت له ضرباتٌ كثيرةٌ من سيفيّ عنافير و راخل، ودماءه سالت على الأرض، وقف الملك راخل وعنافير ينظرون إلى الملك أسود بعد أن أصبح بين الحياة والموت، فقال له عنافير: كيف كنت يا ملك الجان بالأمس وكيف أصبحت

الآن؟! تصارع الموت في أرضك ،وتنظر إلى السّماء منتظراً الملائكة تأخذ روحك، فما أضعفك الآن!! مات بعدها الملك أسود متأثّراً بجروحه الكثيرة، فحمل راخل الملك أسود كي يلقيه إلى الخارج ،ولكن عند حمله أخذ الملك أسود سيف راخل وقطع رأسه، فكان الملك أسود يتظاهر بالموت.

قُطع رأس الملك راخل وسقط أرضا، فتفاجأ الملك عنافير!! فما إن هجم عليه الملك أسود حتّى طعنه الشّيطان المسئول بالغدر في قلبه وأخرج قلبه, صدم الملك عنافير من الّذي حدث ،فقطع رأس الملك أسود وقال له: تبّاً لك يا أسود!! فلازلت تحمل الدّم الشّيطانيّ الذي ورثته من أمّك، فرماه خارج الدّائرة إلى جيشه، وعندما رأى الجيش جثّة ملكهم فرّوا هاربين، وسقطت راية الملك أسود ،في تلك الأثناء كان خاجي في مواجهةٍ مصيريّةٍ قويّةٍ مع سورال، فكلاهما جرحا جروحاً عميقةً، وبدأت دماءهم تصبّ من كلّ جانب، والشّيطان المسئول عن الغدر ينتظر إشارة خاجي، ولكنّ خاجي كان يرفض فكرة الغدر، تعب الاثنان فقال له سورال: والله لأنتقمنّ منك بسبب قتلك للملك أحمر، فردّ عليه خاجي : وأنا سأقتلك لقتلك الملك أساطر، فوقع خاجي أرضاً فرفع سورال سيفه وقال: اعذرني يا صاحبي؛ ولكن هذا واجبي الآن، فما إن حاول سورال قتله حتى قطع رأسه الشّيطان المسئول عن الغدر، فمات القائد سورال، غضب خاجي من هذا وقال له: ألمرتك أن تقطع رأسه يا غبيّ؟! حزن خاجي كثيراً على سورال، وكأنّه فقد أخاً عزيزاً عليه، ومن شدّة حزنه قتل خاجي الشّيطان المسئول عن الغدر، وبكى على جثّة القائد سورال, فُكّ حصار الشّياطين بعد قتل سورال، فعلمت الجان ماحدث، فالجان الآن بلا قادة وبلا ملوك، بدأ الجان بالهرب إلى المدينة، و لحقهم الشّياطين، فكان الانتصار لملوك الشّياطين، فرحوا كثيراً بالانتصار ولكنّ فرحتهم لم تستمر طويلاً ؛فأحسّوا بالخطر عندما رأوا جيش العفاريت

يحلّق فوقهم ، فقد وصل الملك خورخيس أرض المعركة، خاف الشّياطين لأنّهم رأوا أنّ الملك خورخيس قد تحوّر هذه المرّة، وفرح الجان بقدومه ، هرب الشّياطين إلى الملك عنافير و خاجي وأخبروهما أنّ خورخيس قد أتى بجيشه من العفاريت المتحوّرينَ.

لم يعرف الملك عنافيركيف يتصرّف الآن؛ فهو الآن وحيد مع القائد خاجي، فقال: اهجموا عليهم واقتلوهم جميعاً، وأنا سأتكفّل بخورخيس، خاف خاجي من خورخيس، ولم يرد مواجهته ؛لأنّه يعرف أنّ قوّته لا تساوي قوّة العفاريت، فهرب خاجي من أرض المعركة بالخفاء، وهرب معه بعضٌ من جنده ،أمر الملك خورخيس بقتل كلّ الشّياطين؛ فهجمِ العفاريت عليهم وبدأما بالقضاء على الشّياطين، فكان العفاريت أقوى من الشّياطين؛ فبدأ الشّياطين بالسّقوط شيئاً فشيئاً، فنزل الملك خورخيس إلى أرض المعركة وبدأ بقتل قادة الشّياطين حتّى تقابل مع عنافير وقال له: أيّها الملك الشّيطانيّ الخائن!! أتخون عهدي وأنتم ختمتم عليه بأختامكم؟! فوالله لن أقبل أيّ عذر وسأقتلك، فردّ عليه عنافير :

لقد تأخّرت كثيراً يا سيّدي الملك ، فقد قتل الملك أحمر و أسود و سورال ، لم يصدّق الملك خورخيس ما سمع، وهجم عليه ، فقوّة خورخيس كانت لا تقارن بقوّة الملك عنافير، فقطع رأسه بضربةٍ واحدةٍ فقط، فسقطت راية الملك عنافير، فقال الملك خورخيس :اقتلوهم جميعاً، لا أريد أيّ أسير منهم، فقتلت العفاريت جميع الشّياطين الّذين شاركوا في تلك المعركة، وأصبحت الدماء تسيل في كلّ جانب، وامتلأتِ الأرض بالجثث،؛ فلا تستطيع الحراك دون أن تلوّث قدميك بالدّماء، فقد أصبحت الأرض مقبرةً كبيرةً.

بعد الانتصار دخل الملك خورخيس إلى أرض الجان هاتفين ومباركين له نصره، فدخل إلى قصر الملوك السّبعة، وسمع قصّة المعركة من أحد الجنود فحزن كثيراً لماحدث، و عرف أنّ ملوك الجان سيحزنون لسماعهم هذا الخبر، فقال الملك خورخيس لجنود الجان: أين خاجي؟ لم أره في المعركة ،فردّ عليه أحد الجند :لقد رأيتُ خاجي يهرب بعد وصولك يا سيّدي، فقال الملك خورخيس :إذاً هرب خاجي من المعركة! سنتواجه يا خاجي؛ فلن تهرب بعيداً.

عاد خورخيس إلى إمبراطوريته حاملاً معه أخباراً لا تسرّ السّامعين، وحاملاً معه أيضاً جثّة سورال والملك أسود كي يدفنهما في أرضه تكريماً لهما ولشجاعتهما.

176

المدينة الملعونة

وصل الملك شراعيل مع الرّسول ، وتمّ استقباله في قصر ساحر في المدينة الملعونة ، وكان في مجلسه مارد و مارخوف و سورفاغ ، فرحّب ساحر بالملك شراعيل ، ولكنّ ساحركان مرتبكاً، فكان ينتظر أخبار الحرب من جواسيسه ، فسحر رهانه الآن معتمدٌ على نتيجة الحرب, فوضع ساحر معادلاتٍ كثيرةٍ ،ووضع خيارين للرّهان، في حال هزيمة الجان وفي حال هزيمة الشّياطين، فوقع الاختيار على رهان هزيمة الجان، فإذا انتصر الشّياطين على الجان وقعت اللّعنة في أرض الجان ،وسيصبح سكّانها أسرًى لدى ساحر ليستخدمهم في سحره.

وصل جاسوس ساحر حاملاً معه الأخبار، فقال له: سيّدي ساحر، لقد حقّقتَ رهانك بانتصارك على بني الجان .

ساحر: ولكن إذا حقّقتُ الانتصار فلماذا لم تلعن مدينتهم؟! أخبرني أيّها الجاسوس، من تبقّى من ملوك الشّياطين؟

الجاسوس: لم يبقى أحدٌ يا سيّدي؛ فجميعهم قتلوا في أرض المعركة.

الملك شراعيل: ماذا؟! قتل جميع الشّياطين!! وكيف حدث هذا؟!

صدم شراعيل لسماعه هذا الخبر وجنّ جنونه ، وقال لساحر: أهذه هي خطّتك يا ساحر؛ أن تستغلّ الشّياطين في لعبتك للتّخلّص من الجان.

غضب ساحر من كلام شراعيل ، فقال له: اصمت ولا تتعدّى حدودك، فأنا أعلم ما أفعل، وقد اخترتك أنت لأنّي أعلم أنّك أقوى الشّياطين ، وأنا أحتاجك لمهمّة أكبر، فأنت من المختارين الآن، وتحت حكمي ، فلا تكثر عليّ الأسئلة وإلا جعلتك تلقى مصير إخوتك الملوك.

ساحر: أخبرني أيّها الجاسوس ماحدث! فسحر لعاني لم يقع، وأريد معرفة السّبب.

الجاسوس: لقد تمّ الانتصار على ملوك الجان ، ولكن كانت الحرب كارثة حقيقيّة ،فقد اشتدّ القتال حتّى وصلت دماءهم أعالي السّماء فمات ملوك الشّياطين والجان، ولم يتبقّى سوى الملك عنافير والقائد خاجي، فما إن أرادوا أن يدخلوا إلى المدينة حتّى أتى الملك خورخيس بجيشٍ من العفاريت، وكانوا متحوّرين تحوّر الغضب ؛فكانوا أقوياء جدّاً، وعندما هجموا على الشّياطين لم تستطع الشّياطين مجاراة العفاريت المتحوّرين، فقتلوا واحداً تلو الآخر، حتّى الملك خورخيس عندما هجم على الملك عنافير قتله بضربةٍ واحدةٍ فقط؛ فكانت قوّته عظيمة ،وعندما رأى خاجي الملك خورخيس في تلك القوّة ، علم أنّه ليست له أيّ فرصة في هزيمته؛ ففرّ هارباً مع بعض الجند ،ولم يرحم الملك خورخيس أحداً، فقتل جميع الشّياطين.

ساحر: إذاً انتصرنا ولم ننتصر في نفس الوقت ، تبّاً لك يا خورخيس !! فأنت بتصرّفك هذا أبطلت سحر الرّهان.

الملك شراعيل : وعلى ماذا كان سحر رهانك يا ساحر؟

ساحر: تعالوا معي جميعاً وانظروا على ماذا كان رهاني .

ذهب ساحر ومن كان معه في الحجرة إلى غرفة السّحر السّريّة، فوضع ساحر أمامهم سحر لعنة الرّهان، وقال عندما أقول سحر رهان ماذا تفهمون؟

مارد: أنّك تراهن على أمر ما.

مارخوف: أعتقد أنّ الرّهان يرتبط بوجود طرفين.

ساحر: نعم أحسنتم!! عندما أقول رهان ،يجب أن أختار بين أمرين ،فهنا وضع الرّهان إمّا بانتصار ملوك الجان أو انتصار ملوك الشّياطين، وكلٌّ له

طريقته في الرّهان، فأنا في رهاني اخترت انتصار ملوك الشّياطين؛لأنّي أعلم أنّ هناك أربعة منهم ، والجان اثنان فقط ،فهنا الشّياطين أقوى، وكان الرّهان ينصّ :

لكي يتمّ الرّهان يجب أن تتحقّق المعادلة، إذا انتصر الشّياطين يجب أن يبقى على الأقل ملكٌ واحدٌ من ملوكهم ليصبح هو بعد ذلك مسئول الرّهان، بعدها تزرع المعاهدة في جسده، وتتمّ لعنة المنطقة المرغوبة من مدينةٍ أو أرضٍ أو شخصٍ, ولكن إذا سقط ركنٌ من أركان المعادلة أو اختلّ شرطٌ يبطل الرّهان, وهنا يا أصحابي أبطله الملك خورخيس حينما تدخّل وقتل الملك عنافير، فلهذا سقطت اللّعنة ولم تتمّ بسبب موت الملك عنافير، فقد أبطل خورخيس رهان اللّعنة بقتل آخر ملوك الشّياطين المراهن عليهم، فقد زُرع الرّهان في جسد عنافير عندما قتل الملك أسود ،وكن تمّ قتل عنافير وقُتل الرّهان معه .

الملك شراعيل: إذاً، ماذا ترى أن نفعل الآن بعد فشل الخطة ؟

ساحر: كان الاعتماد على أن نجعل مدينة الجان تحت اللّعنة كي نأخذ سكّانها قرابين لأقوّي سحري، ولكن الآن ماذا نفعل؟!

مارخوف: لماذا لا نهجم على الملك خورخيس في إمبراطوريّته ونقتلهم جميعاً؟ فنحن أشدّاء أقوياء.

الملك شراعيل: هم أيضاً يا مارخوف أقوياء وأشدّاء!!لا تنس فقد تحوّر خورخيس وتحوّرت معه العفاريت.

ساحر: حدث أمرغريب، فأنا سحرت الملك خورخيس بسحر الغباء، فلماذا وكيف أتت له فكرة الهجوم؟! أيعقل أن يكون فُكّ سحره!!

مارد: لماذا تشكّ في ذلك وأنت كنت تقول أنّ هذا النّوع من السحر لا يفك؟!

ساحر: إحساسي يقول لي ذلك، أيّها الجاسوس ،اذهب إلى قصر الملك خورخيس واختفِ هناك وتجسّس عليهم ، وانظر إلى جسد خورخيس ،هل فيه ثبيل مسؤول السّحر؟

الجاسوس: لك ما أمرت يا سيّدي.

سورفاغ: أنا عندي خطّة يا ساحر.

ساحر: و ماهي خطّتك؟

سورفاغ: إذا أردنا هزيمة خورخيس ورفاقه يجب أن نتخلّص منهم واحداً تلو الآخر دون علمهم ؟

ساحر: ماذا تقصد يا سورفاغ؟

سورفاغ: أعني إذا هجمنا عليهم في الإمبراطوريّة،فهناك احتمالٌ كبيرٌ أن نتعرّض لخسائر كبيرة ، ولكن إذا حاربنا كلّ واحدٍ لوحده فسننتصرعليهم .

ساحر: ولكن، كيف؟

سورفاغ : أنا قائد وحوش البحار، وقوّتي الحقيقيّة تكمن في البحار، فبعد موت سورال وهروب خاجي بقي للملك خورخيس أربعة من القادة الأشداء.

1- القائد دارل : قائد أمراء وادي النّار فهؤلاء قوّتهم تكمن في البر، وهم أشدّاء جدّاً، فكلّنا يعلم مدى قوّتهم، وأنّ وادي النّار في يومٍ كان يسمّى بمقبرة جيوش عائلة آشخور الملكيّة.

2-القائد شوجا: قائد الجيش الفدائيّ، ويمتاز هذا الجيش بتفجير أنفسهم في أرض العدوّ، فهم لا يهابون شيئاً أبداً ،ويمتازونَ أيضاً بالغدر، فهم كانوا سكّان الجبال والكهوف، ويعرف سكّان تلك المناطق بالجبروت .

3-القائد فيفغل: قائد الجان الطّيارين :ويمتازون بسرعتهم وتحليقهم إلى أعالي السّماء، وأيضاً ببصرهم الثّاقب، وكلّنا يعرف أنّه من الجان الأقوياء.

4-القائد تورن: قائد حواري و حوريّات البحار، وهذا النّوع من الجند أكرهه؛ فهو عدوّي اللّدود في البحار؛ فهم أيضاً تكمن قوّتهم في البحار، ويجارون قوّة وحوشي.

الآن بعد تقسيمهم ومعرفة قوّتهم، فلا ننسى أيضاً الملك خورخيس ، فهو من العفاريت، ويعرف العفاريت بقوّتهم العظيمة، فهم طائفة نادرة ومعروف عنهم تحوّرهم في حالة الحرب إلى العفاريت المتحوّرين، الّذين يصبحون بعدها أقوى وأطول قامة ،ويطيرون ويصبحون أشدّاء لا يضاهيهم أحد، أمّا نحن فمقسّمون إلى:

1- القائد مارد: أمير المردة، ومعروف عن المردة الشّدّة والقوّة في البرّ.

2-القائد مارخوف: قائد الغيلان المتوحّشة، الذين يمتازون بعدم الرّحمة وقتل وتدمير ما أمامهم.

3-وأنا القائد سورفاغ: قائد وحوش البحار، وأمتاز بقوّتي في البحار والتّحكم بأمواجه.

4-الملك شراعيل: قائد الشّياطين الّذين يمتازون بسرعتهم في القتال.

الآن أريد أن أوضّح شيئاً ، يجب أن نستدرجهم واحداً تلو الآخر، وسوف أبدأ أنا هذه الحرب باستدراج تورن في البحار وأقاتله هناك، فلن يستطيع أحد التّدخل في هذه الحالة ،وأنا وحوشي أكثر من حواري القائد تورن، وسأحاصره بالأمواج وأهزمه ؛ فالقائد تورن أصغر عمراً منّي وأقلّ خبرةً.

ساحر: توقّف قليلاً يا سورفاغ ،فقد خطرت لي الآن فكرةٌ قويّةٌ، لقد ألهمتني يا سورفاغ بخطّتك.

في كتاب مشعوذ كتاب القصر الأسود وكتاب كاهن كتاب التّكهن والكفر الأكبر؛ كانت هناك معادلة في مفهومها أنّنا بتجميع قوانا نحن الثّلاثة

نستطيع إخفاء مدينة بكاملها وجعلها تحت إمرتنا، ولكن كانت هذه مجرد معادلة لم نقم بفعلها لانشغالنا بالأمور الأخرى ،ولكنّنا كنّا قد وضعنا أساسيّاتها ومعادلاتها.

مارد: ماذا تقصدون بإخفاء مدينةٍ بكاملها ؟

ساحر: في تلك الفترة تكهّن كاهن بأنّ أحد الملوك سيهجم علينا ويقتلنا ثمّ يصلبنا لنكون عظة وعبرة؛ ففكّرنا نحن الثّلاثة كثيراً، فنحن لا نملك جيشاً ندافع به عن أنفسنا، ولكنّنا نملك عقلاً نفكّر فيه وهو يساوي جيوشاً, ففكّرنا حتّى وصلنا إلى فكرة إخفاء الجيوش وأسرهم جميعاً ووضعهم في متاهةٍ لا يخرجون منها.

الملك شراعيل: وضّح لنا أكثر يا ساحر، فقد تهنا نحن الآن في متاهتك!!

ساحر: كان تكهّن كاهن أنّ هذا الملك من الجان الطّيارين ،فكانت فكرتنا أن نجمع قوانا ومعادلاتنا نحن الثّلاثة لوضع أكبر وأقوى معادلة؛ معادلة لا تُفكّ وليس بها أي عيوب، فأسميناها مثّلث الموت، وكانت طريقة المعادلة كالآتي:

لتتمّ هذه المعادلة يجب أن يكون منفذوها نحن الثّلاثة ،مشعوذ وساحر وكاهن، فنحن أساس جميع المعادلات السّحريّة والشّعوذة والتّكهّن في العالم، فبغير معادلاتنا ومعادلة البداية لا يتمّ أيّ سحر أو شعوذة أو تكهّن في العالم، فقد ربطنا جميع المعادلات بنا وبأسمائنا، وأسّسنا مدارس وتخرّج من تحت أيدينا الكثير من التّلاميذ، ففكرة مثلّث الموت أتت من هذا الإلهام.

معادلة مثلث الموت:

نقف نحن الثّلاثة بشكلٍ هرميّ، مشعوذ في رأس الهرم وأنا وكاهن تحته، ونضع بعدها معادلات السّحر والشّعوذة والتّكهّن:

مشعوذ رأس الهرم = ساحر قدم الهرم الأوّل = كاهن قدم الهرم الثّاني = معادلات الاختفاء = معادلات المتاهة = أحاجي هابل ونابل = قوّة مشعوذ

تدعم الرّأس = قوة ساحر تدعم القدم اليمنى = قوّة كاهن تدعم القدم اليسرى = ربط قوّة الأساس الثّلاثة وتوحيدها = جميع معادلات كتب السّحر والشّعوذة والتّكهن والأحاجي = فجوة الضّياع = بلع كلّ من يمرّ من فوقها أو يدخل فيها = الضّياع في متاهات عالم السّحر والشّعوذة والتّكهّن = قوّة كلّ عمل سحر وشعوذة وتكهّن في العالم = تزداد قوّة المثلث مع كلّ عمل سحر وشعوذة وتكهّن، فتكون هذه الأعمال غذاء المثلث = أكبر معاهدة في تاريخ الأساس = ختمها بدمهم = الصّمود إلى يوم غير معلوم = كاهن قدم الهرم الثّاني = ساحر قدم الهرم الأوّل = مشعوذ رأس الهرم.

فكما تلاحظون في هذه المعادلة ، بدأت بمشعوذ وانتهت بمشعوذ ،هذا يعني أنّها دائرة تدور لا تنتهي ،وهذا يعني أنّ هذه المعادلة لا تُفكّ أبداً. وكما رأيتم فإنّها تقوى مع مرور الزّمان، فكلّ عملٍ يتمّ في العالم من سحر أو شعوذة أو تكهّن يستمدّ المثلث قوّته منه، فيكون العمل هذا كغذاء له، فتخيّلوا كم من عمل سحريٍّ وشعوذة وتكهّن في العالم!! سيصبح هذا المثلث خارقٌ يخفي كلّ من يدخل فيه.

مارد: ولكن كيف يا ساحر ستفعل هذه المعادلة وأنت الآن أساس واحد؛ ومشعوذ أصبح في صفّ خورخيس وكاهن أنت قتلته؟!

ساحر: حتّى لو مات كاهن فجسده لا يموت، وبهذا الجسد تكمن قوّة كاهن وطاقته التّي نستطيع إخراجها، أمّا مشعوذ فسأخطفه.

مارخوف: وكيف ستأتي بكاهن وهو مدفون في وادي العبادة؟! أتريدنا أن نخرجه من قبره ؟!

سورفاغ: قبر كاهن في أعلى جبلٍ في وادي العبادة، فيمكننا إرسال أحد الجنود الطّيارين ليخرجه من قبره ويأتي بجثّته إلينا.

وصل بعدها جاسوس ساحر الّذي أرسله كي يرى سبب إخفاق مسؤول سحر خورخيس، فقال لساحر: سيّدي ،هناك أخبار ليست جيّدة.

ساحر: و ماهي أيّها الجاسوس؟

الجاسوس: سيّدي، لقد فُكّ سحر خورخيس، فلم أجد ثبيل ولا أحد من المكلّفين بالسّحر.

ساحر: ماذا!! وكيف حصل ذلك؟!

الجاسوس: سيّدي، لقد فكّ سحره مشعوذ.

ساحر: تبّاً لك يا مشعوذ !! فلا تزال ذكيّاً كما كنت في السّابق ، لم يؤثّر عليك ابتعادك عن هذا العلم، هذا يعني أنّني سأواجهك مرّة أخرى يا معلّمي، ولكن هذه المرّة سأقضي عليك.

الجاسوس: سيّدي، هناك أمرٌ آخر.

ساحر: وما هو ؟

الجاسوس: الأب سوميا معهم الآن.

عمّ الصّمت، وبدأ الخوف يظهر على وجوههم، فمعنى وقوف الأب سوميا بجانب خورخيس وتدخّله في هذه الحرب يعني خسارتهم؛ لأنّهم جميعاً يخافون الأب سوميا؛ فهم يعلمون أنّه أقوى الجان، وهو أوّل الجان، وهم أبناءه وسلالته، فهم يكنّون لـه الاحترام ويخافون غضبه ، ولكنّ الجميع يعلم أنّ الأب سوميا لا يحارب، و تدخّله ووقوفه مع خورخيس يعني أنّه قد يحارب إذا اشتد الأمر، و هذا ما لا يريدونه.

مارد: يا إلهي!! لقد وصل الأمر الآن إلى سوميا، فوالله لن نستطيع مجاراة قوّته.

الملك شراعيل: والآن يا ساحر، ماذا نفعل ؟!

ساحر: الآن يجب أن نعمل مثلث الموت، فهذا هو الحلّ الوحيد.

بدأ ساحر في وضع المهمّات لكلّ فرد من أفراده بحذر شديد؛ فهم الآن يواجهون أكبر قوّة ، فوكّل ساحر الملك شراعيل أن يطير بأحد طيور الشّياطين إلى أعلى جبل في وادي العبادة ويأتي بجثّة كاهن، وسيقوم مارد و مارخوف و سورفاغ بتجهيز الجيش للحرب، أمّا ساحر فتوكّل بخطف مشعوذ، فقال لهم: يجب أن تفعلوا ما أمرتكم بكلّ حذرٍ، وفشلُ واحدٍ منكم يعني موتنا جميعاً وهلاكنا، فقولوا جميعاً الآن: النّار على أعواني والسّلام على أعدائي لتزداد قوّتكم بلعنتي.

ذهب بعدها كلّ واحدٍ في طريقه، فطار الملك شراعيل بطائر الشّياطين السّريع إلى وادي العبادة، وذهب ساحر إلى مهمّة خطف مشعوذ ،أمّا مارد ورفيقاه فبدأوا بتجهيز جيشهم للقتال.

وادي العبادة (مهمّة خطف جثّة كاهن)

وصل الملك شراعيل إلى وادي العبادة ، فاتّجه إلى سفوح الجبال، فرأى قبر كاهن، دخل الخوف قلب الملك شراعيل لأنّ كاهن كان ذي مقام كبيرٍ، فدخل إلى مقامه وبدأ بحفر قبره، وكان يوماً ممطراً، وصوت الرّعد يتردّد بين سفوح جبال وادي العبادة, وعند الانتهاء من حفر القبر، أخرج تابوت كاهن، ولكن عندما فتح التّابوت لم يجد جثّة كاهن، وكانت المفاجأة ظهور هابل ونابل.

الملك شراعيل: ماذا يحدث هنا؟! ولماذا أتيتم إلى هنا؟!

هابل ونابل: لقد أمرنا بقتلك أيّها الملك .

الملك شراعيل : وكيف تجرؤون على فعل ذلك؟! الويل لكم عندما يعلم ساحر بفعلتكم أيّها الخونة !!

هابل ونابل: هيّا تجهّز أيّها الملك للموت.

أخذ الملك شراعيل بسيفه ووجّهه على هابل ونابل، وبعدها سمع صوت ساحر يقول له: هدّئ من روعك أيّها الملك!! ماذا يحدث لك ؟!لماذا تريد قتل هابل ونابل؟!

الملك شراعيل: ساحر !! ألست من المفترض أن تكون في مهمّة خطف مشعوذ؟! لماذا أتيت أنت أيضاً؟! أتريدون قتلي؟!لماذا؟! وأنا كنت أوّل مؤيد

لك ولحربك ،ولم أعترض على قتلك لإخوتي ملوك الشّياطين، ورضيت بالأمر وصمتّ، والآن بعد هذا تقابل إحساني وولائي بقتلك لي!! لماذا؟!

ساحر: أتذكرعندما قلت لك أنّي أحتاجك لمهمّة أكبر، هذه هي المهمّة قتلك أيّها الملك الشّيطانيّ، وسأقول لك السّبب؛ فيجب أن تعلمه قبل موتك، فوقتك في هذه الدّنيا انتهى.

الملك شراعيل: تقصد أنّ الخطّة الّتي كان يتحدّث عنها سورفاغ كانت مجرّد خدعة منكم ؟

ساحر: نعم ، فقد وضعنا نحن الخطّة قبل أن تأتي إلينا ، ولكن فعلنا ذلك كي لا تشكّ بنا.

حاول الملك شراعيل أن يحارب ، ولكنّ جسده توقف عن الحركة ، فقد قرأ ساحر بعضاً من طلاسم الشّلل على جسد شراعيل, تفاجأ الملك شراعيل من عدم تحرّك جسده، وقال: ماذا فعلت بي أيّها الخائن؟!

ساحر: أنا لم أخن ، بل أنت الّذي خنت إخوتك !! والآن سأقول لك لماذا اخترتك أنت؟

منذ حربي مع مشعوذ وكاهن وانتصاري عليهم فقدت كلّ خدمة السّحر وحرّاسه، فمنذ ذلك الحين وأنا أجهّز جيشي من السّحرة الجدد, ففكرة مثلّث الموت فكرةٌ عبقريّة جدّاً وقويّةٌ ،ولكن كيف أعملها بعد توبة مشعوذ وموت كاهن، ففكرّت كثيراً وعملت معادلاتٍ كثيرةً، وقتلَ الكثير بسبب تضحيتي للمثلّث، ولكن دون فائدة ، فيجب أن يكون هناك الأساس الثّلاثة الأصل ليختموها بدمهم كي تتمّ، وحتّى عندما عملت معادلة استبدال الأساس واستبدلت مشعوذ وكاهن بهابل ونابل لم تنجح معادلة مثلث الموت؛ فيجب أن يكون الختم بدم الأساس الأصل ،وليس المستبدل ،وليس فقط دمهم, وأن يكونوا من نفس الطّائفة، بل أيضاً تطابق النّجم السّحري، والنّجوم السّحرية

كالبصمات لا تتطابق، ولكن بعد قرونٍ طويلةٍ ،وبعد التّكهّن، وجد هابل ونابل أنّك أنت من نفس طائفة مشعوذ ،و أنّك تملك نفس الدّم والطّائفة والنّجم السّحري، وهذا شيءٌ نادر الحدوث جدّاً ،فأنت في عالم السّحر تملك دم ومواصفات مشعوذ ،والآن، و بوجود جثّة كاهن معي سأرجع وأستبدل معادلات تبديل الأساس، وأرجع كلّ شيءٍ كما كان، و أنحّي هابل ونابل ، وأرجعهم بعد تحقيق معادلة مثلّث الموت، فيجب قتلك الآن وأخذ دمك ودم كاهن وختم معادلة مثلّث الموت، أعلمت الآن لماذا اخترتك؟! ولماذا قلت لك أنّي أريدك في مهمّة أكبر؟! فلا تحزن أيّها الملك الشّيطانيّ، فتكريماً لك ولملوك الشّياطين سأسميه بالمثلّث الشّيطانيّ.

أخذ بعدها ساحر يعيد معادلات الأساس، وأرجعها كما كانت، فقد تمّ تنصيب هابل ونابل في زمن الحرب مع مشعوذ؛ وكان السّبب كي لا يتوقّف السّحر والشّعوذة والتّكهّن، والآن سوف يعيد كلّ شيء كما كان كي تنجح معادلة المثلّث الشّيطاني ، وضع هابل ونابل رسم المعادلة، وكما في الرّسم تمّ التّطبيق, فقد وضِع الملك شراعيل بدل مشعوذ في رأس الهرم، ووضعت جثّة كاهن في قدم الهرم اليسرى، وهو في قدم الهرم اليمنى ،وبدأ ساحر في إرجاع الأساس الثّلاثة الأصل لمناصبهم، وقرأ التّراتيل والطّلاسم فاشتدّ الهواء في وادي العبادة، وزادت قوّة المطر، فوادي العبادة قريبة من البحر ،فمن قوّة هذا السّحر هبطت الأرض الّتي وضع بها المثلّث الشّيطاني ،فهبطت وأصبحت تحت مستوى سطح البحر؛ فداهمتها أمواج البحار وغرقت مدينة وادي العبادة وأغرقها البحر, بعد الانتهاء من معادلة الاستبدال، قطع هابل ونابل رأس الملك شراعيل ورأس كاهن، وأخذا دمهما وختما به على معاهدة المثلّث الشّيطانيّ ،وبعده جرح ساحر نفسه وختم بدمه فوق دمهم ،بعد الانتهاء من الأختام، هبطت المدينة أكثر وأكثر حتّى

أصبحت في قاع البحر، واختفت مدينة وادي العبادة ،وأصبحت جزءاً من البحر, بدأ سكّانها يهربون ،ولكن دون فائدة ،فالمثلّث أخفاهم جميعاً وأخذهم أسرى فيه، فلم يستطيع أحد الهرب سوى واحد فقط من الجان الطّيارين لم يكن داخل المثلّث؛ ففرّ هارباً إلى الأب سوميا في إمبراطوريّة خورخيس ليخبره بماحدث، وبعد أن انتهى ساحر من معادلة مثلّث الشّيطان، وضع لعنته فيها كي تستمرّ إلى الأبد، ففكّ لعنة المدينة الملعونة ووضعها في مثلّث الشّيطان، ووضع كلّ لعنة سحريّة في هذا المثلّث ،وكلّ المعادلات السّحريّة والشّعوذة والتّكهّن الموجودة في كتبهم, وبعد الانتهاء من مراسم مثلّث الشّيطان ،وجد ساحر أنّ المثلّث أصبح أقوى ممّا توقّع، وأنّ الملك شراعيل وكاهن ثبّتنوا في المثلّث فلا حاجة الآن إلى إرجاع هابل ونابل، فمعادلة الأساس الآن محميّة في هذا المثلّث، فربط ساحر المثلّث بالعالم، فكانت أقوى معادلة سحريّة في العالم؛ فربطها بكلّ معصية تتمّ في العالم من قتلٍ وزنًى ولواط وغيرها من المحرّمات، فأيّ شخصٍ يفعل هذه المحرّمات من بني الجان يستمدّ المثلّث قوّته، وأيضاً جعل ساحر من المثلّث مدينة وأسماها مدينة المحرّمات، فيجب على سكان هذه المدينة أن يقتلوا بعضهم ويفعلوا ما حلا لهم من المحرّمات كي يقوى المثلّث، فقلبت مدينة العبادة إلى وادي المحرّمات، وبعدها أصبح المثلّث أقوى عمل سحريّ في التّاريخ القديم والمعاصر إلى يومنا هذا.

بعد الانتهاء، أمر ساحر هابل ونابل بأن يأتيا بمارد ورفاقه، وأن ينقل مقرّه إلى المقرّ الجديد ، مقرّ مثلّث الشّيطان.

إمبراطوريّة الملك خورخيس

كان الحزن يعمّ الإمبراطوريّة لوفاة ملوك الجان الملك أحمر والملك أسود والقائد سورال، فكان الجان حزينينَ جدّاً على فقدانهم وغاضبين جدّاً من خيانة الشّياطين, ولكن ما الفائدة الآن!! فقد فقدوا أعظم اثنين ،وفقد الشّياطين ملوكهم، فأمر خورخيس بدفن الملك أسود والقائد سورال في مقبرة الشّهداء الملكيّة تكريماً لهما، ووضع لهما تمثالاً في الإمبراطوريّة تذكيراً بمجدهما, أخذ الأب سوميا بيد الملوك وقال لهم: يجب أن نتّحد الآن ونواجه ساحر كي لا يتمادى و يزرع الفساد في البلاد، وصل في تلك الأثناء الجنّيّ الطّيار بجروحه ،وقد كان بين الحياة والموت.

تفاجأ الجميع من منظره الّذي كان يدلّ على تعبه ومرضه، فقال له الأب سوميا: ما بك أيّها الطّيار؟! فردّ عليه: لقد قتل ساحر جميع سكّان وادي العبادة.

سوميا: ماذا !! قتل جميع سكان وادي العبادة !! و أين الجنود منه ؟

الطّيار: لقد فاجأنا ساحر بعمل سحرٍ قويٍ جدّاً في مقام القبر كاهن ،وإذا بالمدينة تنخسف ويصبح مستوى البحر أعلى من المدينة، فغرقت المدينة تحت البحر، وأصبحت في القاع، ولكن الغريب أنّ كلّ من حاول الفرار اختفى، وكلّ من حاول الطّيران فوق المدينة اختفى أيضاً !!

سوميا: ولكن كيف هربت أنت ؟!

الطّيار: أنا لم أكن داخل المدينة، إنّما حولها ،ولكن أصابني الوهن بمجرد القرب من المدينة، فلا أعلم ماذا أصابني!! فإنّي الآن أحسّ بالموت !!

مشعوذ: يا إلهي ماذا تقول أيها الطيار!! تقول أنّ كلّ من مرّ من فوقها اختفى !!

الطّيار: نعم اختفى , ولا أعلم أين ذهبوا ،حتّى المدينة اختفت، ولكن اختفت تحت قاع البحر، ولكنّ السّكّان كانوا يختفون بمجرد محاولة الخروج من المدينة، فكان المنظر مخيفاً جدّاً.

مشعوذ: يا إلهي !! أفعلتها يا ساحر ؟! ولكن هذا مستحيل!!

سوميا: ماذا هناك يا مشعوذ ؟! وماذا فعل ساحر؟!

مشعوذ: هذه هي معادلة مثلّث الموت, ولكن كيف له أن يفعلها دون دمنا نحن الأساس كاهن وأنا ؟! كيف فعلها؟!

سوميا: وما هذا المثلّث ؟!

مشعوذ: فكّرنا في هذا المثلّث في الزّمن الّذي كنّا نمارس فيه أعمالنا الخبيثة ، فتكهّن كاهن بأنّ أحد ملوك الجان سيهاجمنا ويقتلنا ، ونحن لا نملك الجيش لمواجهته، فخطرت لنا فكرة المثلّث, يقوم هذا المثلّث باخفاء كلّ من يمرّ من فوقه أو يخترقه، ولكنّ الفكرة كانت قويّة جدّاً، فعندما نعمل هذه المعادلة ستنخسف الأرض الّتي تقام عليها معادلة المثلّث ،فوجدنا أن نقوم بها في مدينة قريبة من البحر كي تنخسف وتغرق المدينة وتصبح المدينة تحت مستوى سطح البحر، بعدها كلّ من يمرّ فوقها سيختفي في هذه المدينة ويصبح أسيراً بها، وستكون كالسّجن، ونستغل نحن سكّانها في أعمالنا بأخذهم كالأضاحي ، ولكن كان العيب الوحيد بأنّ المثلّث له وقتٌ معلومٌ, فأتت بعدها فكرة ربط المثلّث بأعمالنا، بالذنوب والمعاصي، كي يستمدّ قوّته ،فنقوم بعدها بربط المثلّث بعالم الجان، فكلّ شيءٍ محرّم يتمّ يستمدّ المثلّث قوّته ،وأيضاً كي يقوى أكثر يجب أن تتمّ المحرّمات داخل المدينة، فننشر الفتنة بين سكّانها ،فيكثر القتل فيها والزّنا، وسيقوم سكّانها بمعصية الله إذا

أرادوا الخروج منها ،ولكن لا نخرجهم بل نوهمهم بالخروج، ونقول لهم لم تعصوا الله بما فيه الكفاية، فيقوموا بالعصيان حتّى يصلوا أعلى مراتب الكفر، فنخرجهم فيتحمّس سكان المدينة ويقومون بالعصيان كي يخرجوا، ولكن لا يعلمون أنّ من نخرجه نستخدم جسده في السّحر والشّعوذة والتّكهّن فنضحّي به لأعمالنا، ويكون جسده جيّداً للتّضحية، لأنّ دمه أصبح مشبعاً بالكفر والعصيان.

ولكنّ هذه المعادلة لا تتمّ إلا بختم دمنا نحن الثّلاثة !! فكيف فعلها ساحر إذاً !؟

سوميا: يا إلهي !! أتقصد يا مشعوذ أنّ سكّان وادي العبادة الآن محبوسون في المدينة ، ويجب أن يعصوا الله للخروج ؟!

مشعوذ: نعم وللأسف !! فهذا المثلّث خالٍ من العيوب ، ولا يستطيع أحدٌ فكّه .

خورخيس : إذاً ، ماذا نفعل الآن ؟

الطّيار: سيّدي الأب سوميا ، ألم يحنِ الوقت لقتل ساحر؟!

سوميا: والله قد حان الوقت الآن !! هيّا قوموا أيّها القادة والملوك وتجهّزوا، سأقودكم أنا بنفسي هذه المرّة!!

خرج سوميا بعدها خارج قصر الملك خورخيس، وأخرج بوق التّوحد , هذا البوق له قصّة في عالم الجان، فهذا البوق مربوطٌ بجميع عالم الجنّ من شياطين وعفاريت ومردة وغيلان ووحوش وغيرهم، وعندما ينفخ الأب سوميا بهذا البوق ، فعلى كلّ من يسمعه أن يحضر ويتجنّدَ للحرب بقيادة الأب سوميا، فلهذا البوق صوتٌ قويٌّ جدّاً وعالٍ تسمعه كلّ طوائف بني الجان ،وكلّ من يخالف الأمر يقتل .

نفخ الأب سوميا البوق عشر نفخاتٍ ثمّ قال: الآن سنجنّد كلّ طوائف بني الجان ضدّ ساحر, بعدها أخذ مشعوذ يلبس سوميا لباس الحرب الأخضر ، فارتدى محرابه الأخضر، وربط على جبينه بربطةٍ مكتوب عليها، أشهد أن لا إله إلا الله، وأمر كلّ القادة والملوك بربط كلمة لا إله إلا الله على رؤوسهم .

أخذ خورخيس يجهّز جيشه من العفاريت ، وأمر كلّ القادة والملوك بالتّجهز، فخرجوا جميعاً خارج القصر بقيادة الأب سوميا، فكان خورخيس واقفاً عن يمينه ومشعوذ عن يساره والقادة والملوك خلفهم، فكان هذا الجيش بحقٍ أقوى جيش في عصر بني الجان, ثمّ جاء بعدها كلّ من سمع بوق الأب سوميا وتجمّعوا خارج القصر، فكان المنظر مهيباً، فالآن تجنّد كلّ سكان العالم من بني الجان ، ولم يبقَ سوى الأطفال والنّساء.

وبعد أن تجمّع كلُّ بني الجان الّذين سمعوا البوق ؛قال لهم الأب سوميا: لقد طغى أحد أبنائي ، وحكمت عليه بالقتل .

ويدعى هذا الشّخص ساحر، ومن يرافقه مارد و مارخوف و سورفاغ وهابل ونابل وكلّ من معهم من طوائف بني الجان، فقد أحلّوا الدّماء وقتلوا الأبرياء وسفكوا دماء النّساء والأطفال، فوالله لا رحمة لهم بعد اليوم !! ولم يقف الحال على هذا ، بل تعدّى ساحر على مدينتي وأغرقها وأسر سكّانها وجعلهم تحت رحمته ، فوالله اليوم لا رحمة له ولا لأتباعه !! فصفّو صفاً واحداً ،وردّدوا معي : الهمّة الهمّة حتّى نصلَ للقمّة .

فأخذ بنو الجان بترديد الكلمة , الهمّة الهمّة حتّى نصل للقمّة , الهمّة الهمّة حتّى نصل للقمّة ، حتّى اهتزّت الأرض من شدّة أصواتهم وضربهم بأرجلهم .

تحرّكت بعدها الجيوش بقيادة الأب سوميا والملك خورخيس ومشعوذ وملوك الجان الملكة طيور والملكة حوران والملكة شيخة والملك صالح والملك قاتل والقادة ، القائد فيفغل والقائد تررن والقائد شوجا والقائد دارل .

لم يترك الملك خورخيس أحداً في الإمبراطوريّة فأصبحت خاويةً ، حتّى مدينة الجان أصبحت خاوية ،ومدينة الشّياطين كذلك، فكلّهم الآن تحت راية الأب سوميا, واتّجهوا إلى مدينة وادي العبادة للحرب.

الملك خورخيس: أيّها الأب سوميا ، كيف سنخترق المثلّث الآن؟!

سوميا: لا أعلم ، ولكنّ مشعوذ قد يكون له علم بذلك.

مشعوذ: إذا أردت أيّها الأب مواجهة ساحر فيجب أن أواجهه بشعوذتي.

سوميا: ولكنّك تبت إلى الله يا مشعوذ ،و في الماضي عندما كنت في أوج قوّتك لم تستطع هزيمة ساحر، فكيف الآن وقد تركت هذا العمل منذ فترةٍ طويلةٍ وساحر أصبح أقوى من ذي قبل؟!

الحاجب بيلبان: سيّدي مشعوذ، أنت فككت سحر سيّدي الملك خورخيس بقراءة أذكار الله عليه، فلماذا لا تهزم ساحر بأذكار الله؟

مشعوذ: صدقت يا بيلبان، فإنّ ذكر الله أقوى من سحره وشعوذته، سأستخدم أذكار الله ضدّ ساحر.

الملكة طيور: وكيف تريدنا أن نبدأ بالهجوم أيّها الأب سوميا ؟

سوميا: سوف نرى ،لا تستبقوا الأحداث ، كلّ شيء في وقته.

المثلّث الشّيطانيّ

أخذ ساحر ينظر إلى مثلّثه ويفتخر بإنجازه السّحريّ ، فكان يحتفل مع مارد ورفاقه و هابل ونابل وكلّ مساعديه وحرّاس السّحر وجنوده، لقد كان هذا المثلّث كالحلم بالنّسبة له؛ فهو أقوى عمل سحريّ عرفه التّاريخ, بدأ ساحر يقول لرفاقه: سأغزو العالم الآن بهذا المثلّث وأجعلهم جميعاً تحت إمرتي , أتى أحد الكهنة إلى ساحر مسرعاً وقال له : سيّدي ساحر، لقد تحرّك جيشٌ مكوّنٌ من جميع طوائف بني الجان بقيادة الأب سوميا، وإنّهم يتّجهون إلينا الآن.

ساحر: من هم القادة الّذين يتّجهون إلينا؟

الكاهن: يقود الجيش الأب سوميا والملك خورخيس ومشعوذ وملوك الجان والقادة الأربعة .

مارد: أخيراً أتيت أيّها الملك خورخيس ، سأقتلك بنفسي الآن .

ساحر: لا تستخفّ بهم يا مارد ، فلا تنس ،إنّهم بقيادة الأب سوميا ، فقوّتك لا تجاريه، فهو أبو الجان وأقواهم، فسوف يذهبون إلى المدينة الملعونة ظنّاً منهم أنّنا لانزال هناك.

مارخوف: إذاً ماذا نفعل؟!

سورفاغ: أيستطيع المثلّث الشّيطانيّ إخفاءهم جميعاً يا ساحر؟!

ساحر: نعم يستطيع إخفاءهم، ولكن كيف نجبرهم على العبور من فوقه فهم كثر؟! فإذا اختفى واحد منهم فسيعلم البقيّة ، ولا تنسَ أنّ مشعوذ معهم ، وهو

يعرف سرّ هذا المثلّث وأنّ المدينة الّتي غرقت هي مدينة الأب سوميا ، فسيشكّ بالأمر عندما لا يجدُ مدينتَهُ .

هابل ونابل: سيّدي، لدينا خبرٌ سيّئٌ.

ساحر: وما هو الخبر السّيّئُ ؟ وفي هذا الوقت الصعب !!

هابل ونابل: لقد أتانا خبرٌ من بعض جواسيسنا في إمبراطوريّة خورخيس أنّ سوميا علم بأمر اختفاء وادي العبادة ، وأنّ مشعوذ عرف سرّ الاختفاء ، وأنّ سببه كان مثلّث الموت .

ساحر: وكيف له أن يعرف بهذه المعلومات !! أيعقل أن يكون قد تكهّن أوأنّ لديه جواسيس بيننا ؟!

هابل ونابل: لا لم يتكهّن وليس عنده جواسيس ، لقد كان أحد الجان الطّيارين الّذين كانوا بالجوار حينما عملنا اللّعنة، وقد هرب إلى خورخيس وأخبره بماحدث.

ساحر: إذاً الآن علم مشعوذ بأنّي عملت معادلة مثلّث الموت , يجب أن أضع خطّة الآن ، فمشعوذ سيكون في أشدّ الحذر.

هابل ونابل: لماذا لا نعمل أحجية المتاهة؟

ساحر: وما أحجية المتاهة ؟

هابل ونابل: عند اقترابهم ، سنضع معادلة أحجية المتاهة ، وسنسحرهم بسحر التّوَهان ، وندعم السّحر بأحجية المتاهة ، فيتخبّطون ولا يعرفون أين يتوجّهون ، حتّى يتوه بهم الحال داخل المثلّث ويختفون .

ساحر: ولكن المشكلة الآن في مشعوذ ؛ فهو معهم ، وسيفكّ سحر المتاهة بمجرد الدّخول فيه .

هابل ونابل : سنسحر أيضاً مشعوذ، وسيتوه معهم أيضاً.

ساحر: وكيف تسحرون مشعوذ ؟! فهذا مخالفٌ لمعادلة البداية الّتي تنصّ أن لا يمسه سحر أو شعوذة ، أوأن يؤثّر السّحر على الأساس الثّلاثة ؟

هابل ونابل: أنسيت يا ساحر أن الملك شراعيل الآن هو الأساس بدلاً من مشعوذ ؟!

ساحر: نعم صحيح !! كيف لم تخطر لي تلك الفكرة ؟! الملك شراعيل الآن يحلّ مكان مشعوذ ، فهذا يعني أنّ مشعوذ ليس بأساس ، وأستطيع أن أسحره .

هابل ونابل: هيّا يا سيّدي، ماذا تنتظر؟! فوصولهم قريبٌ ، يجب أن نسحر جميع الجيش بما فيهم الأب سوميا.

أخذ بعدها ساحر يضع معادلات المتاهة ، فجهّز الطّلاسم بأسماء القادة والملوك والأب سوميا وجيشهم كي يسحرهم ، فبدأ ساحر بقتل سكان وادي العبادة كتضحيةٍ لعمله ، فيجب أن يقتل كلّ السّكان ، لأنّ عمله السّحريّ هذا كبيرٌ جدّاً ، فهو عمل سحريٌّ يراد به سحرُ جيوشٍ وملوكٍ , فيجب أن يضحّي بدمٍ كثيرٍ يناسب سحره , فدخل مارد ورفاقه المدينة و بدأوا بقتل السّكان باسم عمل ساحر، حتّى أصبح لون المثلّث أحمر من الدّماء : وأصبح البحر مليئاً بالجثث الطّافية , فقال بعدها ساحر: اليوم سأهزم كلّ من تحدّاني وأملك أنا هذه الأرض وأحكمها بسحري ، فكلّ من يتحد ني سيقتل وعليه لعنتي .

بعد الانتهاء من سحر الأحاجي،بدأ ساحر بإعطاء الخطّة لمارد ، وقال له : سيمسك بهم السّحر بمجرد دخولهم إلى منطقتنا ، وسيتوهون بعدها ، سوف تُسحر أعينهم وعقولهم ويصبح عليها غشاوة؛ فلا يعلمون أين يذهبون حتّى ينتهي بهم المطاف إلى المثلّث الشّيطانيّ ، فيختفون، ولكنّ هذه العمليّة ستأخذ وقتاً طويلاً ،وإنّي أخاف من أن يعرف مشعوذ أنّنا سحرناه فيفكّ السّحر، ولهذا سأسرّع الأمر، سأستخدمك أنت كطعمٍ لهم، ستواجههم وتدّعي أنّك هزمتَ فتفرّ هارباً، وسيلاحقونك حتّى تدخلهم إلى المثلّث

الشّيطاني فيختفون فيه، يجب أن تنفّذ الخطّة كما قلت لك، ولا تأخذك العزّة وتقاتلهم، فأنت لست ندّاً لهم؛ فهم كثرة ،ولاتنسَ أنّ معهم الأب سوميا. أمّا بالنّسبة لسحر الأحاجي فقد أضفتُ إليه شيئاً جديداً وهو شموع النّهاية .

مارد : و ماهي شموع النّهاية ؟!

ساحر: هنا وضعت اثنتي عشرة شمعة ، كلّ شمعة مكتوبةٌ باسم أحد القادة .

1-الشّمعة الأولى : الملك خورخيس.

2-الشّمعة الثّانية: مشعوذ.

3-الشّمعة الثّالثة: الأب سوميا.

4-الشّمعة الرّابعة: القائد فيفغل.

5-الشّمعة الخامسة: القائد شوجا.

6-الشّمعة السّادسة: القائد دارل.

7-الشّمعة السّابعة: القائد تورن.

8-الشّمعة الثّامنة: الملك صالح.

9-الشّمعة التّاسعة: الملك قاتل.

10-الشّمعة العاشرة: الملكة حوران.

11-الشّمعة الحادية عشرة: الملكة طيور.

12-الشّمعة الثّانية عشرة: الملكة شيخة.

وضعت كلّ شمعة على حسب اتجاه نجمه ، وتشتعل الشّموع بمجرد دخولهم إلى أرضي .

مارخوف: ولكن ماذا تفعل هذه الشّموع ؟!

ساحر: هذه الشّموع متّصلة بقلب الشّخص ، فإذا انطفأت فهذا يدلّ على موت صاحبها فوراً.

سورفاغ : ومن سوف يقتله؟

200

ساحر: الجان المخفيّونَ المكلّفونَ بهذا السّحر .

مارد: ولكن لماذا لا تقتلهم دون الشّموع ؟

ساحر: لا أستطيع ، فأنا مقيّدٌ بقوانين السّحر, لا تكثروا الأسئلة، واخرجوا بجيوشكم الآن؛ فسوف يصلون في أيّ لحظة ، تجهّزوا ولا تنسوا أن تنفّذوا الخطّة كما أمرتكم ، فأيّ خطأ سيوقعنا في مشكلةٍ كبيرةٍ.

خرج بعدها مارد ورفاقه خارج المثلّث واتجهوا إلى مكان المعركة ، وانتظروا العدوّ هناك ، فما هي إلا لحظات ويصل جيش سوميا و خورخيس إليهم .

وصل الأب سوميا والملك خورخيس ومشعوذ والقادة والملوك، ولكنّهم أحسّوا بدوارٍ غريبٍ لم يعرفوا سببه ، فبدأ الأب سوميا يتّجه إلى مكان وادي العبادة، ولكنّ الغريب أنّه لم يستطع معرفة المكان ، فأصبح تائهاً لا يعرف أين هو وادي العبادة !!

سوميا: يا إلهي ماذا حدث لي؟! أيعقل أنّي لم أعد أعرف مكان مدينتي؟!

مشعوذ ، أهناك سحر حدث لنا ؟!

مشعوذ: لا أظنّ ذلك ، فلم أشعر بوجود أيّ سحر، فساحر لا يستطيع سحري ، ولكن يبدو أنّه غيّر معالم المكان كي نتوه فيه .

الملك خورخيس: يا إلهي !! أحسّ بوهنٍ في جسدي ، أيعقل أن تكون هناك لعنةٌ في هذه المنطقة ؟!

مشعوذ: حتّى إذا كانت هناك لعنةٌ فكيف لي أن لا أحسّ بوجودها !!

سوميا: هيّا أيّها الملوك ، دعونا نسير، فسأعرف المكان ، فلا يعقل أن أتوه في مدينتي.

تفاجأ الأب سوميا من توهانه ، فأصبح يحاول معرفة الطّريق بالمعالم الّتي كانت في هذا المكان ، ولكن دون فائدة ، فمشوا تائهينَ حتّى لا حظوا

أنّهم عادوا إلى نفس مكان الّذي كانوا فيه ، حاول مشعوذ أن يحسّ بوجود سحر أو لعنة ولكن دون فائدة ، فشكّ أن يكون ساحر قد سحره ،ولكن في قرارة نفسه أنّه يستحيل سحره ، فهو من الأساس الّذين لا يُسحرون , مشوا كثيراً ولكن دون فائدة ، فمهما مشوا يجدونَ أنفسهم يعودونَ إلى نفس المكان وكأنّهم يمشونَ في حلقَةٍ مغلقةٍ ، فحتّى فيفغل الجنّيّ الطّيار تاه في الهواء ، ولم يعرف الطّريق ، وفجأةً ظهر لهم مارد ورفاقه.

سوميا : انظر يا خورخيس ، إنّه مارد.

خورخيس: نعم صدقت إنّه متّجه إلينا , هيّا أيّها الجنود ، تجهّزوا، فمارد ورفاقه آتون إلينا.

وصل مارد إلى أرض المتاهة ، وقال لهم ساخراً : كيف وجدتم الطّريق؟! فردّ عليه سوميا : ستعلم بعد قطع رأسك أيّها المارد ، فلا سلامٌ عليك ولا رحمةٌ.

مارد: ومن قال لك أيّها الأب أنّي محتاجٌ لرحمتكَ؟! فأنتم الآن تحتاجونَ رحمتي ، فتجهّزوا ، فوالله لن أرحم أيّ واحد منكم ، حتّى أنت أيّها الأب.... لن أرحمَكَ.

دقَّ مارد بعدها طبول الحرب وقال بصوت عالٍ : النّار على أعواني ، والسّلام على أعدائي ، ونفخ الأب سوميا ببوقه وقال بصوتٍ أعلى : الهمّة الهمّة ، حتّى نصل للقمّة , فكانت هذه هي المعركة المرتقبة بين الطّرفين ، فهنا ستتواجه أقوى قوى بني الجان ، جيشُ ساحر وجيش الأب سوميا ، فهذه هي أقوى معركة في تــاريخ بني الجان ، فالأب سوميا لا يرفع سيفه أبداً ، وإذا رفعه فالويل لمن يتحدّاه .

وقف مارد في مقدّمة الجيش وبجواره مارخوف وسورفاغ ، وخلفهم القادة وجيش الملك شراعيل الشّيطاني وكانوا تحت إمرة مارد، ويقابلهم جيش الأب سوميا، والملك خورخيس ومشعوذ ، وخلفهم الملوك والقادة.

كان الهواء قويّاً في تلك المنطقة ، فقد حلّت عليها لعنة ساحر والجوّ غائمٌ ، فشنّ مارد عليهم أوّل هجمة بإطلاق أسهمه السّامة عليهم، فوقعت عليهم كالصّواعق ، ولكنّهم تصدّوا لها ، فطار القائد فيفغل بجنوده وشنّوا على مارد هجوماً قاسياً ، بعدها زحف جيش الأب سوميا نحوهم ، واشتبكت سيوفهم ، فكان القتال شديداً جدّاً ، فكلاهما لديهما القوّة الّتي لا يستهان بها ، فالملك خورخيس تحوّر إلى عفريتِ الحرب الّذي لا يقهر، والأب سوميا كانت ضرباته كالصّواعق على أعدائه ، ومارد المحارب الّذي اشتهر بذكائه وسرعته يقتل كلّ من أمامه ، تواجه في تلك المعركة مارخوف بملك الجان قاتل ، واشتدّ القتال بينهما ، كان مارخوف معروفاً بقوّة جسده ، أمّا الملك قاتل فكان معروفاً بسرعته، فقد كانت المعركة بينهما قويّةً،فكلّما وجّه الملك قاتل ضربةً لمارخوف ، ردّ عليه مارخوف بضربةٍ مميتةٍ ، نزف الاثنانِ، ولكن كان مارخوف هنا هو الأقوى ، فقطع رأس الملك قاتل ، فكان قاتل أوّل ملك يموت في هذه الحرب ، سقطت راية الملك قاتل، فلاحظ الأب سوميا ذلك ، فاتّجه إلى مكان الملك قاتل ؛ فهرب مارخوف بعيداً عن سيف الأب سوميا.

وفي تلك الأثناء ، كان ساحر يراقب المعركة بشموعه ، فبعد موت الملك قاتل سقطت شمعته ، فعلم أنّ قاتل قد مات، فساحر هنا وضع هذه الشّموع ليقتل الملوك والقادة جميعاً في الوقت المحدد لهم.

تـواجهت المــلكة حوران و الملكة شيخة مع شياطين الملك شراعيل ، و بدأوا بالقتال ، كانت هذه الشّياطين خبيثة ، فلا تواجه وجهاً لوجه إنّما ديدنها الغدر ، فكانت حوران عندما تواجه واحداً يطعنها شيطان من الخلف غدراً فتسقط أرضاً ، وتحميها الملكة شيخة بقتل الشّيطان الّذي غدر بها ، فكانت المواجهة صعبة جدّاً ، فتدخّل القائد شوجا مع الملكة حوران والملكة شيخة ، فشوجا من الفدائيينَ ، وكان جيشه هو أيضاً من الّذين يمتازون بالغدر، فطلب من الملكة حوران وشيخة الابتعاد من هنا، وسيتولى هو أمرهم ، كان الأب سوميا والملك خورخيس يقتلون كلّ من أمامهم دون رحمة ، فكانا قوّةً لا يضاهيها أحدٌ ، وكلّما أرادوا مواجهة أحد القادة فرّ هارباً ، رأى الأب سوميا مارخوف ، واتّجه نحوه وقال له : لن تهرب منّي هذه المرّة أيّها الغول الجبان ، فبدأ مارخوف بتوجيه ضرباته إلى سوميا ، ولكن كان سوميا يتصدّى لها ، حتّى أمسك الأب سوميا بمارخوف وقال له: اليوم لارحمة ، فطعن مارخوف في قلبه وأخرج قلبه ، فسقطت راية مارخوف , وصل الخبر إلى مارد فغضب ماردُ كثيراً وذهب إلى الأب سوميا لقتله ، ولكن كان الملك خورخيس بانتظاره ، فقال الملك خورخيس لمارد: ما بك أيّها المارد؟! أخائف أنت الآن؟! فردّ عليه مارد : لا والله لست بخائف ، ولكن سوف أنتقم لمارخوف منك ، فسدّد مارد ضربةً قويّةً جدّاً على كتف الملك خورخيس، فكانت ضربة غضبٍ جرحت الملك خورخيس في يده ، وبدأ الملك خورخيس بتوجيه ضرباته نحو مارد ، فكانت المعركة بين الاثنين لا توصف، طعن الملك خورخيس مارد في قدمه ،فسقط مارد على الأرض، فما إن أراد الملك خورخيس توجيه ضربةً قاضيةً لمارد حتّى باغته مارد وطعن خورخيس في بطنه، سقط خورخيس، فجاء مارد بسيفه وقال لخورخيس: اليوم سأنهي حياتك أيّها الملك ، رفع سيفه فأخذ القائد دارل

بسيفه وقطع يد مارد ، في تلك الأثناء كان سورفاغ في مواجهة مع القائد تورن ، فكانت تحدٍّ بين وحوش البحار وحواري البحار، أحسَّ ساحر بالخطر، وأنّ مارد لم يتّبع الخطّة الموضوعة ، فأمر ساحرالجان المخفيّينَ بأن يقولوا لمارد أن ينسحب الآن إلى المثلّث الشّيطاني , وصل الخبر لمارد، فأمر بالانسحاب ، فانسحب جيش مارد وفرّوا هاربين ، فرح جيش الأب سوميا فلحقوا بهم ، فطار فيفغل والقائد تورن والقائد شوجا ولحقوا بالشّياطين ، لحق باقي الملوك بهم ، ولكن أحسّ الأب سوميا ومشعوذ أنّ هناك شيئاً مريباً في الأمر، هرب جيش مارد حتّى وصلوا إلى مثلث الشّيطان، فأخفى ساحر المثلّث بوضع مدينةٍ وهميّةٍ بدل البحر ليدخل جيش سوميا إليها، فوقع جيش الأب سوميا في الفخّ، فما إن دخلت الجيوش في الفخّ قرأ ساحر طلاسم المثلّث الشّيطانيّ، فظهر المثلّث على حقيقته، داهمت المياه المكان،وبدأ الجيش بالاختفاء واحداً تلو الآخر،تفاجأ مشعوذ وسوميا و خورخيس من هذا المنظر المرعب، فكانت الجيوش تختفي أمامهم، فاختفى القادة فيفغل و تورن و شوجا والملك صالح بجيوشهم، فكان الأمر لا يصدّق، فوقفوا جميعهم لا يعلمون ما يفعلونَ، فالمثلّث ابتلعَ وأخفى أكثر من نصف الجيش، والآن هم قلّة بعد أن ابتلع وأخفى المثلّث جيشهم أصبحوا في دهشة لا يتكلّمون منصدمينَ ممّا رأوا، فخرج إليهم ساحر وقال لهم : النّارعلى أعواني والسّلام على أعدائي .

مشعوذ : كيف فعلت ذلك يا ساحر؟! كيف فعلت هذا وأنا من الأساس ؟! ولا يتمّ هذا الأمر غير بدمي .

ساحر: أهلا بك يا معلّمي ، فقد مرّ زمن طويل على آخر لقاءٍ بيننا ، فقد أصبحت عجوزاً الآن .

مشعوذ: كيف فعلتها يا ساحر؟! كيف أتممت معادلة المثلّث من غير دمي؟!

ساحر: وما فائدة هذا يا مشعوذ ؟! فوقتكم الآن أصبح محدوداً.

مشعوذ: محدّد ماذا تقصد بهذا؟

أخرج ساحر ما تبقّى من الشّموع ووضعها أمام مشعوذ ، فعلم مشعوذ أنّها شموع الشّعوذة الّتي كتبها في كتابه كتاب القصر الأسود، فقال له: كيف تجرؤ على فعل هذا يا ساحر؟! فقال له: ساحر أنا لم أفعل شيئاً، إنّما هي معادلتك، معادلة الشّموع .

سوميا: ما هذه الشّموع يا مشعوذ ؟! ولماذا هي مكتوبة بأسمائنا ؟!

مشعوذ: هذه الشّموع كانت فكرتي ، فهذه الشّموع مربوطة الآن بقلوبنا جميعاً ، فإنّي أرى الآن الجان المخفيّينَ يوجّهون السّيوف على قلوبنا، فما إن تنطفئ شمعة حتّى يقوم الجان المكلّف بهذه الشّعوذة بقتل صاحب الشّمعة ويموت .

سوميا: أنت تعني إذا أطفأ ساحر الشّموع الآن سنموت جميعاً !!

مشعوذ: نعم ، ولكنّه لا يستطيع إطفاءها جميعاً ، فكلّ شمعة ستنطفئ لوحدها ، عندما ينتهي وقتها فهذه أقوى معادلة فعلتها في كتابي ، ولكن لم أكن أدرك أنّ ساحرعرف هذه المعادلة ، ولكنّ الغريب أنّ ساحر واضع اسمي أيضاً ، هذا يعني أنّه استطاع سحرِي أنا أيضاً ، فهذا هو سبب توهاننا ، ولم أرَ أيّ سحرٍ لأنّي كنت مسحوراً معكم .

خورخيس: وما الحلّ الآن يا مشعوذ ؟!

مشعوذ: ليس هناك حلّ الآن، سأواجه السّحر بالشّعوذة مرّةً أخرى، وأرجو من الله أن أنتصر عليه.

ساحر: ماذا تخطّط الآن يا مشعوذ ، فقد أصبحتُ أقوى منك , أفعلاً تريد المواجهة !!

أخذ بعدها مشعوذ قراءة تراتيل الشّعوذة القديمة ، وكان مراده أن يبطل مفعول الشّموع ، فقام ساحر بوضع معادلاته المضادة ، فاستخدم ساحر

هذه المرّة معادلة المرآة ضدّ مشعوذ ، فكان ساحر يستخدم نفس أسلوب مشعوذ للقضاء عليه ، ولكن هذه المرّة قام مشعوذ بعد قراءة تراتيل الشّعوذة بالتّوقّف عن التّراتيل ، وبدأ يقرأ أذكار الله ، فكانت الأذكار أقوى من سحر ساحر، تفاجأ ساحر من هذه الأذكار، وإنّها أقوى من سحره ،فلم يعلم ساحر ماحدث !! كيف لمشعوذ أن يقرأ تراتيل الشّعوذة ؟! وبعدها يقرأ أذكار الله ، فكانت أذكار الله تفكّ سحر ساحر، فخاف ساحر، وبدأ يحسّ بالألم في جسده ، أحسّ هابل ونابل بالخطر، فبدأا بوضع حواجز تحجب الذّكر عن ساحر، فبدأ ساحر بإطفاء الشّموع كي لا يبطلها مشعوذ , فبدأ بإطفاء واحدةٍ تلو الأخرى ، فاستطاع ساحر أن يكسر ساعة وقت إطفاء الشّموع كي يبيدهم, أُطفئت شمعة القائد دارل والملكة شيخة ، فأحس دارل والملكة شيخة بألم في صدريهما وسقطا في الأرض ، وبدأت الدّماء تخرج من أفواههم ، فماتا متأثرين بسحر ساحر ، فبدأ هابل ونابل بتقوية الرّياح ، وعملوا عاصفةً قويّةً كي يبعدا مشعوذ عن ساحر، حتّى استطاعوا الهرب من أرض المعركة ، ودخلوا إلى المثلّث الشّيطانيّ .

هُزِمَ ساحر بذكر الله هذه المرّة ، وليس بشعوذة مشعوذ ، ولكنّ الخسائر هنا كانت كبيرةً جدّاً، فقد فقدوا ملوك الجان ، ولم يبقَ منهم سوى سوميا و خورخيس ومشعوذ والملكة حوران ، كان القتلى في كلّ مكان ، فهذه أكبر خسارة كانت لهم في التّاريخ ، فمعظم سكان طوائف الجان كانت في هذه الحرب ، فقلّ عدد بني الجان في الأرض بسبب هذه الحروب ، فما إن انسحبوا من أرض المعركة حتى رأوا القائد خاجي أمامهم ببعضٍ من جنده ، فقال لهم : أرجو أن تسامحوني ، فأنا أريد الوقوف معكم وأحارب ضدّ ساحر، فردّ عليه سوميا: لقد خسرنا الكثير من طوائف بني الجان يا خاجي، وليس هناك أيّ جيش لدينا لمواجهة مارد ورفاقه. فقد خسرنا معظم الملوك

والقادة, فجأة ظهر لهم مارد و سورفاغ من الخلف بجنودهم وشنّوا هجوماً عنيفاً عليهم، تأثّرت أجساد جيش سوميا بلعنة المكان وضعفت ، ولكن يجب أن يواجهوا مارد وإلا قضي عليهم، بدأ كلّ واحدٍ منهم بالمواجهة ، وإذا بخاجي ينقلب ضدّ سوميا، فكانت خدعةً منه ، وأخذ يسدّد ضرباته إلى جسد الأب سوميا ، فغضب سوميا وقال : أتخدعني أيّها المغفل !! وقام بتسديد ضربةٍ قاتلةٍ على رقبة خاجي فجعله ينزف حتّى الموت ليتذوّق ألم العذاب ، كان مارد يحارب بيدٍ واحدةٍ بعد أن قطعها القائد دارل، فكان يواجه الملك خورخيس ،ولكن كان خورخيس الأقوى، هنا سقط مارد أرضاً من شدّة التّعب فوجّه خورخيس إليه ضربةً قاضيةً في قلبه ، ولكن أتت بجوار قلبه وأصبح مارد ينزف ، فأتى سورفاغ غدراً من خلف الملك خورخيس وطعنه في قلبه ، فسقط خورخيس أرضاً وبدأ يصارع الموت، هجمت العفاريت على سورفاغ وقطّعته إلى قطع من شدّة الغضب والحزن ،بعدها انسحب مارد متأثّراً بجروحه، ولحقه بقيّة الجيش، فقال سوميا: اتركوهم ،لا تلحقوا بهم ، فلعلّها تكون خطّة أخرى منهم ، كانت العفاريت تحيط بالملك خورخيس ، وكان ينزف ويصارع الموت ، فذهب إليه الأب سوميا فقال له خورخيس : لقد خنت عهد عائلة آشخور، ولم أكن الملك الّذي أراده والدي خافان .

سوميا: والله كنتَ أعظم من والدك يا خورخيس ، وسيذكرك التّاريخ ، وسأكتب اسمك على صفحات بني الجان .

خورخيس: ولكن ماذا ستكتب يا سوميا ؟! ملكٌ لم يستطع الدّفاع عن أرضه ، أم الملك خورخيس آخر ملوك الجان !!

سوميا: سأكتب أنّك آخر ملوك الجان وأعظمهم يا خورخيس.

خورخيس: والله إنّي أرى السّماء تفتح أبوابها.

سوميا: لا تخف !! فالله معك ، فلا تنسَ أنّك كاتب اسمه على جبينك، فردّد ذكرَ الله ، وإن شاء الله تكون من أصحاب الجنّة.

خورخيس: أشهد أنّ الله الخالق الّذي لا إله غيره.

كانت هذه آخر كلمات الملك خورخيس ، وبعد ذلك قطعت أنفاسه ، ومات ملك مملكة الجان والشّياطين ، مات الملك خورخيس آخر ملوك عائلة آشخور، بكت عليه العفاريتُ كثيراً ، وبكى الجان والشّياطين والجيش عليه ، حتّى الأب سوميا بكى عليه ، فحمله بيده ، وحملت العفاريت الأب سوميا وطاروا به إلى أرضه ومسقط رأسه، لحقتهم الجيوش ، فما إن وصلوا إلى أرض الإمبراطوريّة حتّى ظنّ السّكان أنّهم عادوا منتصرين ، ولكنّهم رأوا جثمان الملك خورخيس في يد الأب سوميا ، فبدأ السّكان بالبكاء ، فكان اليوم يوم حزن ، أمطرت المدينة دموع حزنٍ على الملك خورخيس ، دخل سوميا قصر الملك خورخيس ، وكان الحكيم فوتا باستقباله ، سقط فوتا أرضاً عندما رأى جثّة الملك خورخيس ، ولم يصدّق أنّه قد مات ، فقد كان صغيراً وكان آخر ملوك عائلة آشخور ،عمّ الحزن الإمبراطوريّة، فقال الأب سوميا: يجب أن ندفنه الآن، فهو من الشّهداء يا بيلبان, بدأ خدم القصر في تشييع جنازة الملك خورخيس، ولم يصدّق الجميع أنّه مات، وخافوا أيضاً من قوّة ساحر الّذي استطاع هزيمة ملوك الجان والقادة, شيّعت جثّة الملك خورخيس وطاف به العفاريت في أرجاء المدينة حتّى دفنوه بجوار قبر أبيه الملك خافان .

مشعوذ: ماذا نفعل الآن يا سوميا؟

سوميا: سأطلق بوق التّوحد لأرى من تبقّى من طوائف الجان .

نفخ الأب سوميا ببوقه ، ولكن لم يأتي أحد، فقد مات الكثير من بني الجان ولم يبقَ منهم غير القليل ، ومن تبقّى فرّ هارباً من هذه الحرب.

ثبيل: سيّدي مشعوذ ، ألم تلحظ شيئاً؟

مشعوذ: وماهو يا ثبيل؟

ثبيل: أتذكر عندما فككنا سحر الملك خورخيس ؟! فقلت أنت أنه من الغريب أنّ السّحر لم يسقط بعد أن قتلت حوريّة وهي أحد أركان سحر خورخيس، فقلت لك أنّ ساحر وضع بديلاً في أحد الأجساد.

مشعوذ: نعم أذكر ذلك ، وأنّه لو مات جميع الأساس فسيموت الشّخص الموضوع به البديل.

ثبيل: سيّدي ،عندما تحديت ساحر ألم تلحظ شيئاً؟

مشعوذ: وماهو يا ثبيل؟

ثبيل: فقد ظهر فيه البديل ، لقد كان ساحر هو صاحب البديل فوضع البديل في جسده.

مشعوذ: أيعقل هذا؟! أجنّ جنون ساحر لكي يضع البديل في جسده!! يا إلهي ماذا فعلت في نفسك يا ساحر!! هذا يعني بعد موت جميع الأشخاص المذكورين في معاهدته سيموت.

ثبيل: نعم يا سيّدي ، ولم يبقَ سوى الملكة حوران ، إذا ماتت الملكة حوران فهذا يعني أن ساحر سيموت لفشله في رهانه.

الملكة حوران: إذا كان موتي سينهي حياة هذا النّجس فأنا مستعدةٌ للموت!!

سوميا: توقفي يا حوران عن هذا الكلام، فكفانا خسائر الآن، فنحن نحتاجك ،ولكن يا ثبيل، أنت قلت أنّ الجنّيّ المسؤول دخل الجسد الخطأ، فدخل إلى وصيفة حوران، وقد قتلتها الملكة وسقط أساس حوران.

ثبيل: نعم قلت ذلك ، ولكن عندما وضع ساحر البديل عادت الأمور إلى مجاريها الحقيقيّة.

الملكة حوران: ولكن أيّها الأب،إذا لم يمت ساحر فسيقضي على العالم ، ولا تنسَ قادتنا وملوكنا المحبوسين داخل المثلّث ، وأنّ ساحر سيضحّي بهم ويصبح أقوى.

عمّ الصّمت في حجرة الملك خورخيس ، وفكّروا كثيراً ، فقال مشعوذ لسوميا : والله إنّه ليصعب علينا أن نقتلكِ يا حوران ، فردّت عليه حوران : والله لم أرد ذلك إلا لأنقذ القادة والملوك والجيش الّذي بداخل المثلّث من عمل ساحر، فأنا مقابل جميع الملوك يا سوميا، فسأضحّي بدمي من أجلهم أيّها الأب، فلتدعوا الله لي بالشّهادة.

صمت سوميا وقال: والله إنّه ليصعب عليّ فعل ذلك ، ولكن إذا أردتِ هذا يا حوران فبإذن الله ستكونين من الشّهداء عند الله ، ولكن ألنت متأكّدٌ يا مشعوذ أنّه إذا قتلنا حوران سيموت ساحر؟!

مشعوذ: نعم، فهذا البديل ، ونحن من وضعنا معادلته بمجرّد موت المسحورينَ جميعاً وعدم تنفيذ السّحر يموت صاحب البديل المراهن عليه.

سوميا: أأنتِ متأكّدة من هذا القرار أيّتها الملكة؟

الملكة حوران: نعم ، سأضحّي بدمي كي أقتل الملعون ساحر؛ ونقف جميعاً بين يد الله.

طلبت حوران أن يكون موتها وفق أعراف ملوك الجان، فكان ملوك الجان إذا حكم عليهم بالموت يقفون منتصبينَ ،ثمّ يطعنونَ في قلبهم وينزفون حتّى الموت، ولكن يقفون بأنفسهم, فكان لها ذلك، نصبت مراسم القتل ،و أمرت حوران بأن يأتي القاضي إليها، فقال لها القاضي: سيدتي الملكة حوران: أتعلمينَ ما تفعلينَ ؟! فردّت عليه بكلمة نعم, فأخرج قاضي الجان كتابه ،وكتب اسم الشّهيدة الملكة حوران، وأخرج سيف العدل، فقالت له حوران: احفر اسمي بجوار حوريّتي، فقد كانت مسحورةً وظلمتُها، فلبّى لها

القاضي طلبها ،وكتب على السّيف بجوار الحوريّة اسم الملكة الشّهيدة حوران.

أمر القاضي بعدها بنزع لبس الحرب من الملكة حوران، وألباسها لباس ملوك الجان وتاج الملك ،وقفت حوران رافعةً رأسها إلى السّماء تذكر الشّهادة قبل موتها، وتطلب من الله أن يتقبّلها من الشّهداء، فرفع القاضي بعدها سيف العدل،وطعن القاضي حوران في قلبها، وبدأ دم حوران الطّاهر ينزف ،والدّموع في عين القاضي، فماتت بعدها الملكة حوران آخر ملوك الجان، فقال بعدها سوميا: رحمكِ الله أيّتها الملكة الشّهيدة، فلن ننسى تضحيتكِ أبداً ،فبعد موت ساحر الآن سيعمّ السّلام على العالم, ضحك بعدها ثبيل ضحكاتٍ خبيثةٍ

وقال : لقد وقعتم في الفخِ أيّها الأغبياء، إنّ البديل ليس في جسد ساحر إنّما في جسدك أنت يا مشعوذ ، فقد وضع ساحر فيك البديل في آخر مواجهة كانت بينكما.

تفاجأ الجميع من كلام ثبيل !! وأحسّ بعدها مشعوذ بالموت وسقط أرضاً، فرّ ثبيل هارباً إلى ساحر ليخبره بالأمر، حاول الجند اللّحاق به، ولكنّه اختفى عن أعينهم , بدأ مشعوذ يصارع الموت ،فأحسّ بضرباتٍ قويّة في صدره وطعنات , فكان يرى ما يحدث له ، هجم عليه خدمة السّحر المخفيّينَ و بدأوا يطعنونه في كلّ مكان كي يعذبوه قبل الموت, لم يستطع سوميا فعل شيءٍ، وكانت دماء مشعوذ تتطاير في كلّ مكان ،وجسده يتقطّع ،فكانوا مخفيّينَ عن نظر سوميا ومن معه ،فلم يستطيعوا فعل أيّ شيءٍ، فقال مشعوذ إنّهم خدمة السّحر المخفيّينَ يقتلونني ثمّ قال لسوميا: أنت الأمل الوحيد أيّها الأب الآن، فلفظ مشعوذ أنفاسه ومات متأثراً بجروحه ،فقد قطّع جسده

تقطيعاً. وقف سوميا وحيداً بعد أن مات جميع الملوك ولم يبقَ غيره، فرفع يده إلى السماء وقال: ربّي اغفرلي و ارحمني و ارحم الضّعفاء منّا.

الحاجب بيلبان: سيّدي سوميا ، ما العمل الآن؟

سوميا: والله لا أعلم ماذا أفعل الآن!! فليس لنا سوى الدّعاء يا بيلبان، اتركوني الآن أريد الدّعاء.

خرج الجند و بيلبان وفوتا خارج الحجرة مصدومينَ خائفينَ ممّا سيحدث ، فهزيمتهم الآن محتومة ، فليس هناك قائدٌ سوى الأب سوميا ، لقد مات جميع القادة والملوك , بدأوا جميعاً بالدّعاء ،فلم يبقَ لهم غير الدّعاء.

خرج سوميا إلى حديقة القصر وبدأ يفكّر في المستقبل الغائب الأسود ، فجاءه بيلبان والحكيم فوتا وقالوا له : سيّدي سوميا، ليس هناك ملكٌ على مملكة الجان والشّياطين ، وليس هناك غيرك يا سيّدي مرشح لهذا المنصب ، فما رأيك يا سيدي!! فنحن الآن نحتاج إلى قائد.

فوتا : سيّدي ، الآن يجب أن تنصّب كملكٍ علينا، فيجب أن تراجع نفسك.

سوميا : والله إنّي لأكره هذا المنصب!! فأنت تعم يا فوتا أنّي لم أرد أن أحكم ، فالحكم ثقيل ، وإنّي مسؤول أمام الله عن كّ من أحكمهم ، فهذا حملٌ ثقيلٌ يا بيلبان .

بيلبان: ولكن يا سيّدي، ماذا سنفعل؟! فمن غير قائد ستعمّ الفوضى ، وجميع سكان الإمبراطوريّة لن يرضوا بغيرك.

سوميا: دعني أفكّر قليلاً يا بيلبان في هذا الموضوع ، أريد أن أكون وحدي الآن.

بيلبان: لك ما أمرت يا سيدي وأرجو أن تفكر في هذا الموضوع جيدا فليس هناك حاكم غيرك فإذا رفضت هذا المنصب سوف تعم الفوضى في البلاد.

خرج بيلبان والحكيم فوتا من الفناء تاركين الأب سوميا يفكّر في الأمر،بدأ سوميا يدعو الله كثيراً ويستخيره حتّى طلوع الفجر.

سمع سوميا أصواتاً غريبةً وأبواقاً لم تكن بأبواقِ جان ، فكان صوتها آتٍ من السّماء ، فنظر سوميا إلى السّماء فإذا فيها ملَكٌ من الملائكة كان متّجهاً إليه ، فخاف سوميا كثيراً ، نزل إليه الملَك وقال : السّلام عليك ورحمة الله وبركاته ، فردّ عليه سوميا: وعليك السّلام، فقال له الملَك: لا تخف يا عبد الله الصّالح ، أنا الملَك سرافيل ، فقد غضب الله على بني الجان وأمرنا بقتل الفاسقين ، لقد تطاول بنو الجان على الله كثيراً ، وقد أمهلهم الله لعلّهم يرجعون إلى صوابهم، ولكنّ الأمر ازداد سوءاً وعصياناً.

خاف سوميا من هذا!! فغضب الله شيءٌ مخيفٌ ،فقال: أعوذ بالله من غضب الله ،و ماهي مهمّتي أيّها الملك سرافيل؟

الملك سرافيل: خذ من تستطيع أخذه من الصّالحين والضّعفاء والنّساء والأطفال خارج المدينة ، واذهب بهم إلى وادٍ في أسفل هذا الجبل، فهذه الأرض ستكون الآن مقدّسة وتدعى مكّة، فاذهب بمن رأيت فيه الصّلاح إلى هناك، فسنجتاح الأرض الآن، فقد وقع أمر الله.

سوميا: آمنت بربّي ، قدّر الله وما شاء فعل ، لك ذلك أيّها الملَك ، ولكن ما مصيرنا نحن؟!

الملك سرافيل: لا تخف يا عبد الله الصّالح ، فكلّ شيءٍ له وقته، أستودعك الله ، فسأعطيك ثلاثة أيّام تأخذ من تستطيع أخذه إلى مكّة، فهناك أرضٌ لن نقرب من يدخلها.

بدأ قلب الأب سوميا يدقّ سريعاً، والعرق يصبّ من رأسه ،وفرّ هارباً إلى داخل قصر الملك خورخيس ، وأصبح يصرخ بأعلى صوته، أين

الحكيم فوتا ؟! أين الحكيم فوتا ؟! أتاه الحكيم مسرعاً وقال له : ما بك أيّها الأب ؟! أهناك شيءٌ ؟!

سوميا: أتذكر حلم خورخيس يا فوتا ؟!

فوتا: نعم أذكره ، وما به ؟!

سوميا: لقد أتاني ملَكٌ من الملائكة يدعى سرافيل ، وأخبرني أنّ الله غضب على بني الجان ، وأنّهم سيطوفون البلاد ويخلّصونها من الفاسقينَ .

فوتا: أيعقل ما تقول أيّها الأب ؟! ومتى حدث ذلك ؟

سوميا: قبل قليل!! تعال معي وانظر إلى قدم الملَك سرافيل!! فقد حفرت الأرض من شدّتها.

خرج سوميا وفوتا إلى الفناء ، ورأى فوتا قدم الملَك سرافيل، فدخل في قلبه الخوف والرّعب ، وقال: ماذا قال لك يا سوميا ؟! أنحن هالكون أيضاً ؟!

سوميا: لا ، فقد قال لي أن آخذ من أرى فيه الصّلاح والأطفال والنّساء إلى وادٍ أسفل هذا الجبل ، وأسماه مكّة ، فقال: كلّ من يدخل مكّة فالسّلام عليه ، وأعطاني من الوقت ثلاثة أيّام فقط ، فبعدها ستكون حرب الملائكة على بني الجان.

فوتا: إذاً، ماذا تنتظر أيّها الأب ؟! هيّا فلنجمع من نستطيع ونذهب إلى مكّة !!

بدأ الأب سوميا والحكيم فوتا و بيلبان بأخد من يستطيعون أخذهم، فمنهم من صدّق كلام سوميا ، ومنهم من فقد الثّقة فيه ولم يصدّقوه ، وقال الكثير منهم أنّهم سيقفون مع ساحر كي ينجون من لعنته ، حاول سوميا إقناعهم ولكن دون فائدة ، فقد أصبح الوضع فوضويّاً ، فانتشرتِ السّرقات والاغتصاب والخطف والقتل ، وتشتّتِ الجيوش وتفرّقت ؛ فليس هناك أحدٌ يردعهم ، فحاول سوميا أخذ من يستطيع أخذه وهرب إلى خارج

215

الإمبراطوريّة ، فعندما رأى سكان المدينة ذلك قالوا: لقد هرب سوميا , فأصبح الوضع فوضويّاً جدّاً ، فمن بقي من بني الجان كان يريد مبايعة ساحر، فنفخ الأب سوميا ببوقه مرّةً أخيرةً لعلّه يجد من سيتبعه ، ولكن دون فائدة ، ذهب سوميا إلى مملكة الشّياطين والجان، فكانت الفوضى عارمة هناك أيضاً ،فحاول أن يهدّئهم ويخبرهم بما سيحدث ،ولكنّهم استهزؤوا به وقالو له : أنت خائفٌ من غضب ساحر, فانقلب عالم الجان رأساً على عقب ، فليس هناك ملوك يحكمونهم ، ولا جيشٌ يردعهم ، فأصبح كلّ شخصٍ طامعاً في الملك لنفسه ولعائلته ، فبدأوا يحاربون أنفسهم، خرج سوميا ومعه القليل جدّاً مِمّن صدّقوه ، وذهبوا إلى مكّة ، فقال سوميا للحكيم فوتا وبيلبان: يا إلهي ، ماذا حدث لبني الجان!!

فوتا : والله يا سيّدي، حتّى لو أخذت أنت المُلكَ فلن تستطيع حكمهم الآن، فقد دخل الشّر والطّمع قلوبهم .

سوميا: هيّا يا فوتا فلنختبئ الآن في مكّة ، فغداً مصير عالمنا يصبحُ مجهولاً، يا إلهي لم يكن ما رأيت يا خورخيس حلماً بل كانت رؤيةً !! ماذا كانت نهاية الحلم يا فوتا ؟!

فوتا: لقد قال خورخيس أن الملَك قال له أنّ الله سيجعل خليفةً في الأرض غيرنا.

سوميا: هذا لم أفهمه بعد!! ولكن سوف يظهر كلّ شيءٍ عمّا قريب .

وصل سوميا ومن معه إلى مكّة واختبئوا هناك ، و بدأوا بذكر الله كي لا يغضب عليهم ، فجميعهم كانوا خائفين من غضب الله، فقال لهم سوميا : فلتحمدوا الله ، فأنتم من اصطفاكم الله برحمته .

مثلّث الموت

بعد ذكر الله على جسد ساحر، بدأ ساحر يحسّ بالألمِ الشّديد، ولكنّه بدأ يعافي نفسه بسحره ، وقال لهابل ونابل: هيّا تجهّزوا لنضحّي بكلّ سكان مدينة مثلّث الموت كي أزيد من قوّتي ، فأين مارد؟

هابل ونابل: سيّدي، مارد يعاني من جرحٍ كبيرٍ بجوار قلبه سبّبه له الملك خورخيس .

ساحر: وكيف أصبحت حالته الآن ؟

هابل ونابل: لا نعلم يا سيّدي، تركناه مع الأطباء كي يعالجوا جروحه.

دخل عليهم بعدها جواسيس ساحر وأخبروه أنّ سوميا ومن معه قد هربوا إلى مكان غير معلوم بعد أن انقلب عليهم سكّان الإمبراطوريّة وممالك الجن والشّياطين ، فهم يهتفون باسمك يا سيّدي، فقد فقدوا الثّقة في سوميا ، ويريدون مبايعتك.

ساحر: هذا خبر جميل جدّاً، فقريباً سأحكم العالم ، و سأكون أوّل ساحر يحكم الأرض، هيّا يا هابل ونابل تجهّزا واقتلا كلّ من تستطيعانِ قتله من سجناء مثلّثي الشّيطاني ، وضحّيا بهم باسمي كي أزيد قوّة وعظمة في السّحر.

هابل ونابل: لك ما أمرت سيّدي.

بدأ هابل ونابل بقتل سجناء المثلّث الشّيطانيّ واحداً تلو الآخر، ومع كلّ تضحيةٍ تتمّ تزيد قوّة ساحر، فقتلا الملوك والقادة ، فأصبح ساحر في

أقوى حالاته ، فقال: من يتحدّاني !! من يتحدّاني !! ولكن لم يكن يعلم ما يخبئه له القدر!!

فقال ساحر لأحد الكهنة : تكهّن أيّها الكاهن !! هل سأكون أعظم ملك على وجه الأرض؟ فما إن حاول الكاهن التكهّن حتّى وقع أرضاً ومات!! تفاجأ ساحر وهابل ونابل ، فقالوا: ماذا أصابه؟! فكلّما أمر أحداً بالتّكهن وقع أرضاً ومات , فقال ساحر: ماذا يحدث لهم ؟! أيعقل أن يكون مشعوذ وضع شعوذة تقوم بقتلهم !! دخل ثبيل على ساحر وقال له : لقد جعلتهم يقتلون الملكة حوران ، ومات مشعوذ ،فردّ عليه ساحر: و إذا مات مشعوذ ، فكيف لمعادلاته الشّعوذيّة أن تقتل الكهنة ؟! هناك أمرٌ مريبٌ يحدث !! سأعرف هذا لاحقاً ، ولكن الآن تجهزوا فغداً سنذهب وندخل قصر إمبراطوريّة آشخور الملكيّة ، وآخذ أنا المُلك ، وأصبح ملك الجان والشّياطين .

218

العهد الأخير

في صباح اليوم الثّالث، اتّجه ساحر إلى إمبراطوريّة الملك خورخيس ، وأخذ معه جميع حاشيته وحرّاسه وخدمه وجنوده ، فحتّى مارد شفى من جرحه وجاء معهم ، وهم في الطّريق، وما إن اقتربوا من بوابات الإمبراطوريّة حتى اشتدت عليهم الرّياح، وسمعوا أبواقاً ذات أصواتٍ عاليةٍ جدّاً ، فقال ساحر ماهذا ؟! ماذا يحدث ؟! وماصوت هذا البوق ،إنّ صوته ليس بصوت أحد أبواق بني الجان !!

هابل ونابل : لعلّها خطّةٌ من سوميا ضدّنا !!

ثبيل : ولكن سوميا هرب !! أيعقل أنّه يخدعنا ؟!

ولكن ما لم يكونوا يعلمونه أنّ الملائكة هي من ستحاربهم الآن، وكان ذلك الصّوت صوت بوق الملك سرافيل الّذي كان يقود جيش الملائكة المكون من ستمائة ملكٍ فقط، حُجب ضوء الشّمس ،فنظر ساحر إلى أعلى فتعجّب عندما رأى الملائكة فوقهم !! فقال بصوت عالٍ إنّهم الملائكة !!

خاف الجميع عندما رأوا الملائكة, فنفخ سرافيل في بوقه مرّة أخرى ، فاهتزّت الأرض من تحتهم وتشقّقت ، فسمع جميع بني الجان صوت البوق فخافوا ، فنفخ مرّةً أخرى ، ولكن هذه النّفخة كانت أقوى من الأولى والثّانية، فحدث زلزالٌ قويٌ في الأرض ، وتغيّرت معالمها فثارت البراكين ، وغطّتِ الفيضانات الأرض ،وتشقّقت وابتلعت من بني الجان الكثير, تفرّقت صفوف جيش ساحر ، فهجمت عليهم الملائكة فقتلتهم ، لم يستطيعوا المواجهة ،ففرّوا هاربين ،حتّى ساحر فرّ هارباً لأنّه يعلم أنّ الملائكة لن تتأثّر بسحره ، فحاول

الهرب والاختباء, فلحقتهم الملائكة وأصبحت تقتل بني الجان، فطافت الملائكة الأرض كما حلم الملك خورخيس، ودخلت على ممالك الجان والشّياطين، وقتلت كلّ خائنٍ فيها ، فأصبح بنو الجان يهربون إلى الجبال ، ومنهم من هرب إلى البحار ومنهم الى داخل الغابات، ومنهم من دخل الكهوف ، ومنهم من هرب إلى الوديان ، فبدأت الملائكة تأسر البعض من مساعدي ساحر للمحاكمة العادلة ، وكان الملك سرافيل يبحث عن ساحر، فوجده مختبئاً داخل كهفٍ مع صبيٍّ من الشّياطين ، فقال له سرافيل : انظر ماذا فعلت في نفسك ياساحر ، لقد ظلمت نفسك وظلمت من معك ،وجعلت لك لعنة ،وتحدّيت الله ، والآن حلّت عليك لعنة الله أيّها السّاحر اللّعين .

ساحر : أرجوك أيّها الملَك لا تقتلني !! فسأتوب إلى الله ، ولن أعود لفعلتي تلك.

سرافيل : لقد فات الأوان يا ساحر، فقد أمهلك الله ،ولكنّك تماديت ،فقتلت الأنفس وضحيّت باسمك وتعمدت عصيان الله حتّى تمادى بك الحال إلى أن تعمل المثلّث الشّيطانيّ الّذي يقوى بالمحرمات ،فما أشدّ ظلمك لنفسك!!

ساحر: قلت لك أمهلني أيّها الملَك ، فسأعود إلى رشدي.

سرافيل: لقد فات الأوان يا ساحر!! فهيّا استعدّ للموت ولقاء الله، لقد أمهلك الله حتّى وصلت إلى مرادك ،وقلت بصوتٍ عالٍ : من يتحدّاني!! من يتحدّاني !! ها أنا الآن يا ساحر أتحدّاك ، فماذا أنت بفاعل ؟!

أمسك سرافيل بيده الطّاهرة رقبة ساحر، ورفعه إلى الأعلى , بدأ ساحر بقراءة الطّلاسم محاولاً سحر الملك سرافيل، ابتسم سرافيل وقال : أتحاول سحري ياساحر ؟! أنا الملك سرافيل عبد الله الصّالح ، أنا محصّنٌ باذن الله من سحرك ، فكلّ الجان الّذين تستخدمهم للسحر قد قتلناهم ، ولم

يبقَ أحد منهم , فأخذ الملك سرافيل بسيفه ، وقال: بسم الله أبدأ ، وهذا حلّها ، فقطع رأس ساحر وأمسك برأسه وقال : تمّ بحمد الله, فنفخ الملك سرافيل ببوقه نفخةَ الانتصار وإكمال المهمّة , فجاء بعضٌ من جند الملائكة إلى سرافيل وقالوا له : لم نجد هابل ونابل ومارد و ثبيل, فقال لهم : اتركوهم لي ، فهم مختبئون في إحدى الغابات، سأذهب إليهم الآن , صمت الملَك سرافيل ونظر إلى الطّفل الشّيطانيّ الصّغيروقال له : ما اسمك أيّها الفتى؟

فقال له : اسمي عزازيل (إبليس اللّعين) .

فقال سرافيل: أين والديك ؟! فقال : لا أعلم , فقال سرافيل للجنود : خذوه إلى السّماء أسيراً فسيموت إذا بقي هنا وحيداً .

أخذتِ الملائكة عزازيل (إبليس اللّعين) إلى السّماء مع بقيّة الأسرى ، وأكمل الملَك سرافيل مهمّته ، فاتّجه نحو مخبأ هابل ونابل ومارد و ثبيل ، حتّى باغتهم فيه ، فقال لهم : سلام دائم أوحرقٌ مدمّر، فردّوا عليه : النّارعلى أعواني والسّلام على أعدائي، فقال لهم سرافيل: يا إلهي ماهذا!! أتريدون لعني أيّها الأنجاس؟! فقد مات ساحركم، والآن هو في السّماء بين يدي الله ،أتريدون لعني بلعنة ساحر، فلعنة الله حلّت عليكم!!

هابل ونابل: وماذا ستفعل بنا أيّها الملَك؟! أتريد قتلنا؟! أرجوك لا تفعل، فساحر سحرنا جميعاً لنقوم بخدمته.

الملك سرافيل: لا لم يسحركم ساحر، بل أنتم من كنتم تسحرون السحر بعينه !! فلو تبتم مثل مشعوذ وكاهن لكنتم الآن من المنتصرين ، ولكنّكم ظلمتم أنفسكم وخرجتم من الملّة.

ثبيل: أنا أيّها الملَك لم أفعل ما فعلت إلا لأجل المال ، لأطعم أبنائي الصّغار.

الملك سرافيل : الله ينزّل رزق كلّ طفلٍ في هذه الدّنيا ، وليس بعذرٍ أن تكفر بالله وتقتل الأنفس كي يأتيك الرّزق ، فأنت يا ثبيل خنت عهد مشعوذ وقتلته عمداً ، وكنت في تلك اللّحظة تستطيع التّوبة ، ولكن دخل الشّر إلى قلبك، فلا تعتذر اليوم ، فلعنة الله حلّت عليكم جميعاً .

مارد : لقد غدر بي الملك خافان وسجنني في المدينة المحرّمة دون أسباب ، وبعدها كان خورخيس يريد قتلي ، فكيف أيّها الملك لا أدافع عن نفسي ؟!

الملك سرافيل : الصّبر يا مارد جميلٌ ، فحتّى إذا ظلمكَ خافان وخورخيس ، أتقوم بقتل الأنفس البريئة وتقف مع ساحر وتقتل الأبرياء وتضحي بهم باسم ساحر؟! أيستدعي ما فعله بك خافان وخورخيس أن تكفر بالله ؟!

صمتوا جميعاً ولم يستطيعوا الرّد على الملك سرافيل, فقال لهم :اليوم سأخلّص العالم من شركم وأنهي مهمّتي الّتي كُلّفتُ بها, فأخرج الملَك سرافيل سيفه وقال: تمّ بحمد الله، فبدأ بقطعِ رؤوسهم واحداً تلو الآخر.

وبعد أن أنهى مهمّته ، أبدل شارة لا إله إلا الله ، ووضع شارة تمّ بحمد الله ، ونفخ ببوقه نفخة النّصر الأعظم وانتهاء المهمّة , فتجمّعتِ الملائكة حوله وقالو له : لقد أسرنا وقتلنا من وجدنا في قلبه ذرةَ سواد وولاءٍ لساحر، وهرب من هرب واختبأ من اختبأ في البحار والوديان والكهوف والغابات ، فقال الملك سرافيل : كم تبقّى من بني الجان؟ فردّ عليه أحد الملائكة : لم يبقَ منهم سوى القليل جدّاً، أتريدنا أن نجهز عليهم جميعاً؟ فقال له الملك سرافيل :لا ،فمن تبقّى منهم حلّت عليهم رحمة الله، هيّا أيّها الملائكة، فلنصعد إلى السّماء ، فمهمّتنا قد انتهت في الأرض, سألحق بكم ، ولكن يجب أن أتحدّث إلى عبد الله الصّالح سوميا .

ذهب الملك سرافيل إلى مكان تواجد سوميا،ودخل عليه بلباسه الأبيض ، وقد كتب على جبينه(تمّ بحمد الله) وقال له: السّلام عليك ورحمة الله وبركاته.

سوميا: وعليك السّلام أيّها الملَك سرافيل، أخبرني ماحدث أيّها الملَك؟

الملَك سرافيل: لقد خلّصنا العالم من شرّ ساحرٍ وأعوانه، فقتلت ساحر وهابل ونابل ومارد و ثبيل وكلّ من ساعدهم.

سوميا: الحمدلله والشّكر له على هذا النّصر، فقد وصلوا إلى حالٍ لم أستطع ردعهم فيها.

الملَك سرافيل: ياعبدالله الصّالح، لقد قتلنا من بني الجان الكثير، وأسرنا الكثير، فلم يبق من بنيك سوى آلافٍ معدودةٍ قد هربوا إلى الوديان والجبال والكهوف والغابات والبحار .

سوميا: إذاً بماذا تأمرني أيّها الملَك ؟وماذا أفعل الآن؟

الملَك سرافيل: لقد استجاب الله دعاءك أيّها العبد الصّالح ، وأنزل عليكم رحمته ، ولكن لن تكونوا أسياد الأرض بعد الآن .

سوميا: ماذا تقصد بكلامك أيّها الملَك ؟!

الملَك سرافيل: سيخفيكم الله ، وستسكنون الوديان والجبال والبحار والغابات والكهوف الّتي هربتم إليها , فهذا أمر الله أيّها العبد الصّالح .

سوميا: قدّرالله وماشاء فعل ، فأنا لأمر الله مطيعٌ .

الملَك سرافيل: أستودعك الله أيّها العبد الصّالح، أرجو أن يتعلّم بنوك من غلطتهم هذه ويعودوا إلى صوابهم.

سوميا: أرجو من الله أن يتوب علينا، فقد طغى أبنائي في الأرض، وكان حكم الله عادلاً فيهم.

صعد الملك سرافيل إلى السّماء، واختفى بنو الجان جميعهم، فلم يعودوا كما كانوا أسياد الأرض ، فكانوا يحاولون التّعايش والتّأقلم مع

وضعهم الجديد, فقسّموا إلى طوائف وممالك ، وحالوا الابتعاد عن المعاصي ، وخافوا من غضب الله عليهم .

و بدأوا جميعاً بالاستغفار والتّوبة ، فتجمّعوا حول سوميا ، فقال لهم : انظروا يا أبنائي ماذا حلّ بنا بسبب جشع وطغيان ساحر، فيجب الآن أن نتعلّم من هذا الدّرس ، وألا نعود إلى العصيان والطّغيان مرّة أخرى.

فبدأ بنو الجان بالتّعايش والتّزاوج والتّكاثر لكي لا ينقرضوا من الأرض , ولكن يبقى الشّر موجوداً في العالم مهما حاولنا انتزاعه ، فبعد تطاول الزمان عاد بعض الجان ، فجمعوا كتب ساحر ومشعوذ وكاهن وهابل ونابل ، وحاولوا أن ينسجوا على منوالهم ، ولكنّهم لم يصلوا إلى ما وصل إليه ساحر أومشعوذ أو كاهن أو هابل ونابل, فكما كان بنو الجان يعيدون مجدهم الّذي فقدوه ، فقد حاول تلامذة ساحر أن يعيدوا مجد معلّمهم ، ولكن دون فائدة، فلم يعرفوا كتابة المعاهدات ولا شيئاً من هذا القبيل ، فكتب الأساس الثّلاثة معقّدة جدّاً ، وفي حرب الملائكة مات جميع معلّمي السّحر والشّعوذة والتّكهّن ، فأصبحوا يعملون الأحجبة والتّمائم بدلاً من المعاهدات ، ولكنّها لا تقارن أبداً بالمعاهدات ،فهي ضعيفةٌ في مفعولها .

في تلك الفترة كان عزازيل (إبليس اللّعين) صغيراً في السّماء، فقد أحبّته الملائكة ، وأخذوه كطفلٍ لهم يربّونه حتّى كبر بينهم وأصبح من عباد الله الصّالحين ، فكان الفتى المدلّل في السّماء محبوباً من الجميع ، فعبدَ الله عبادةً لم يعبدها أحد قبله ، فسجد له في جميع أنحاء الأرض ، ولكن عندما خلق الله آدم ، دخلت الغيرة والاستكبار في قلب هذا الفتى المدلّل ، فلم يسجد لأدم ، فعصى أمرالله ، وحرّض آدم وزوجته حوّاء على الأكل من الشّجرة الّتي منعهم الله الأكل منها، فغضب الله عليهم ، وأنزلهم إلى الأرض أعداءً

، فطلب عزازيل (إبليس اللّعين) من الله أن يمهله إلى يوم الدّين ، وأنّه سيأخذ معه إلى النّار أبناء وذريّة آدم أجمعين ، فأمهله الله ، فقد تحدّى عزازيل الله .

بعد هبوط عزازيل إلى الأرض كانت قد تغيّرت معالمها بعد نفخة الملَك سرافيل , وصل الخبر إلى سوميا وإلى عالم الجان ، فعلموا عند ذلك أنّ عزازيل قد تحدّى لله ، وأنّ الله أمهله ، ولن يميته إلى يوم الدّين , وأنّ الله جعل في الأرض خليفةً غيرهم وهو آدم وحواء عليهما السّلام وذريتهم ، فعلم بعدها سوميا تفسير رؤيا خورخيس بقول أحد الملائكة له أنّ الله سيجعل في الأرض خليفةً غيركم .

فبدأ عزازيل (إبليس اللّعين) بعدها بتكوين جيشه من بني الجان والشّياطين ومن أراد الوقوف بجانبه من طوائف بني الجان جميعاً, ووضع عرشه في المثلّث الشّيطانيّ الّذي يسمى اليوم بمثلّث برمودا

وبدأ آدم عليه السّلام يتكيّف في الأرض ، بعد أن كان من أهل الجنّة ، وبدأ بتكوين ذريّته ، وبدأ بتحدّي الشّيطان الرّجيم .

فبعدها بدأ العهد الجديد ،عهد بني آدم وبني عزازيل ، فلم تنتهِ هذه الحرب ، لأنّها مستمرّةٌ حتّى قيام السّاعة .

فوضع الله حجاباً بيننا وبين بني الجان، فصبحنا نحن أسياد الأرض ،وسكنت الجان الوديان والبحار والغابات والكهوف ،ففي بداية العهد الجديد لم يستطع الشّيطان الوصول إلى أبناء آدم إلا بالوسوسة ، فقرأ إبليس بعدها كتب ساحر ومشعوذ وكاهن ، وتعلّم السّحر والشّعوذة والتّكهّن ، فعلم أنّه يستطيع أن يخترق هذا الحجاب بوضع معادلاتٍ سحريّةٍ وقوانين ، فهذا هو الحلّ الوحيد ، وبدأ باختراق الحجاب وتعليم بعض آدم علوم السّحر والشّعوذة والتّكهّن كي يستخدموه في حياتهم ويسحروا به بعضهم البعض ويقعوا في

الفتنة كما وقع ساحر ومن معه، فكان للسّحرة والمشعوذين من بني آدم مراتبٌ ، فكلٌّ على حسب مقدرته في السّحر والشّعوذة ، ولكن كان أغلبيّتهم يستخدمون الأحجبة ، وهذا هو السّحر الضّعيف ، فمن النّادر من كان منهم يتمّ عمله عن طريق المعاهدة ، فكلّ من أراد أن يصل هذه المرتبة يجب أن يكفر بالله ويعبد إبليس ، فورّث إبليس كتب السّحر والشّعوذة والتّكهّن إلى بني آدم ، وزرع فيهم الفتنة ، وبدأ إبليس حربه على آدم وذرّيته منذ خلقه الله إلى وقتنا هذا، فكوّن مملكته وجيشه ، وأصبح له أبناءٌ ووزراء، فهم يسكنون الآن المثلّث الشّيطانيّ (مثلّث برمودا) .

ولكن كما كان في العهد القديم ،هناك عباد الله الصّالحين الّذين واجهوا ساحر ومن معه، أمثال الملك خورخيس وملوك الجان والقادة الأربعة ومشعوذ وكاهن والأب سوميا ،فجعل الله أيضاً من عباده الصّالحين من يواجهون أعمال إبليس ومن معه ويتصدّون له، فهم ثلاثة مجنّدينَ بجيوشٍ من الصّالحين لن اذكر أسمائهم فالعقل البشري لن يتحمل ثقل هذه المعلومة ، وهم يعملون ويحاربون في الخفاء، فهذه احد الاسرار العظيمة التي لن اقصصها حتى يحين وقتها، ولكنّي قصصتُ عليكم أحد أسرار الكون، فأرجو من الله أن تستفيدوا منها، وأن نتعلّم جميعنا من أخطائهم، وألا نقع فيها ونعوذ بالله من الشّيطان الرّجيم ....

- تم بحمد الله -

(لم تعدِ الأرض ملكاً لنا ، فيجب أن نتعايش معهم فالأرض أصبحت لها ثقلين ، أبناء سوميا ، وأبناء آدم)

الحاجب الملكيّ الحكيم المارد شنسيبال

1745/4/15م

(رأيت اليوم تحدّياً عظيماً لم أره منذ العهد الأخير!! عائلةً عربيَّةً مسحورةً بأقوى سحرٍ منذ تاريخ بدايته ، سحرٍ أقوى من سحر عائلة آشخور الملكيّةِ ، فقد استخدمت فيه جميع فنون السّحر والشّعوذة ، فكتبت بالمعاهدات الأصليّةِ ، فهو يعتبر أوّل عملٍ سحريٍّ وشعوذةٍ على طريقة ساحر ومشعوذ منذ أن ماتا قبل بلايين السّنين ، ولم يكن هناك أيّ شيخٍ من شيوخٍ أبناء آدم قادر على حلّ لغز سحرهم وفكّه، حتّى كادوا أن يموتوا جميعاً ، فأرسل الله لهذه العائلة عباد الله الصّالحين الثّلاثة مع جنودهم لمساعدتهم ، فأصبح الوضع ليس فكّ سحر العائلة، بل صار تحدٍّ قويٍّ راحت ضحيّتهُ العائلة، فختم السّحر بدودةٍ من قرن عزازيل ، فهنا كتب تاريخٌ آخر عظيمٌ حربَ هذه العائلة مع عبادِ الله الصَّالحين وجنودهم ضدّ سحرةِ بني آدم و عزازيل و أتباعه وجنودهم من خدمة السّحر والشّعوذة الفاجرين ، فهذه الحرب لم تنتهِ، ولا تزال مستمرةٌ إلى يومنا هذا . فقد بدأت منذ سنة1980م، واشتدَّت في سنة 1999م ، فلندعو الله جميعاً أن تنتهي هذه الحرب الجديدة)

أمير البحر الغول سولبيان

1999/12/1م

الفهرس